Tatort Franken
No. 4

ars vivendi

Originalausgabe

Erste Auflage April 2013
© 2013 by ars vivendi verlag
GmbH & Co. KG, Cadolzburg
Alle Rechte vorbehalten
www.arsvivendi.com

Lektorat: Stefan Imhof
Umschlaggestaltung: Silke Klemt
Druck: Appel & Klinger Druck und Medien GmbH,
Schneckenlohe (Franken)

Printed in Franconia, Germany

ISBN 978-3-86913-201-3

Inhalt

Jan Beinßen
Der Sniper vom Karpfenteich

»Au, verflixt, was war das?«

»Sie bluten, Chef! Da, an Ihrem Bein, alles voller Blut!«

»Gibt es denn so was? Das muss eine Kugel gewesen sein!«

»Eine Kugel?«

»Ja! Haben Sie den Knall denn nicht gehört?«

»Lassen Sie mal sehen, Chef. Darf ich das Hosenbein etwas hochziehen ...«

»Aaaah! Passen Sie doch auf!«

»Tut mir leid, Chef.«

»Können Sie was erkennen? Ist es sehr schlimm?«

»Sie haben Glück, Chef. Scheint nur ein Streifschuss zu sein.«

»Nur ein Streifschuss? Der tut aber höllisch weh! Warum haben Sie sich denn nicht schützend vor mich geworfen, um den Schuss abzufangen?«

»Aber ich bin doch nur Ihr Fahrer, Chef. Kein Bodyguard.«

Karpfen waren ihm alles andere als gleichgültig. Schon als Bub hatten sie ihn interessiert. Nicht gerade als Anschauungsobjekte im Biologieunterricht, sondern vielmehr als reine Gaumenfreude. Es war nämlich so, dass seine Mutter Hertha – obwohl waschechte Fränkin – den Karpfen blau bevorzugte. Den Fisch im heißen Fett auszubacken, das kam für sie nicht infrage, weil zu kalorienhaltig. Und daher musste der kleine Paul lange Zeit auf die knusprigen Flossen und das leckere Ingreisch verzichten, von dem ihm seine Klassenkameraden regelmäßig vorschwärmten.

Als er dann älter wurde, konnte er sich von der elterlichen Bürde lossagen und seinen Karpfen fortan so genießen, wie es sich in Franken gehörte. Das tat er in den »r«-Monaten so oft wie möglich, am liebsten in einer der vielen guten Karpfenwirtschaften im Umland, hin und wieder auch in seiner Nürnberger Lieblingsgaststätte *Goldener Ritter*. In letzter Zeit hatte er sein kulinarisches Spektrum in dieser Hinsicht sogar erweitern können. Als er nämlich neulich gemeinsam mit seiner Frau Katinka in Neustadt an der Aisch, dem Mekka aller Karpfenfreunde, nach einem Besuch des dortigen Karpfenmuseums einkehrte, entdeckte er auf der Karte eines Seitenstraßenlokals »Steinofenbrot mit Karpfencreme« sowie »Geräuchertes Karpfenfilet«. Beides wurde geordert und umgehend probiert – mit dem Ergebnis: a Draum!

Ja, Paul Flemming liebte den Leibspeisenfisch der Franken innig, und es gab wohl wenige Menschen, die ihn häufiger genossen als er. Zu diesen zählte Klaus Dillinger, Landrat im Karpfen-Landkreis, der dafür bekannt war, mindestens hundert halbe Karpfen pro Jahr zu vertilgen. Dillinger war auch sein derzeitiger Auftraggeber, denn Paul sollte die Fotos für einen Bildband liefern, der passenderweise das Thema *Karpfen – Teichwirtschaft zwischen Tradition und Moderne* behandelte.

Während der Vorbereitungszeit hatte sich Paul ernsthaft mit dem Gedanken getragen, einen Tauchkurs zu belegen und ein Unterwasser-Chassis für seine Nikon anzuschaffen. Doch das konnte er sich vorerst sparen, denn der Landrat musste momentan ganz andere Prioritäten setzen als das Fischbuch.

»Haben Sie etwa noch nichts davon gehört?«, fragte Victor Blohfeld. Der dürre Sensationsreporter mit dem strähnigen Haar und dem speckigen Trenchcoat lief in Pauls Atelier auf und ab wie ein Tiger im Käfig. »Geschossen hat man auf ihn. Geschossen!«

Paul konnte die Aufregung nicht ganz nachvollziehen: »Soviel ich weiß, handelt es sich bloß um eine oberflächliche Verletzung. Wahrscheinlich ein Jagdunfall.«

»Von wegen! Das war ein Attentatsversuch!«, ereiferte sich Blohfeld.

Paul verzog das Gesicht. Der Reporter nahm den Mund wieder einmal zu voll und verkaufte seine halbgaren Vermutungen als Tatsachen. Denn das, was bislang bekannt war, besagte lediglich, dass Dillinger von einem Streifschuss an der rechten Wade getroffen worden war. Wie Paul von Jasmin Stahl, seiner Bekannten bei der Nürnberger Kripo, wusste, hatte der unbekannte Schütze ein kleinkalibriges Gewehr benutzt. Nach ihm wurde seit dem Vorfall vor zwei Tagen gefahndet.

»Der Schuss ist gezielt abgefeuert worden und galt dem Landrat!«, beharrte Blohfeld.

»Was macht Sie so sicher?«

»Ich hege einen konkreten Verdacht: Seine Gegner wollten Fakten schaffen.«

»Welche Gegner?«, zweifelte Paul, denn er konnte sich beim besten Willen nicht vorstellen, dass der bodenständige, durch und durch solide Landrat Dillinger irgendwelche persönlichen Widersacher haben könnte, von den politischen Kontrahenten einmal abgesehen.

Blohfeld sah ihn an wie einen schlechten Schüler, dem der Lehrer alles dreimal erklären musste. »Die *Vogelschützer* natürlich!«

»Vogelschützer? Warum – in drei Teufels Namen – sollten ausgerechnet friedliebende Tierfreunde in der Gegend rumballern?«

»Weil radikale Tierschützer oft alles andere als friedfertig sind und ...« Er lächelte wissend. »... und weil sie in diesem Fall einen stichhaltigen Grund haben: den Kormoran.«

Paul gab auf. Er wusste überhaupt nicht, worauf der Reporter hinauswollte. »Können Sie bitte mal Klartext reden?«

»Tu ich doch die ganze Zeit«, patzte ihn Blohfeld an. »Dillinger, der selbsternannte beste Freund des Karpfens, hat zum Kampf gegen den Kormoran geblasen. Denn das Federvieh macht seit geraumer Zeit Jagd auf den Fisch, und da der Kormoran unter Artenschutz steht, vermehrt er sich wie wild. Ehe der Vogel aber auch noch den letzten Karpfen aus den Weihern zieht, will Dillinger ihn per Sondererlass vom Himmel holen lassen. Die Jägersleute stehen schon Gewehr bei Fuß.«

»Ach so«, meinte Paul, der von der geplanten Kormoranjagd schon in der Zeitung gelesen und auch die vielen bösen Leserbriefe von Naturschützern registriert hatte. »Dennoch frage ich mich: Warum kreuzen Sie hier auf und erzählen mir das alles? Mal abgesehen davon, dass der Bildband jetzt wohl auf die lange Bank geschoben wird?«

Blohfeld ging in den Flur, holte Pauls Fototasche und drückte sie ihm vor die Brust: »Sie werden sich unverzüglich auf den Weg zu den nächsten Teichen machen und mir Fotos für meinen Bericht schießen. Am liebsten einen Kormoran im Einsatz – im Sturzflug auf die Wasseroberfläche und danach noch mit zappelndem Karpfen im Schnabel!«

»Wollen Sie Ihren Verdacht mit dem Sniper vom Karpfenteich ernsthaft veröffentlichen? Sie haben doch null Beweise dafür!«

»Man wird ja noch spekulieren dürfen. Ist alles durch die Pressefreiheit abgedeckt.«

»Na, wenn Sie meinen ...«

Die Fahrt nach Herzogenaurach nutzte Paul für einen Abstecher zu seinen Eltern, wo er sich ein Stück von Herthas legendärem Apfelkuchen einverleibte und ein paar kurze Worte mit seinem Vater Hermann wechselte, bevor er sich an die Arbeit machte. Gleich vor den Toren der Stadt lagen die ersten größeren Teichanlagen. Paul legte sich an der Böschung nahe eines vom Wald umgebenen Weihers auf die Lauer und wartete.

Das Wasser lag ruhig vor ihm, nur ab und zu stiegen Luftbläschen auf, und hin und wieder spitzte das Maul eines Fisches aus dem kühlen Nass. Die friedliche Szenerie, umrahmt vom Grün der Bäume und Wiesen, dazu die milde Luft und das beruhigende Konzert der Singvögel stimmten Paul unbeschwert und entspannt. Viel zu selten war er, der Stadtmensch, in der freien Natur unterwegs, stellte er fest und nahm sich vor, dies künftig zu ändern.

Doch die Idylle währte nicht lang. Schon nach wenigen Minuten erschien der Störenfried. Mit weit ausgebreiteten Flügeln, einem Adler gleich, kreiste der Fischräuber über dem Teich. Der Kormoran mit seiner ihn kennzeichnenden schwarzgrauen Färbung zog immer engere Kreise, bevor er unvermittelt in den Sturzflug überging. Keine drei Meter von Paul entfernt durchstieß der große Vogel mit dem Schnabel voran die Wasseroberfläche. Gischt stob auf, das Wasser spritzte bis ans Ufer. Der Kormoran tauchte komplett ab, nur um Sekunden später wieder emporzustoßen. Mit großem Energieaufwand schlug er die Flügel auf und nieder, ließ die Wasserlast abperlen und sorgte für Auftrieb. Das Startmanöver geriet zum Kraftakt, denn der Vogel hatte nicht nur das eigene Körpergewicht aus dem Teich zu hieven, sondern auch einen Jungkarpfen, den Paul auf ein knappes Pfund schätzte.

Paul, der seine Nikon in den Sportmodus gestellt hatte und Fotos wie im Dauerfeuer schoss, war fasziniert von Geschick und Beharrlichkeit des Jägers, der mit seiner sich wehrenden Beute dicht über den See schwebte, bevor er ausreichend Luft unter seine Tragflächen bekam, um Höhe gewinnen und davonfliegen zu können. Ehrfürchtig blickte Paul dem Vogel nach – als er plötzlich eine Hand auf seiner Schulter spürte.

Blitzschnell fuhr er herum. »Meine Güte, haben Sie mich erschreckt!«

Ein Mann stand ihm gegenüber. Wettergegerbtes Gesicht, kurzes graues Haar, gedrungene Statur. Er trug ein rot-weiß kariertes Holzfällerhemd, das von den Trägern einer krötengrünen Anglerhose überspannt wurde. Seine Füße steckten in kniehohen Gummistiefeln. »Was haben Sie hier zu suchen?«, raunzte er. »Das ist Privatgrund.«

»Ich bin Fotograf«, erklärte Paul und richtete sich auf. »Und wer sind Sie?«

»Hans Neudecker, Teichwirt«, antwortete der Mann kurz angebunden. »Für wen fotografieren Sie? Etwa für die Vogelschützer?« Er stierte ihn hasserfüllt an.

Paul verstaute die Kamera in seiner Umhängetasche. »Nein. Ich komme von der Zeitung. Aber mit dem Stichwort ›Vogel‹ haben Sie nicht ganz unrecht. Wir bereiten einen Bericht über den Kormoran vor«, sagte er so sachlich wie möglich, denn er wollte keinen Ärger.

Der Mann kniff die Augen zusammen. »Hoffentlich einen, in dem die Wahrheit über diesen Räuber zu lesen ist.«

»Wie sieht die Wahrheit denn aus?«

Kaum hatte Paul die Frage ausgesprochen, sprudelten die Worte aus dem Mann hervor: »Sie wollen die Wahrheit hören? Dann versetzen Sie sich mal in unsere Lage: Wenn wir in diesen Tagen die Karpfen ernten, hat einer seine Schäflein schon im Trockenen. Nein, nicht der Fiskus. Der kassiert zwar auch kräftig mit, doch noch größer ist der Anteil, den sich der Kormoran sichert. Dieser Räuber kostet uns bis zu fünfzig Prozent der Speisekarpfen. Wie mir geht es den meisten meiner Berufskollegen. Bei den Jungfischen reichen die Ausfälle sogar bis zu siebzig Prozent. Kein Wunder, dass Satzfische kaum noch verkauft werden. Wir Fischbauern füttern doch nicht den Kormoran! Viele lassen ihre Teiche mittlerweile leer und züchten nur noch für den Eigenbedarf.«

»Aber Sie bekommen doch jetzt Hilfe vom Landrat«, wandte Paul ein. »Dillinger hat den Vogel zum Abschuss freigegeben.«

Neudecker winkte ab. »Der spuckt doch auch bloß große Töne.« Von den Politikern fühlte er sich im Stich gelassen. Die Abschusserleichterung würde kaum etwas bringen. »Ich dürfte mit Sondergenehmigung nur höchstens fünfzehn Kormorane im Jahr abschießen. Im Durchschnitt sind aber zweihundertfünfzig gefräßige Vögel hier.«

»Für Vogelschützer wäre ein Schuss aber schon zu viel«, merkte Paul an. »Man munkelt, dass die Kugel, die den Landrat ins Bein getroffen hat, aus dem Lauf eines radikalen Kormoranschützers stammte.«

Der Teichwirt zog die Stirn in Falten. »So ein Unsinn«, grummelte er. »Kann mir nicht vorstellen, dass diese Spinner so weit gehen würden.«

»Sicher?«

Er zuckte die Schultern. »Sicher sein kann man bei diesen grünen Hitzköpfen freilich nie.«

»Was gibt's?« Paul war kurz angebunden, als er den Anruf auf seinem Handy annahm, denn er saß im Auto, auf dem Weg zurück nach Nürnberg.

»Wollte nur mal hören, ob Sie mit Ihren Fotos vorankommen.«

»Drängeln Sie mich nicht, Blohfeld. Zu großer Druck mindert die Qualität meiner Arbeit.«

»Aber ganz ohne Druck würden Sie überhaupt nicht arbeiten.« Blohfeld hustete in den Hörer, Folge seines exzessiven Zigarrenkonsums »Hören Sie, Flemming, ich habe bereits den nächsten Auftrag für Sie: In einer Stunde finden Sie sich im Landgasthof *Zum Stern* in Markt Erlbach ein.«

»Und weshalb tue ich das?«

»Weil Sie dort auf den Landrat treffen werden. Dillinger kehrt im *Stern* ein und hat sich bereit erklärt, bei dieser Gelegenheit für die Presse sein verwundetes Bein in die Kamera zu halten.«

»Na toll.«

»Genau! Also machen Sie was draus!«

Vor dem rustikalen Gasthof lockte eine Tafel mit den »Aischgründer Karpfenschmeckerwochen«. Wie passend, dachte sich Paul und trat ein. Dillinger, ein stattlicher Herr von zweiundsechzig Lenzen, dessen Anzug über dem nicht minder stattlichen Bauch spannte, saß an einem runden Tisch der Marke Eiche rustikal und winkte ihn mit herrschaftlicher Geste zu sich heran.

Paul kam der Aufforderung folgsam nach, schüttelte dem Amtsträger ebenso die Hand wie einem halb so alten, halb so korpulenten Mann, der seine Chauffeursmütze neben sich abgelegt hatte.

»Na, was macht mein Bildband?«, erkundigte sich der Landrat sofort.

»Wenn es Ihnen wieder besser geht, können wir uns gern treffen und die Details besprechen.«

»Fein! Ich freue mich auf dieses Projekt. Das wird ein guter Werbeträger für die Region.« Ein wonnevolles Lächeln breitete sich auf seinem Gesicht aus. »Möchten Sie auch einen?«

»Einen was?«

»Cyprinus carpio.« Der Landrat schmunzelte, als er Pauls verständnisloses Gesicht sah. »Die lateinische Bezeichnung für die Krönung der fränkischen Kochkultur.« Dillinger geriet ins Schwärmen, als er Paul von den Besonderheiten der mehr als zweihundert Fischküchen im Aischgrund erzählte. »Eine jede ist anders, und die meisten Wirte können viel mehr, als die Fische einfach nur in siedendem Fett verschmurgeln zu lassen und sie mit einem pampigen Kartoffelsalat zu kredenzen. Die Küchenchefs haben jede Menge fantasievolle Rezepte kreiert.« Mit gedämpftem Ton fügte er hinzu: »Auch wenn sie dafür bei manch einem heimischen Gast die bäuerlichen Bedenken zerstreuen müssen.«

»Ich bin neugierig«, meinte Paul. »Was kann man aus dem Karpfen denn alles machen?«

Dillinger stieß ein polterndes Lachen aus. »Viel!«, dröhnte er. »Sehr viel sogar. Kennen Sie zum Beispiel Karpfen-Sushi? Im *Schwarzen Adler* in Ulsenheim habe ich es auf der Speisekarte entdeckt – inklusive Wasabi-Meerrettich vom Schamel aus Forchheim. Ziemlich international klingt auch Karpfenfilet mit Kokossoße, das mein Chauffeur unlängst in Höchstadt verkostet hat. Sie merken schon: Ich bin zwar von Haus aus Traditionalist, aber was den Karpfen angeht, auch immer offen für Neues.«

So viel Innnovationsmut hätte Paul dem Landrat gar nicht zugetraut. Und der hatte noch mehr zu bieten: »Wenn der *Fisch Jakob* in Mühlhausen zu seinem Hoffest einlädt, gehöre ich zu den Stammgästen: Da gibt's frittiertes Karpfenschnetzel. Besser noch die Karpfenchips: Filet-Lamellen, die nur für Augenblicke im heißen Fett baden. Und sogar eine Karpfenbratwurst soll demnächst auf den Markt kommen.«

Karpfenbratwurst? Das ging nun doch zu weit, fand Paul. »Um mal kurz aufs Geschäftliche zu kommen«, unterbrach er die genüssliche Aufzählung der besten Karpfenlokale. »Wie Sie ja wissen, würde die Redaktion gern ein Bild von Ihrer Verletzung bringen.«

»Ja, selbstverständlich«, sagte Dillinger nun sehr geschäftsmäßig. »Für die Wünsche der Presse bin ich immer offen. Wie wollen Sie es haben?« Er machte sich daran, sein Hosenbein hochzukrempeln. »Soll der Verband dranbleiben oder möchten Sie, dass ich ...«

»Nein, nein, schon gut!«, bremste Paul den Elan des Landrats. »Mir reicht ein Bild, auf dem Sie Ihr bandagiertes Bein anwinkeln und mit der freien Hand auf die Bandage zeigen. – Ja, so ist es gut. – Aber bitte nicht lächeln. Können Sie ein bisschen leidender gucken, etwas gequälter? Das wird ja kein Foto fürs Wahlplakat.«

Mitten ins Shooting hinein schrillte ein Handy. Der Fahrer griff peinlich berührt in sein Jackett und nahm ein Smartphone heraus. Obwohl er sich abwandte und leise sprach, verstand Paul jedes Wort des Telefonats.

»Nein, ich bin im Dienst. Du weißt doch, dass du mich nicht bei der Arbeit anrufen sollst. Was sagst du? Schon wieder? Verdammt, gibt dein Ex denn nie auf? Wann findet er sich endlich damit ab ...«

Dillinger räusperte sich. »Wollen wir weitermachen?«, fragte er Paul, der sich von dem Telefongespräch hatte ablenken lassen.

»Ja, klar. Ich mache noch ein Bild schräg von der Seite ... und jetzt eine Nahaufnahme des Beins.«

»Sind Sie zufrieden?«, fragte der Landrat und schob das Hosenbein wieder nach unten.

»Sehr sogar«, antwortete Paul und meinte damit nicht nur die Fotoausbeute. Bevor er sich verabschiedete, erkundigte er sich: »Sagen Sie, Herr Dillinger. Haben Sie eine Ahnung, wer das gewesen sein könnte?«

»Sie meinen den Schützen? Im Zweifelsfall die Opposition«, scherzte er. »Nein, im Ernst, ich habe nicht die leiseste Ahnung. Außerdem möchte ich den polizeilichen Ermittlungen nicht vorgreifen, indem ich der Presse gegenüber Spekulationen anstelle.«

»Die Rache von Vogelschützern – als Revanche für die Abschusslizenz?«, fragte Paul nun frei heraus.

Dillinger schüttelte entschieden den Kopf. »Mein lieber Herr Flemming, ich bin selbst Mitglied beim Bund für Vogelschutz, beim Bund für Umwelt und Naturschutz sowie in etlichen weiteren örtlichen Verbänden. Sie können mir glauben: Die Abschussquote zählte zu den schwierigsten politischen Entscheidungen meiner Karriere.«

Doch, das glaubte Paul ihm. – Und er glaubte noch etwas anderes: nämlich, dass das Attentat mitnichten dem Landrat gegolten hatte. Blohfeld lag falsch.

Einer vagen Ahnung folgend lehnte sich Paul abwartend an eine Linde auf dem geschotterten Parkplatz des Gasthauses. Wie erhofft verließ nach einiger Zeit der Chauffeur das Lokal, während sein Chef wahrscheinlich noch das Bäckchen aus dem Karpfenkopf stocherte. Schlendernd und unbekümmert pfeifend kam der Fahrer auf Paul zu. Er wollte den Mann gerade ansprechen, als ein scharfer Knall die ländliche Idylle zerstörte. Dicht neben dem Bein des Chauffeurs stoben Kieselsteine auf, als hätte jemand eine Peitsche darauf sausen lassen. Der Fahrer machte einen Satz zur Seite und zog den Kopf ein, auch Paul duckte sich instinktiv.

Dann rief er laut: »Zum Wagen! Suchen Sie Deckung hinter dem Motorraum!« Für Paul war klar, dass es sich um einen Schuss gehandelt hatte. Und es stand zu befürchten, dass weitere folgen würden. Er lief im Zickzack auf die Limousine zu und warf sich dahinter auf den Boden.

»Verdammt! Geht das schon wieder los?«, fluchte der Chauffeur, der sich bei einem Hechtsprung hinter den Wagen das Hosenbein aufgerissen hatte. »Dabei ist Dillinger noch im Restaurant.« Er machte Anstalten wieder aufzustehen. »Ich muss den Chef warnen«, meinte er.

Paul fasste ihn am Hosenbund und hielt ihn auf. »Sind Sie lebensmüde? Bleiben Sie hier, Mann!«

»Aber ich muss doch ...«

Paul schüttelte energisch den Kopf, denn für ihn hatte sich mit dem Schuss, der den Chauffeur nur knapp verfehlte, sein Verdacht bestätigt: »Es geht nicht um Ihren Chef«, zischte Paul ihm zu.

»Nicht?« Der Fahrer machte große Augen. »Sondern?«

Nun wollte es Paul genau wissen: »Wie heißt der Exmann Ihrer Freundin?«

Der Fahrer reagierte verwirrt. »Wie, was ... – er heißt Dieter. Aber warum wollen Sie das ...«, stammelte er.

»Wissen Sie zufällig, ob er Mitglied in einem Schützenverein ist?«

Der Fahrer nickte langsam und mit vor Erstaunen offen stehendem Mund.

Sehr vorsichtig wagte sich Paul aus der Deckung, hielt die Hände trichterförmig vor seinen Mund und brüllte: »Das Spiel ist aus, Dieter! Legen Sie das Gewehr beiseite und kommen Sie aus Ihrem Versteck. Wenn Sie jetzt keine Scherereien machen, kann ich ein gutes Wort für Sie bei der Staatsanwaltschaft einlegen.«

Dieter ließ nicht lange auf sich warten.

Veit Bronnenmeyer
Ausgestorben

Das Jahr 2012 war ganz und gar nicht arm an Sensationen und großen Schlagzeilen. Erst havarierte ein Kreuzfahrtschiff nur wenige Meter vor einer italienischen Insel und kostete trotzdem knapp drei Dutzend Menschen das Leben, dann trat ein Bundespräsident zurück und bei der Fußballeuropameisterschaft flogen die Deutschen schon im Halbfinale raus. Und schließlich entdeckten ein paar Physiker in der Schweiz noch ein winziges Ding, das angeblich die Erklärung dafür liefern soll, was die Welt im Innersten zusammenhält, und etwas missverständlich auch als »Gottesteilchen« bezeichnet wird.

All diese Ereignisse verblassten jedoch vor einer Meldung, die im Herbst auf die Menschheit losgelassen wurde. Der Staatsrundfunk versprach offiziell und vor Zeugen, dass es alsbald einen fränkischen *Tatort* im bundesweiten Ersten Fernsehkanal geben sollte! Endlich war die Dominanz der Landeshauptstadt wenigstens in einem Punkt überwunden, und den Franken wurde jene Aufmerksamkeit zuteil, die sie sich schon lange verdient hatten. Dass es jedoch in Folge der Verwirklichung des noblen Plans zu Umständen kommen sollte, die die Grenzen zwischen Fiktion und Wirklichkeit verschwimmen ließen, war nicht vorherzusehen. Und auch die Wirtin des *Gebrochenen Rades*, der Dorfwirtschaft von Ödlasreuth, einer kleinen Gemeinde im östlichen Franken, wusste nicht so recht, was sie davon zu halten hatte, als sie dem Filmregisseur Kilian Kolb das Frühstück aufs Zimmer bringen wollte und dieser trotz mehrmaligen Klopfens und Rufens nicht öffnete. Schließlich verschaffte sie sich Zugang in das Gemach und fand den Mann leblos in seinem Bett vor.

Ödlasreuth war zu dieser Zeit nicht irgendein nur mehr dünn besiedeltes Kaff, sondern der Schauplatz des eben erwähnten TV-Krimis. Bereits seit zwei Wochen befand sich ein Filmteam des Bayerischen Rundfunks in Kompaniestärke vor Ort. Und seit einigen Tagen liefen die Dreharbeiten, für die man leer stehende Häuser verwendete, deren Interieurs in ihrer Tristesse und Antiquiertheit so unmöglich in einem Studio hätten nachgebaut werden können. Der Regisseur und Drehbuchautor Kolb hatte einen Stoff vorgelegt, der alle Anforderungen an einen zeitgemäßen Fernseh-Krimi erfüllte.

Es ging um ein Dorf in einer aussterbenden Gegend, das von einer Mordserie heimgesucht wurde. Der Reihe nach wurden der Pfarrer, der alte Dorflehrer, ein ehemaliger Gastwirt sowie dessen Schwester umgebracht. Die jeweils zuerst gerufene Ärztin aus einer Nachbargemeinde fand bei allen Toten ungewöhnliche Einstiche, sodass die Polizei alarmiert wurde. Tatsächlich ergaben die Obduktionen dann in sämtlichen Fällen eine Vergiftung durch Skorpionstiche.

Der vom Leben schwer gezeichnete Kommissar Stefan Schwermuth – dargestellt vom renommierten und sehr bekannten Max Untreu, der allerdings kein Franke war – und seine sportfanatische Kollegin Rosi Renner – glänzend und nun viel schlanker: Rosi Altbauer, ihres Zeichens oberbayrische Powerfrau – beginnen als Hauptfiguren zu ermitteln und stoßen, nachdem sie die übliche Mauer des Schweigens durchbrochen haben, auf einen Vorfall, der sich vor über dreißig Jahren ereignet hatte, von den Dörflern aber erfolgreich unter den Teppich gekehrt worden war. Am Ende stellt sich heraus, dass die Morde auf das Konto der Ärztin aus dem Nachbardorf gehen. Sie war als Mädchen zusammen mit ihrer Schwester von dem Gastwirt – ihrem Onkel –, dem Pfarrer und dem Lehrer missbraucht worden, die Tante hatte davon gewusst, aber nichts dagegen unternommen. Die Schwester beging daraufhin Selbstmord, die zukünftige Ärztin floh ins Ausland, wo sie Medizin studierte. Bevor sie in die Heimat zurückkam, war sie lange im Rahmen humanitärer Missionen in Südamerika unterwegs gewesen, bei denen sie sich die Kenntnisse über Skorpione und deren Gifte angeeignet hatte.

Im tatsächlichen Todesfall Kilian Kolb betrat gut drei Stunden nach Auffinden der Leiche ein Mann die Szenerie, der schon ein wenig herumgekommen war. Hauptkommissar Rainer Maul war im Zuge nahezu regelmäßiger Strafversetzungen vor nicht allzu langer Zeit ins Direktionsgebiet der Gemeinde Ödlasreuth beordert worden, wo die durch verschiedene Reformmaßnahmen eh schon stark dezimierte Kriminalpolizei auch noch etliche chronisch Kranke und Frühpensionierte verkraften musste, die nicht angemessen ersetzt werden konnten. Die Gründe für seine häufigen Versetzungen wurden seinen neuen Kollegen sehr schnell klar. Man konnte ihm aber in der Regel nicht nachsagen, dass er sich vor Außendiensten drückte.

Es entbehrt darüber hinaus nicht einer gewissen Komik, dass am Morgen jenes Tages gewissermaßen zwei Polizeiapparate vor Ort waren, Beamte und Schauspieler. Und so verwundert es auch nicht, dass Kommissar Maul sich erst einmal genötigt sah, disziplinarisch tätig zu werden, als er einen Kriminaltechniker im weißen Overall mit einem Bier auf einer Bank im Wirtsgarten liegen sah.

»Jetzt nehmen Sie gefälligst Haltung an, wenn sich ein höherer Dienstgrad nähert! Und dann arbeiten Sie was, Sie faule Zecke!« Überflüssig zu erwähnen, dass Maul ehedem zwölf Jahre Unteroffizierslaufbahn bei den Heeresfliegern absolviert hatte.

»Was is'?« Der vermeintliche Kriminaltechniker war eingeschlafen und blinzelte den Kommissar ungläubig an.

»Sie müssen erst einmal was leisten im Leben«, fuhr Maul fort. »Wenn Sie es mal so weit gebracht haben wie ich, dann können Sie sich ausruhen!«

»Herr Hauptkommissar!« Von hinten näherte sich eine Beamtin in Zivil. »Der gehört nicht zu uns, der ist vom Filmteam.«

»Was? Was für ein Filmteam?«

»Die drehen hier doch den *Tatort*.«

»Aha! Tatort.« Maul blickte sich kurz um. »Und wer sind dann Sie?«

»Ich bin auch von der Kripo, also von der echten. Evi Jäger mein Name.« Sie gab Maul die Hand.

»Und warum kenne ich Sie dann nicht?«, fragte Maul.

»Oh, ich bin erst seit zwei Wochen in der Direktion, und da habe ich Sie auch noch nicht gesehen, glaube ich ...«

»Ja, ich bin nicht so oft im Büro«, erklärte Maul, »da fühle ich mich immer eingesperrt, und außerdem wollen da immer alle was von mir!«

»Kenne ich«, lächelte Evi.

»Aber gut.« Maul klatschte in die Hände. »Wenn Sie schon da sind, kann ich ja wieder ...«

»Ich fürchte nein, Herr Hauptkommissar.« Sie schien etwas verlegen. »Ich bin doch nur im mittleren Dienst.«

»Ach so.« Mauls Laune begann wieder zu sinken. »Sind Sie sicher?«

»Ja, ich bin nur Kriminalobermeisterin ... tut mir leid.«

»Na gut«, seufzte Maul. »Dann schauen wir uns eben mal den Tatort an.«

»Meinen Sie nun den Film oder den echten?«

»Was ist denn das jetzt für ein Film?«

Da Rainer Maul sich nur für das interessierte, was er selbst für wichtig hielt und was sich überwiegend auf Themen rund um ihn selbst, seine Ernährung, seine finanzielle Situation und die Gängeleien durch seine Exfrau beschränkte, wusste er tatsächlich nichts von den Dreharbeiten in Ödlasreuth. Er brachte noch seine Genugtuung zum Ausdruck, dass er noch nie GEZ-Gebühren gezahlt hatte und ließ sich von der Kollegin zum Fundort der Leiche begleiten. Nebenbei erläuterte Evi Jäger ihm noch die grobe Handlung des Films.

Der Regisseur und Drehbuchautor lag im Bett seines Fremdenzimmers, das mit den Blümchentapeten und den rustikalen Eichenmöbeln vor allem in geschmacklicher Hinsicht bedrohlich erschien. Die Morgensonne schickte scharf abgegrenzte Strahlen durch die kleinen Fenster, und das Frühstückstablett der Wirtin stand noch auf dem Tisch. Ein weiteres Tablett befand sich auf dem Nachtkästchen neben dem Bett, darauf ein Teller mit einer nicht so ohne Weiteres zu definierenden grauen Masse.

»So, was haben wir denn hier?«, fragte Maul und ging neben dem Kopfende des Bettes in die Knie.

»Kilian Kolb«, antwortete Evi Jäger. »Führte Regie bei den Dreharbeiten.«

»Nein. Ich meine das Tablett hier.« Maul deutete auf den Nachttisch.

»Das ist meine Karpfensülze«, meldete sich die Wirtin, die mit einigen anderen Beteiligten noch im Flur wartete und neugierig das Geschehen im Zimmer verfolgte.

»Aha! Seit wann steht die da?«

»Seit gestern Abend, der Herr Kolb wollte noch ein kleines Betthupferl mit aufs Zimmer nehmen.«

»Soso. Gegessen hat er jedenfalls nicht viel davon.« Maul schnüffelte an der Sülze und nahm zum Entsetzen des ebenfalls anwesenden Rechtsmediziners eine Geschmacksprobe. »Oha, die ist aber ...« – noch eine – »... gut, ... mh, ...« – und noch eine – »... also, wenn die von gestern ist, dann muss die ja frisch ...« – und noch eine – »... absolute Spitzenware sein. Und so was bringen Sie zustande?«, fragte er die Wirtin.

»Na, hören S' amal!« Die Frau schien beleidigt. »Die Karpfen züchten wir selber. Glauben S', man kann den Leuten heutzutage noch was Schlechtes anbieten?«

»Heutzutage fressen die meisten nur noch, damit sie satt werden«, erklärte Maul. »Dann bringen Sie mal schnell ein frisches Brot, das hier ist ja schon ganz hart ...«

»Sie sollten jetzt wirklich damit aufhören«, meldete sich der Pathologe. »Immerhin wissen wir noch nicht mit Sicherheit, woran der Mann gestorben ist!«

»Ha, dann sind Sie auch so ein Banause«, rief Maul.

»Das schmeckt man doch sofort, dass mit dieser Sülze alles in Ordnung ist!«

»Ich ziehe eine Untersuchung im Labor vor«, erwiderte der Mediziner und hielt ein kleines Tütchen mit einer Probe hoch.

»Jaja. Und das kostet dann wieder 3.000 Euro. Da brauchen wir uns nicht zu wundern, wo unsere Steuergelder bleiben!«

»Sie machen Ihre Arbeit und ich meine!« Langsam wurde der Pathologe ungehalten.

»Das freut mich zu hören.« Maul nahm das frische Brot von der Wirtin entgegen. »Dann legen Sie mal los!«

»Wie?«

»Na, woran ist er denn abgenibbelt?«

»Eine Ausdrucksweise haben Sie ...«

»Das müssen Sie schon mir überlassen!« Mauls Ton wurde scharf. »Also?«

»Mit Sicherheit kann ich noch nichts sagen«, seufzte der Mediziner. »Es sieht so aus, als ob er erstickt sei. Außerdem habe ich eine Karpfengräte in seinem Hals gefunden ...«

»Optimal.« Mauls Augen begannen zu leuchten. »Eine natürliche Todesursache. Warum sagen Sie das denn nicht gleich. Dann kann ich ja wieder gehen. Und Sie ...« Er suchte den Blickkontakt zur Wirtin. »... Sie packen mir vorher noch so eine Sülze ein!«

Als Maul schon mit seiner Sülze im Auto saß und überlegte, wo er nun mit seinem treuen Hund Nero einen Spaziergang machen sollte, erreichte ihn ein hysterischer Anruf seiner Vorgesetzten, Kriminalrätin Fuchtler. Die Gute hatte schon vor Mauls Strafversetzung in ihr

Dezernat an einem Magengeschwür gelitten, aber seit sie diesen Mitarbeiter auch noch an der Backe hatte, war sie sicher, dass es nur eine Frage von Wochen sein konnte, bis es platzte. Jedenfalls war sie von dem dienstfiffrigen Rechtsmediziner umgehend telefonisch über Mauls Ansichten und Verhalten aufgeklärt worden, sodass sie sich nun genötigt sah, ihren Untergebenen abermals und lautstark auf seine Dienstpflichten aufmerksam zu machen.

Und so war Maul kurz darauf wieder im *Gebrochenen Rad*, wo sich praktischerweise ohnehin noch das gesamte Filmteam und das halbe Dorf aufhielten. Maul beschlagnahmte den großen Stammtisch in der Wirtsstube, die noch über das original Interieur aus den Sechzigerjahren verfügte, und zitierte die seiner Meinung nach zentralen Figuren dieses Falles zu sich: den Bürgermeister, die Hauptdarsteller des TV-Krimis, den Produktionsleiter, die Wirtsleute … und weil seine Kollegin aus dem mittleren Dienst gerade nicht in der Nähe war, rief er noch einen Streifenbeamten herbei, der das Protokoll führen sollte. Dabei nutzte es dem jungen Mann wenig, dass er hartnäckig behauptete, gar kein echter Polizist, sondern nur Statist zu sein.

»Drückeberger«, schimpfte Maul. »Aber ich durchschaue euch alle!«

Und da der junge Mann immerhin des Schreibens mächtig war, gab er irgendwann auf und begann, die zentralen Punkte der Vernehmung zu notieren.

»Also, machen wir's kurz.« Maul begann, die von der Wirtin eingepackte Sülze wieder hervorzuholen. »Wer war's?«

Als daraufhin nur allgemeines Achselzucken und Kopfschütteln folgten, präzisierte der Kommissar: »Wer hat ihm das Licht ausgeknipst, dem Regisseur? Sagen Sie es lieber gleich, ich durchschaue eh alle, wie gesagt!«

»Sie wissen doch noch gar nicht, ob er überhaupt ..., also der Leichenbeschauer hat doch davon gesprochen, dass er an einer Gräte erstickt sei«, sagte der Bürgermeister.

»Ja, wenn's nach mir ginge, wäre das auch so«, seufzte Maul. »Aber meine Chefin meint, dass das ein Mordfall ist, und deswegen sehen wir jetzt zu, dass wir den Täter möglichst schnell finden, dann kann ich endlich mit Nero spazieren gehen.«

»Hat sich eigentlich schon mal jemand über Sie beschwert?«, fragte der Bürgermeister.

»Täglich«, erwiderte Maul beiläufig. »Wenn Sie auch wollen, müssen Sie sich hinten anstellen.«

»Das kann nur ein tragischer Unfall gewesen sein«, meldete sich Max Untreu, der Schauspieler. »Wir waren doch gestern Abend alle zusammen hier gesessen und sind alle gleichzeitig in unsere Zimmer. Da war Kilian noch äußerst lebendig. Ein bisschen angeheitert vielleicht.« Er verkniff sich ein Grinsen.

»Also haben Sie ihn als Letzter lebend gesehen«, schloss Maul messerscharf.

»Wir alle«, bestätigte Rosi Altbauer. »Hören Sie, Herr ähm ...«

»Maul, Hauptkommissar und Lebensweiser!«

»Herr Maul, wir machen hier einen großartigen Film, Kilian war ein Regisseur, den alle nur bewundert haben. Jetzt weiß keiner, wie es weitergeht. Wer sollte also ein Interesse daran gehabt haben, ihn umzubringen?«

»Jeder«, erwiderte Maul wie aus der Dienstwaffe

geschossen. »Was glauben Sie denn, wie viel Gewalt, Neid und Bosheit es in dieser Gesellschaft gibt? Das sehen Sie schon an meinem Beschwerderegister. Alle fühlen sich immer gleich beleidigt und gönnen es einem nicht, wenn man es sich gut gehen lässt. Mir wollen täglich Leute an den Kragen!«

»Herr Hauptkommissar.« Evi Jäger hatte sich dem Tisch unbemerkt genähert und übergab Maul einige Dokumente in Plastiktüten. »Die Unterlagen, die wir im Zimmer des Toten sichergestellt haben. Da ist vielleicht was Wichtiges dabei.«

»Womöglich sind Sie nicht das Maß der Dinge«, sagte der Bürgermeister.

»Wer dann?«, fragte Maul, ohne eine Antwort zu erhalten. Der Lebensweise schaute sehnsüchtig auf seine Sülze.

»Na gut. Wenn der Täter sich nicht freiwillig meldet, dann müssen wir eben ein bisschen ermitteln.« Er begann, die Sülze zu verspeisen, und überflog nebenher die Unterlagen, die aus dem Ausweis des Regisseurs, einem Drehbuch, verschiedenen Notizen, Zeichnungen und Briefen bestanden.

»Sie dürfen jetzt aufstehen und rumlaufen«, sagte der Kommissar gönnerhaft in die Runde. »Aber dass mir keiner den Raum verlässt!«

»So weit kommt's noch«, polterte der Bürgermeister. »Ich werde mir von einem kleinen Kriminaler nicht vorschreiben lassen ...«

»Dann fangen wir doch gleich mit Ihnen an.« Maul fummelte ein Stück Karpfen aus einem Zahnzwischenraum. »Wie kommt es eigentlich, dass dieser Film ausgerechnet hier in Ödlasreuth gedreht wird? Hier ist doch die Katz verreckt!«

»Also erstens sind wir immer noch staatlich aner-
kannter Luftkurort«, echauffierte sich der Bürgermeister.

»Beeindruckend«, sagte Maul.

»Und zweitens ...«

»Ja?« Maul biss schmatzend ein Stück Brot ab.

»... zweitens haben wir eine außerordentlich schöne
Landschaft hier und ein grandioses Ortsbild ...«

»Das stimmt«, lachte Maul. »Wenn die in Schwarz-
Weiß drehen, könnte man meinen, das seien noch die
Fünfzigerjahre hier!«

»... und dann hat man als Politiker halt so seine Kontakte«, ergänzte der Ortsvorsteher noch nach einigem
Zögern.

»Aha, also Bestechung«, rief Maul, »schon wieder
Steuergeld zum Fenster rausgeschmissen ...«

»Unsinn«, blaffte der Bürgermeister. »Ich kenne halt
zufällig ein paar Leute in den richtigen Positionen.«

»Soso, und der Oberbürgermeister von Nürnberg
kennt die nicht?«, fragte Maul sarkastisch. »Oder der von
Hof oder von Würzburg ...«

»Der Schorsch hat niemanden bestochen«, mischte
sich die Wirtin ein, »das war doch gar nicht nötig, seit
der Sache mit den Steuer-CDs ...«

»Roswitha«, rief der Bürgermeister panisch.

»Was habe ich da gehört?« Nun ließ Maul sogar von
seiner Sülze ab. »Da war so eine CD aus der Schweiz im
Spiel? Dann haben wir es hier auch noch mit Steuerhin-
terziehung zu tun!«

»Nein, Himmelherrgott!« Der Bürgermeister
haute mit der Faust auf den Tisch. Als ihn die Runde
zu lange neugierig ansah, fuhr er seufzend fort. »Ich
habe da einen Bundesbruder, also Studienfreund, im

Finanzministerium, und der hat mir verraten, dass er einen höheren Politiker gedeckt hat, dessen Name auf einer der CDs auftauchte – und zufällig hat dieser Mann großen Einfluss beim Bayerischen Rundfunk und so ... jedenfalls habe ich weder Steuern verschwendet noch hinterzogen!«

»Und wir haben uns schon gewundert«, entfuhr es dem Produktionsleiter.

»Aber das war doch sowieso ein Eigentor.« Der Bürgermeister hatte nun offenbar aufgegeben. Er bestellte sich ein Bier, lockerte die Krawatte und zog sein Landhaussakko aus.

»Wieso Eigentor?«, fragte Rosi Altbauer. »Immerhin kommt Ödlasreuth jetzt ganz groß ins Fernsehen. Das kann doch nur gut sein.«

»Gut?!« Die Stimme des Lokalpolitikers überschlug sich. »Ja, dass ein Mord passieren muss, das war schon klar. Aber Kindesmissbrauch, Vertuschung – was glauben Sie denn, was das für ein Licht auf unseren Ort wirft? Das vertreibt uns noch die letzten Stammgäste, die noch nicht verstorben sind!«

»Ausgezeichnet«, triumphierte Maul, »da haben wir ja schon ein astreines Mordmotiv!«

»Jaja! Schon recht.« Der Bürgermeister leerte sein Bierglas bis zur Hälfte. »Nur dass ich gestern Nacht gar nicht hier war sondern drüben, also in ...«

»Tschechien?«, fragte Maul.

»Ja ... und?«

»Und wo da, wenn ich fragen darf?«

»In einem ... äh ... ja ... äh, Etablissement ... also eher gastronomischer Art.« Nun brauchte der Bürgermeister auch noch eine Zigarre.

»Na ja. Diese Damen tun nicht nur einiges für Geld, die sagen auch alles für Geld«, grinste Maul. »Das Alibi können Sie vergessen, aber wir sind ja noch nicht durch hier.« Er blätterte weiter in den Papieren.

»Dann überlegen wir mal, wem es sonst noch was nützt, dass der Regisseur über den Jordan ist ... Mir auch ein Bier, Frau Wirtin! ... Halt! Sie da! Wo wollen Sie hin?«, rief Maul in Richtung Tür zu einer kalkweißen Erscheinung.

»Ich muss mich abschminken, ich schwitze wie ein Schwein«, erwiderte die Frau.

»Hier wird nicht getürmt«, rief Maul. »Wer sind Sie?«

»Ich bin die Leiche.«

»Blödsinn, die Leiche liegt da oben«, entgegnete Maul.

»Ich bin die Leiche in der Szene, die heute gedreht werden sollte.«

»Name?«

»Metha Bröselbrecher ...«

»Aufschreiben«, befahl Maul dem Protokollführer.

»Ich glaube, das ist der Name der Leiche und nicht ...« Max Untreu sah die Frau zweifelnd an.

»Also, heißen jetzt Sie so oder die Leiche?«, bohrte Maul nach.

»Oh ja, das ist mein Filmname.« Die Frau lächelte peinlich berührt. »Das kommt von der Hitze, mein Name ist Margarete Schönauer.«

»Aufschreiben«, wiederholte Maul.

»Kann ich dann jetzt ...«

»Nix gibt's.«

Maul haute auf den Tisch. »Lassen Sie sich ein paar Servietten geben, wenn Sie den Kleister vom Gesicht haben wollen!«

»Ich werde mich über Sie beschweren!«

»Diese Gesellschaft macht mich krank«, seufzte Maul. »Also, wo war ich ... ah ja, wer ist denn jetzt der stellvertretende Kommandant hier?«

»Das wäre dann wohl ich«, meldete sich der Produktionsleiter.

»Wunderbar.« Maul nahm einen großen Schluck Bier. »Name?«

»Horst Mühlberger.«

»Und kann es vielleicht sein, dass Sie jetzt das Kommando übernehmen?«

»Wie meinen Sie das?«

»Na, machen Sie jetzt das, was bis gestern der Tote da oben gemacht hat?«

»Ein Produktionsleiter ist doch kein Regisseur«, lächelte der Mann milde.

»Jetzt aber mal keine falsche Bescheidenheit, Horst«, mischte sich Rosi Altbauer ein.

»Also doch?« Maul wühlte in den vor ihm liegenden Papieren, an denen ab und zu ein Brocken Sülze haftete.

»Ja, das entscheidet natürlich der Sender«, erklärte Rosi. »Aber Horst ist ausgebildeter Regisseur und ein guter dazu. Ich sehe da fast keine andere Möglichkeit, wenn wir noch rechtzeitig fertig werden wollen.«

»Soso. Und warum sind Sie dann nicht gleich der Chef hier geworden?« Maul schien etwas gefunden zu haben, denn er kniff die Augen zusammen und hielt sich eines der Papiere vor die Nase.

»Meine künstlerische Umsetzung von Drehbüchern entspricht meist nicht den Vorstellungen der Verantwortlichen im Sender.« Mühlberger presste die Lippen zusammen und verschränkte die Arme vor der Brust.

»Echte Künstler tun sich oft schwer mit dem Mainstream«, erklärte die Altbauer.

»Sie reden nur, wenn Sie gefragt werden«, herrschte Maul die berühmte Mimin an.

»Unerhört!«

»Jaja, schon recht.« Maul ließ das Blatt wieder sinken. »Hier steht, dass Sie behaupten, dieser Kolb sei schwerer Alkoholiker und gar nicht in der Lage, den Film in der geplanten Zeit fertigzustellen ...«

»Was?« Mühlberger wollte nach dem Blatt greifen.

»Na, na.« Maul übergab den Bogen der Altbauer. »Hier, lesen Sie mal vor. Sie können Ihren Mund ja doch nicht halten!«

»Ich werde mich über Sie ...«

»Lesen!«, befahl Maul.

»Also gut. Das ist eine E-Mail vom Spielfilm-Abteilungsleiter. ›Lieber Kilian, bitte dringend um Rückruf. Mühlberger hat angerufen und behauptet, du hättest deine Alkoholsucht nicht mehr im Griff. Der Zeitplan wäre schon überschritten, und es sei nicht mehr davon auszugehen, dass die Dreharbeiten rechtzeitig abgeschlossen werden könnten. Mühlberger bietet an, die Regie sofort zu übernehmen.‹« Sie ließ das Blatt sinken und schaute ungläubig zwischen Mühlberger und Maul hin und her.

»Tja, da haben wir also schon wieder ein Motiv.« Maul genehmigte sich einen Schluck Bier.

»Hab ich's nicht gleich gesagt? Alle wollen allen immer an den Kragen.«

»Aber ich habe gar nicht ...«, versuchte Mühlberger sich zu verteidigen.

»Hat er wohl nicht zu viel ins Glas geschaut, der Kolb?«, fragte Maul in die Runde.

»Na ja, also, ein paar Biere sind da schon weggekommen am Abend ... und am Mittag auch«, gab die Wirtin zu Protokoll.

»Ein gestandener Mann braucht schon mal ein Bier«, widersprach die Altbauer.

»Also die Schnapsflasche neben dem Regiestuhl war aber auch nicht zu übersehen«, gab Untreu zu bedenken.

»Ruhe«, befahl Maul und wandte sich wieder an den Produktionsleiter: »Sie hatten ein Motiv und die Gelegenheit, denn Sie waren nicht in Tschechien sondern genau hier und haben gleichzeitig mit Kolb gestern Abend die Wirtsstube verlassen!«

»Zusammen mit zwanzig anderen«, entgegnete der Produktionsleiter.

»Das kriegen wir schon noch«, sagte Maul.

»Entschuldigung, Herr Hauptkommissar«, meldete sich nun wieder Evi Jäger zu Wort.

»Sie dürfen sprechen, Frau Oberfeldwebel.« Maul machte eine gönnerische Geste.

»Haben Sie das gesehen?« Sie deutete auf ein Papier, das weiter unten im Stapel lag.

»Was?«

»Das scheint eine alte Besetzungsliste zu sein, das Datum ist von vor drei Monaten.«

»Ja, und?« Maul hielt das Blatt wieder nahe vor die Augen.

»Es fällt Ihnen doch sicher gleich auf, dass ...«

»... Sie nicht draufstehen«, rief Maul in Richtung der Altbauer. »Waren Sie damals wohl noch dicker?«

»Ich lasse mir das jetzt nicht mehr bieten«, schimpfte Rosi Altbauer und stand auf. »Sagt mir Bescheid, wenn der Irre wieder weg ist.«

»Hier geht niemand«, befahl Maul, und als sich die Altbauer davon nicht zurückhalten ließ, rief er nur »Nero!«, und der Hund baute sich knurrend vor der Tür auf, sodass Rosi sich trotzig wieder an einem der Nebentische niederließ.

»Aber dass sie die Rolle bekommen hat, ist ja offenbar kein Mordmotiv«, gab die Kriminalobermeisterin zu bedenken.

»Nein, nicht für sie«, stimmte Maul zu, »aber für diejenige, die stattdessen mal auf der Liste stand, Frau Schönauer!«

»War ja klar, dass das hier so läuft«, schimpfte die Leiche, die nun am selben Tisch saß wie die Altbauer.

»Sie wurden also von einer Hauptrolle zur Leiche degradiert«, schloss Maul.

»Kolb hat mir die Rolle versprochen. Ich war die Beste im Casting, mit Abstand. Und ich bin aus der Gegend, ich kann sogar Fränkisch sprechen.«

Ihre Augen schossen Giftpfeile in Richtung Rosi Altbauer.

»Du taugst doch bestenfalls fürs Scheunentheater«, gab Rosi nun auf Oberbayrisch zurück.

»Ich habe extra einen Werbespot für Venenkapseln abgesagt ... und dann das.« Der Leiche kamen die Tränen, sodass sie sich vernehmlich in eine Serviette schnäuzen musste.

»Jedenfalls ist das schon wieder ein sauberes Mordmotiv«, stellte Maul fest. »Und Sie waren auch gestern Abend noch hier, oder?«

»Wo soll man denn sonst hin?«, schniefte die Leiche.

»Also, ich kann es nicht beschwören«, meldete sich der Produktionsleiter zu Wort. »Aber ich glaube, die

Besetzung wurde auf Anweisung des Senders geändert. Man war wohl der Meinung, dass ein etwas prominenteres Gesicht gebraucht würde ... wegen der Einschaltquoten.«

»Was heißt da *etwas* prominenter?«, rief Rosi Altbauer fassungslos.

»Das entkräftet den Tatverdacht nicht«, beschied Maul. »Gut, dann hätten wir also drei Tatverdächtige in zwanzig Minuten. Das soll mir erst mal einer nachmachen ...«

In diesem Moment klingelte Mauls Handy. Es war wieder die Kriminalrätin Fuchtler, die zum einen überprüfen wollte, ob ihr Untergebener tatsächlich noch in Ödlasreuth bei der Arbeit war; zum anderen gab sie eine Information weiter, die der Gerichtsmediziner in der Aufregung um die Karpfensülze vergessen hatte. Neben der Gräte im Rachen des Regisseurs seien noch Faserspuren auf dem Gesicht des Toten sowie zwei kurze schwarze Haare gefunden worden, die nicht vom kahlköpfigen Kolb stammen konnten, sondern höchstwahrscheinlich von einer Frau. Genaueres würde die DNA-Analyse zeigen. Wenn sich die Faserspuren auch in der Lunge des Toten nachweisen ließen, spräche sehr viel dafür, dass Kolb erstickt worden war, höchstwahrscheinlich mit einem Kissen. Da er darüber hinaus einigen Alkohol im Blut hatte, käme für die Tat ohne Weiteres auch eine Frau in Betracht.

»Gut«, sagte Maul, nachdem das Telefonat beendet war. »Der Mordverdacht hat sich also erhärtet. Das heißt, Sie drei ...« Er deutete auf den Bürgermeister, den Produktionsleiter und die Leiche. »... kommen jetzt erst mal in U-Haft. Frau Oberfeldwebel Jäger ...«

»Ja«, meldete sich Evi Jäger vom Nebentisch aus. »Sie bringen die Verdächtigen jetzt ins Präsidium. Ich habe schon genug geleistet für einen Tag ...« »Entschuldigung, Herr Kommissar«, sagte der Protokollführer.

»Hauptkommissar«, korrigierte Maul.

»Herr Hauptkommissar.« Der Mann räusperte sich peinlich berührt. »Aber ich bin mir sicher, dass keine Evi Jäger bei der Kripo hier arbeitet.«

»Wieso?«, rief Maul. »Ich dachte, Sie wären kein echter Polizist!«

»Ja ... nein. Also, ich hatte nur keine Lust auf die Schreibarbeit ...«

In diesem Moment kam es zu einem Tumult an der Eingangstür. Evi Jäger hatte versucht diese zu öffnen und war von Nero daran gehindert worden. Der hing nun an ihrem Unterschenkel, während sich kurz danach Rosi Altbauer in vorbildlicher Auslegung ihrer Rolle als Kommissarin auf die junge Frau warf und sie mit einem gezielten rechten Schwinger außer Gefecht setzte. Bei dem Handgemenge verlor die vermeintliche Beamtin ihre blonde Perücke, und es kamen kurze schwarze Haare zum Vorschein.

Als der fränkische *Tatort* dann endlich ausgestrahlt wurde, war die Handlung völlig verändert worden. Horst Mühlbauer, der neue Regisseur, hatte zwar in Ödlasreuth weitergedreht, doch nun ging es um einen Mord während der Dreharbeiten zu einem Film. Die Täterin nahm an dem Regisseur und Drehbuchautor Rache, denn tatsächlich war sie die wahre Urheberin des Skripts gewesen, das sie als Studentin der Filmhochschule dem bekannten Regisseur zur Begutachtung geschickt hatte. Dadurch, dass sie sich in der Verwirrung am Tatort als echte Polizeibeamtin ausgab, hätte sie es fast geschafft, durch teils gefälschte, teils echte Indizien den Mordverdacht auf den Bürgermeister des Drehortes, den Produktionsleiter und eine degradierte Hauptdarstellerin zu lenken.

Dass Evi Jäger – so übrigens ihr echter Name – sofort nach der Erstausstrahlung ein Urheberrechtsverfahren gegen den Bayerischen Rundfunk und Horst Mühlberger anstrengte, ist in diesem Zusammenhang noch ein beiläufiger Hinweis, der aber nicht mehr in die Zuständigkeit von Hauptkommissar Maul fällt – leider.

Peter Freudenberger
Der Retter

Sie ist eine aufregende Frau. Ich weiß, es ist taktlos, aber ich kann den Blick nicht von ihr wenden. Sie schließt die Glastür der kleinen italienischen Bar, in der ich schon seit Stunden sitze, Espresso trinke und die wenigen Menschen beobachte, die durch die Tür kommen und gehen. Es ist kaum etwas los hier drin, trotz der Klimatisierung. Bei schönem Wetter sind die Straßencafés gefragter.

Sie verharrt einen Moment, sieht sich um. Ihre Augen müssen sich erst an das Halbdunkel gewöhnen. Dann fangen sie meinen Blick auf. Sie lächelt. Ich spüre ein leichtes Kribbeln im Magen, aber ich schaue nicht weg, sondern lächle zurück. Kenne ich sie? Ich habe das Gefühl, dass ich ihr schon einmal begegnet bin. Sie ist der Typ Frau, der auffällt. Mein Typ.

Alles an ihr zieht mich an und schafft gleichzeitig Distanz. Sind es Hormone oder elektromagnetische Felder, die hier wirken, ihre Aura, all das, was sich nicht bewusst erfassen lässt und daher gerne mit »Ausstrahlung« umschrieben wird? Hat es etwas mit dem herausfordernden Leuchten in ihren Augen zu tun, mit dem zwanglosen Lächeln, das sie mir, einem Fremden, zuwirft? Liegt es an der Art, wie sie jetzt eine Strähne ihres nussbraunen Haars aus der Stirn streift, oder einfach daran, wie sich ihre Knie berühren, während sie an der Tür steht? Die Bewegung unterstreicht das leichte X der nackten Beine, die der kurze Rock sehen lässt. Beine, die Sinnlichkeit verraten, und eine Körperhaltung, die

Selbstbestimmtheit andeutet. Sie ist keine Frau, die nur einem Mann gehört, gehören will. Instinktiv weiß ich, dass ich sie haben, aber nie behalten könnte.

Sie löst sich von der Tür, geht an der Theke entlang auf mich zu. Mein Nacken verspannt sich. Soll ich aufstehen?

Am Tisch hinter mir rückt ein Stuhl. »Lisa«, ruft eine Männerstimme wenig freundlich. »Na endlich.«

Ich blicke starr weiter zur Tür, während Lisa an mir vorbeigeht. Aus dem Augenwinkel sehe ich, wie ihr Lächeln erstirbt. Stattdessen zieht ein Ausdruck von Ärger, wenn nicht gar Wut über ihr Gesicht. Dann ist sie hinter mir.

»Wir hatten vier gesagt«, höre ich den Mann.

»Du«, erwidert sie. »Du hast vier gesagt. Ich hab dir gleich erklärt, dass ich es so früh nicht schaffe.«

»War's wenigstens schön?« Sein Ton hat etwas Gehässiges.

»Keine Ahnung, was du meinst.«

Da ich die beiden nicht im Rücken haben will, stehe ich auf. Mit ein paar Schritten bin ich an der Theke, nehme mir die Zeitung und kehre um. Ich lasse mir Zeit, um nicht aufzufallen. Dann setze ich mich an die Wandseite meines Tischs, sodass ich nur leicht den Kopf drehen muss, um sie zu beobachten, und schlage die Zeitung auf. Sie beachten mich nicht, sie streiten. Zudem habe ich Glück, sie sitzen sich gegenüber, im Profil zu mir, sie können mich nicht direkt anschauen.

»Noch sind wir nicht geschieden.« Ein gepresster Unterton liegt in der Stimme des Mannes. »Musst du mich zum Gespött machen?«

»Ich hab gar nichts gemacht.« Die Frau verstummt und schaut auf, als der Kellner an ihren Tisch tritt und ein Glas Latte macchiato vor ihr absetzt. Sie hat nichts bestellt, jedenfalls habe ich nichts davon mitbekommen. Sie muss Stammgast in diesem Café sein, wie ich. Vielleicht habe ich deshalb das Gefühl, ihr schon einmal begegnet zu sein.

»Du bist rumgelaufen wie eine Nutte gestern Abend.« Ihrem Gegenüber ist es offensichtlich egal, ob ihm Fremde zuhören, der Kellner hat sich gerade erst ein paar Schritte entfernt, im Vorbeigehen nimmt er meine leere Tasse mit. »Du hättest dich sehen sollen. Das war kein Rock mehr, das war gerade noch ein Gürtel. Dazu das enge Top – und nix drunter.«

Auch der Mann kommt mir bekannt vor. Woher kenne ich sein Gesicht? Ich krame in meinem Gedächtnis. Alles ist wie weggebrannt. Diese verdammte Hitze, seit Tagen macht sie mir zu schaffen. Lähmt mich. Lähmt die ganze Stadt.

»Mir war heiß. Ich habe getanzt.« Lisa wiegt leicht den Oberkörper, während sie das sagt, und hält das Glas mit beiden Händen.

»›Getanzt‹ nennst du das? Dass ich nicht lache!« Er lacht rau. »Rangeschmissen hast du dich. An jeden. Natürlich bis auf mich. Ich sollte dir zusehen, oder?«

»Du tanzt doch nie. Außerdem hättest du nicht kommen müssen.«

»Das würde dir so passen, was? Wir waren beide eingeladen. Meinst du, dass ich deinetwegen zu Hause rumsitze und Trübsal blase?«

»Eben.« Seufzend senkt sie das Glas. »Ich wollte Spaß haben. Deshalb geht man auf so eine Gartenparty.«

»Na, deinen Spaß hast du ja gehabt. Wenn ich nur an diesen Latino denke mit seinen öligen schwarzen

Haaren. Der hat überall an dir rumgefummelt. Richtig peinlich war das.«

Ich drehe den Kopf ein wenig, um ihn genauer betrachten zu können. Er ist nicht hässlich, im Gegenteil. Er hat, genau genommen, sogar Ähnlichkeit mit mir, eine sportliche Statur, dichtes blondes Haar, ein markantes Kinn. Frauen mögen das. Aber mit einem heißblütigen Lateinamerikaner kann er nicht mithalten. Könnte ich auch nicht. Nicht bei dieser Frau.

»Das ist doch Blödsinn. Wir haben Salsa getanzt.«

Bilder laufen vor meinen Augen ab wie ein Film. Wie in *Dirty Dancing*. Die Frau tanzt, hebt die Arme, schwingt die Hüften. Aufreizend flattert ihr Röckchen. Ihr Partner zieht sie heran, führt sie, wendet sie, wie zufällig gleiten seine Hände über ihren Körper.

»Salsa!« Wieder das raue Lachen. »Der Typ hat seinen Schwanz an deinem Hintern gerieben. Und dann hast du dich auch noch umgedreht und ...«

Sie knallt das Glas auf den Tisch und schneidet ihm das Wort ab. »Jetzt reicht's.« Sie sieht herüber. Ich blättere wie desinteressiert in der Zeitung. Sie hebt die Stimme. »Ja, ich hab geflirtet. Ja, der Typ hat mich angemacht. Ja, es hat mir Spaß gemacht. Warum auch nicht? Wir zwei sind getrennt, wann kapierst du das endlich? Ich treffe mich nur mit dir, weil ich gehofft habe, dass du die restlichen Sachen mitbringst, die ich brauche. Deine ewige Eifersucht ... Das ist krank.«

Der Mann springt auf, beugt sich bedrohlich zu ihr über den Tisch. »So lass ich nicht mit mir reden, Lisa!« Sein Gesicht ist knallrot, Speichel sprüht aus seinem Mund. »Tu das nie wieder!«

Meine Muskeln spannen sich, ich bin bereit,

einzugreifen, wenn es nötig werden sollte. Doch der Kellner kommt mir zuvor. Er stürzt an ihren Tisch. »'abe die 'errschafte noch eine Wuunsch?«

Lisa schüttelt den Kopf. »Der Latte geht auf deine Rechnung«, sagt sie im Aufstehen. »Ich will meine Reisetasche. Ruf mich an, wenn es bei dir klappt. Aber diesmal wirklich.«

Sie geht, ohne ein weiteres Wort, ohne mich zu beachten. Fast ein wenig gekränkt sehe ich ihr nach, bis die Glastür zufällt. Ihr schöner Körper scheint sich im flirrenden Licht aufzulösen.

Der Mann setzt sich nicht. Er beugt sich über das verbeulte Leinenjackett, das über seiner Stuhllehne hängt, fingert ein paar Münzen aus der Tasche und bezahlt.

Ich schaue weg. Vor mir liegt die Zeitung, so, wie ich sie beiläufig aufgeschlagen habe. Es ist der Lokalteil. Mein Blick bleibt an einem kleinen Foto hängen. Überrascht ziehe ich die Seite näher heran. Ich traue meinen Augen kaum: Das Bild ist ein Porträt, es zeigt den Mann am Nachbartisch. Alles verschwimmt, ich kann die kleingedruckten Textzeilen darunter nicht lesen. Nur die Schlagzeile darüber sehe ich deutlich.

»Gesucht: Matthias Sommer.«

Sommer. Matthias. Irgendwas klingelt da bei mir. Ich hab den Namen schon gehört. Oft! Es ging um eine Gewalttat, da bin ich mir sicher. Verdammt, mein Gedächtnis! Jedenfalls ist die Polizei hinter ihm her – und er sitzt seelenruhig in diesem Lokal, trifft sich mit seiner Ex und rastet dann noch fast aus.

Er klemmt das Jackett unter den Arm und geht an mir vorbei zur Tür. Ich hätte gerne noch den Artikel gelesen, gewusst, warum nach ihm gefahndet wird. Aber etwas zwingt mich, ihm nachzueilen. Ein gesuchter Gewalt-täter. Hat er etwas vor? Soll ich die Polizei holen? Ich warte nicht auf den Kellner, sondern werfe einen Schein auf den Tisch. 20 Euro, viel zu viel für die drei, vier Espresso. »Der Rest ist für Sie«, rufe ich dennoch, während ich losspringe.

Draußen treffen mich das Licht und die Hitze wie Keulenschläge, obwohl es längst nach fünf ist. Ich stehe in einer Seitengasse der Fußgängerzone, bin so plötzlich aus der Bar gesprungen, dass eine dicke Passantin mit zwei prall gefüllten Plastikbeuteln kaum noch ausweichen kann. Trägheit der Masse.

»Hamm Sie kä Aache im Kopp?«, beschwert sie sich schnaufend.

Ich beachte sie nicht. Suchend lasse ich meinen Blick durch die belebte Gasse schweifen, erst nach links, zum Marktplatz hin. Was, wenn dieser Mann, Matthias Sommer, dort in der Tiefgarage der Stadthalle ein Auto geparkt hat? Ich sehe ihn nicht, atme auf, wende mich nach rechts, der Haupteinkaufsstraße zu. Da entdecke ich ihn. Gerade biegt er an der Buchhandlung Diekmann in die Herstallstraße ein.

Was zwingt mich, ihm zu folgen? Andererseits: Was hält mich schon davon ab? Seit Tagen gehe ich nicht mehr zur Arbeit. Ziemlich genau, seit das mit der Hitze losgegangen ist. Nachmittags hänge ich mit Espresso in der klimatisierten Bar herum und abends mit Whiskey im *Cena*. Stets wache ich schweißgebadet auf, ein paar Schritte weiter in einem altmodischen Hotel, wo sie keine indiskreten Fragen stellen. Mein Kopf ist jeden Morgen dick und rot wie ein Basketball, und genauso leer ist auch mein Gedächtnis. Ich weiß nur, dass ich nicht nach Hause will. Das Haus ist leer, meine Frau hat mich verlassen.

Da geht es ihm wie mir, denke ich, während ich hinter ihm herlaufe. In der Einkaufsstraße sehe ich ihn ein Stück weiter oben, schon halb am Herstallturm. Ich weiß, wie er sich fühlen muss. Aber ich kann ihn nicht bedauern. Er hat etwas vor, das spüre ich. Etwas mit dieser Frau, Lisa. Sie zählt für mich, ich werde sie schützen. Sie ist schön, und ich bin solo. Ich habe meine Wahl getroffen – gegen ihn.

Am Herstallturm überquert er den vierspurigen Boulevard mit der breiten Grünanlage in der Mitte, ich muss spurten, um noch bei Grün auf die andere Seite zu kommen. Drüben überrascht er mich erneut: Er hält aufs *Cena* zu, die Stammkneipe für einsame und suchende Herzen. Aber er lässt sie links liegen und biegt in die unscheinbare Passage daneben ein. Er überquert den Hof dahinter, in der Einfahrt auf der anderen Seite bleibt er stehen. Sie führt in eine Seitengasse.

Ich muss an ihm vorbei, damit ich nicht auffalle. Ich trete auf den Gehsteig hinaus. Der Feierabendverkehr schiebt sich in der schmalen Einbahnstraße vom Bahnhof her stadtauswärts, dicht an dicht. So muss ich ganz natürlich am Fahrbahnrand warten. Gegenüber liegt die Schöntalpassage, ein Gebäudekomplex mit Läden und Kneipen im Erdgeschoss und Appartements darüber.

Ich massiere mir mit einer Hand den Nacken, wende den Kopf hin und her, als wollte ich mich entspannen. So kann ich ihn sehen. Sommer achtet nicht auf mich, sondern starrt hinüber auf einen der Eingänge. Ohne die hässliche Milchglastür aus den Augen zu lassen, zieht er eine Packung Zigaretten aus der Hosentasche, nimmt einen Glimmstängel heraus und zündet ihn an. Ich drehe mich um und studiere die Auslagen eines Handyladens. Auf diese Weise behalte ich ihn im Auge – und die andere Straßenseite, die sich im Schaufenster spiegelt.

Vermutlich wohnt hier seine Ex. Er überwacht sie. Ich kenne das. Er will Klarheit. Kontrolle. Mir ging's ähnlich. Aber es hat nie etwas gebracht, sich hinzustellen und zu beobachten. Erst der Zufall hat für Gewissheit gesorgt. Es hat genügt, einmal früher nach Hause zu kommen, an einem Tag, an dem ich gar nicht daran gedacht hatte, dass sie etwas mit einem anderen haben könnte. Jedenfalls nicht konkret.

Bilder tauchen auf. Die fremde Frau und meine, sie verschmelzen zu einer. Ich sehe sie im Sessel, die nackten Beine über die Armlehnen gehängt, ein Kopf dazwischen. Ölige schwarze Haare. Auch die Liebhaber zerfließen zu einem.

Ich bilde mir das ein, weil er plötzlich erscheint. Er kommt vom Einkaufszentrum her. Das Spiegelbild im Schaufenster ist verschwommen, aber die Satzfetzen, die ich in der Bar aufgeschnappt habe, reichen mir, um ihn zu erkennen. Es mag viele Latinos geben in dieser Stadt, aber sicher nur einen, der in dieses Haus will, in dem sie wohnt, Lisa.

Ich schaue zu Sommer. Er reagiert. Das beweist mir, dass ich recht habe. Seine Birne wird knallrot, er wirft die Zigarette auf den Boden, quetscht sie mit der Schuhsohle aus. Er springt fast an den Straßenrand, während der Schwarzhaarige an der Haustür auf der anderen Seite klingelt. Sommer flucht, weil ihm der Verkehr keine Lücke lässt. Er hebt einen Arm, gebieterisch, und tritt auf die Fahrbahn. Eine Bremse quietscht. Jemand hupt. Aber Sommer schlängelt sich zwischen den Autos durch.

Offenbar will er den Fremden stellen. Was soll ich tun? Ich entschließe mich, ihm weiter zu folgen. Auch ich hebe meinen Arm, wie Sommer, der gerade die andere Straßenseite erreicht. Er ist kein Dutzend Schritte von seinem Nebenbuhler entfernt. Im selben Augenblick öffnet sich die Tür, der Latino verschwindet im Haus. Sommer fällt in sich zusammen, dann ballert er, außer sich vor Wut, mit dem Fuß gegen einen Abfalleimer.

Unschlüssig bleibe ich stehen. Ein Autofahrer, der für mich angehalten hat, tippt sich an die Stirn und fährt wieder los. Er hält mich für bescheuert – und er hat recht. Was mache ich hier überhaupt? Ich sollte die Polizei rufen und Schluss. Aber die Neugier ist stärker.

Sommer beugt sich vor, stützt sich mit den Händen auf die Knie, atmet tief durch. Schließlich setzt er sich in Bewegung. Zum Bahnhof. Ich bleibe auf meiner Seite. Keine hundert Meter weiter wechselt er zu mir herüber. Er will zum Boulevard zurück, den wir vorhin überquert haben, aber diesmal nicht durch die Hinterhöfe, sondern auf der Frohsinnstraße. Ihr Name heitert ihn allerdings nicht auf. Die Schultern hochgezogen, die Fäuste tief in die Taschen seiner grauen Leinenhose gestopft, stürmt er voran. Er kickt gegen einen gelben Sack, der an einem Lampenmast lehnt. Wütend fährt er einen Jungen an, der ihm mit dem Fahrrad in die Quere kommt. Die Leute bleiben stehen und sehen ihm nach. Als er das bemerkt, wird er ruhiger. Er will nicht auffallen.

Dort, wo die Frohsinnstraße in den Boulevard mündet, überquert er an der Ampel die ersten beiden Fahrspuren. Ich bin zu spät, die Ampel springt auf Rot, sofort fahren die Autos an. Erleichtert sehe ich, dass er seinen Weg nicht über die beiden anderen Fahrspuren fortsetzt, sondern auf der breiten Grünanlage bleibt, die dazwischenliegt. Er wendet sich nach links, setzt sich auf eine der Bänke am neuen Sparkassenbrunnen und legt sich das Jackett über die Knie. Wieder zündet er sich eine Zigarette an und raucht, während ich auf Grün warte und endlich die Straße überqueren kann.

In der Grünanlage sind noch etliche Menschen unterwegs, aber niemand sitzt. Nachmittags ist der Brunnen von Sonnenanbetern und planschenden Kindern umlagert. Jetzt am Abend hat sich die Luft zwar kaum abgekühlt, doch die Sonne ist hinter dem Sparkassengebäude auf der anderen Straßenseite verschwunden, und in der Dämmerung hat der Platz wenig Einladendes. Wie kann ich ihn hier unauffällig beobachten? Wieder hilft mir eine Zeitung. Sie steckt in einem Abfalleimer, im Vorbeischlendern ziehe ich sie heraus.

Einer Bank hat er halb den Rücken zugedreht. Die wähle ich aus. Ich lege mich darauf, knülle mir mein Jackett unter den Nacken, damit mein Kopf ein wenig aufgerichtet ist, und decke mir die Zeitung über das Gesicht. Vorsichtig schiebe ich sie so lange hin und her, bis ich ihn darunter hindurch im Auge behalten kann, und stelle mich schlafend.

Er wendet sich nicht zu mir um, sondern schnippt die Zigarette ins Brunnenbecken, zieht ein Handy aus der Hemdtasche und wählt. Mit der anderen Hand wedelt er ein junges Pärchen weg, das an seiner Bank stehen bleibt und knutschen will.

»Ich bin's«, knurrt er. »Hast du's? Gut. Ich sitze im offenen Schöntal am Brunnen, ich geb dir zehn Minuten.

Natürlich hab ich die Kohle.« Er steckt das Handy ein, legt die Ellbogen über die Lehne der Bank, lässt den Kopf zurückfallen. So wartet er, die Augen offen, aber wie versteinert.

Ich muss aufpassen, dass ich nicht wirklich einschlafe. Es ist schwül, es dunkelt, das Wasser plätschert, das Zeitungspapier müffelt, ich bin hungrig.

Leute kommen und gehen, ich höre, wie manche einen Bogen um die Bank machen, auf der ich liege. Sie halten mich für einen Penner. Ich kann es ihnen nicht verdenken. Meine Klamotten sind zerknittert, und wie die Zeitung von außen aussieht, will ich gar nicht wissen. Doch niemand scheint auf Matthias Sommer zu achten, der gesucht wird und der dennoch mitten in der Stadt sitzt. Wieder denke ich daran, die Polizei anzurufen und die Sache zu beenden.

Endlich steuert jemand seine Bank an. Ich kenne den Mann, diese Stadt ist ein Dorf, er heißt Leto. Er ist der Inhaber des Waffengeschäfts in der Feuergasse. Um genau zu sein: der zwielichtige Inhaber eines anrüchigen Ladens im schäbigsten Quartier der Innenstadt. Passt ja alles.

Leto setzt sich, Sommer verscheucht ihn nicht. Aber sie beachten sich auch nicht. Ich glaube schon an einen Zufall, doch Sommer zieht einen Umschlag heraus, einen braunen Versandbeutel, und legt ihn neben sich. Leto hat ein Päckchen unter den Arm geklemmt, ebenfalls in braunes Papier geschlagen, das er auf die Bank gleiten lässt. Er beugt sich vor, klopft mit der Hand ruhig den Staub von den Hosenbeinen. Als er fertig ist, greift er nach einem der braunen Packen, steht auf und geht davon.

Das gibt's doch nicht! Ich halte den Atem an. Er hat Sommers Umschlag mitgenommen.

Sommer sieht ihm nicht nach. Er nimmt sein Jackett von den Knien, um die Beine übereinander zu schlagen, und legt es über Letos Päckchen.

Ich kann mir denken, was drin ist. Sommer hat sich eine Pistole besorgt. Illegal, und doch vor aller Augen. Es war wohl ein halbes Dutzend Leute rings um den Brunnen unterwegs, aber wer nicht genau hingesehen hat, dürfte kaum etwas mitbekommen haben. Was ist schon dabei? Ein Mann setzt sich auf eine Bank, um seine Hose zu reinigen. Er legt etwas ab, hebt es wieder auf und geht weiter.

Sommer hat sein Handy in der Hand. Diesmal muss er länger warten, bis sich jemand meldet. »Ich weiß, dass ich störe«, sagt er. Wieder der gehässige Unterton. »Du willst deine Reisetasche? Du kannst sie haben.« Er telefoniert mit Lisa. »Du glaubst doch wohl nicht, dass ich dir die bringe! Ich weiß, dass der Typ bei dir drin ist ...« Er lacht rau. »Ich bin um neun mit der Tasche im *Cena*. Ich warte fünf Minuten, hörst du? Fünf Minuten, keine Sekunde mehr. Und wag es bloß nicht, mit dem Typen aufzukreuzen, sonst vergess ich mich.« Grußlos drückt er das Gespräch weg und steckt das Handy ein.

Schweißperlen rinnen mir von der Stirn über die Schläfen ins Nackenhaar. Es juckt. Plötzlich schwitze ich auch am Rücken, mein Hemd ist nass. Mir schwant, was Sommer plant. Er hat eine Pistole, jedenfalls etwas in der Art, und bestimmt keine registrierte. Er verabredet sich mit seiner Ex, die er hasst, sorgt dafür, dass sie allein zum Treffen kommt. Für mich gibt es keinen Zweifel, er hat vor, Lisa umzubringen. Mir ist nur nicht klar, wie er sich das vorstellt. Das *Cena* ist um neun voller Menschen. Wie auch immer, ich bin der Einzige, der von seinem Plan weiß. Ich muss ihn vereiteln.

Er nimmt das Jackett mit dem Päckchen darunter und verlässt die Bank. Ich bleibe reglos liegen, bis er an mir vorbei ist, schwinge die Füße auf den Boden, laufe hinterher. Wir überqueren den Boulevard, ich halte mich zwei Schritte hinter ihm. Auf der anderen Seite zieht er einen Autoschlüssel aus der Hosentasche, drückt mit dem Daumen darauf. Auf dem Kurzzeitparkplatz meldet sich mit kurzem Quietschen ein Audi. Sommer öffnet die Fahrertür und steigt ein.

Ich erstarre. Damit hatte ich nicht gerechnet. Hektisch blicke ich mich um. Der Taxistand vor der Sparkasse ist leer. Ich bin fast ein wenig erleichtert. Was hätte ich dem Fahrer sagen sollen? »Folgen Sie dem roten Wagen da vorne?« So etwas funktioniert doch nur in schlechten Krimis.

Der Audi fährt ab, und ich sehe keinen Weg, ihm zu folgen. Vor Wut und Enttäuschung würde ich am liebsten gegen einen Abfalleimer treten, wie es Sommer gemacht hat, als sein Nebenbuhler im Haus der Ex verschwand. Aber hier hängt keiner, außerdem will ich mich nicht auf dieses Niveau sinken lassen. Ich lehne mich lieber gegen die warmen Sandsteinplatten, die mein Hemd trocknen, und überlege.

Jetzt noch die Polizei zu rufen, erscheint mir alles andere als sinnvoll. Wie soll ich erklären, dass mir ein Gesuchter über den Weg gelaufen ist, und ich mich nicht gleich gemeldet habe? Dass ich ihn sogar stundenlang verfolgt habe? Warum ich erst anrufe, nachdem er mit unbekanntem Ziel davongefahren ist?

Natürlich kann ich behaupten, ich hätte ihn zufällig entdeckt, als er in das Auto gestiegen ist. Aber dann kann ich nichts von der Waffe wissen, nichts von meiner Vermutung berichten, dass er seine Frau töten will, die Bullen müssten mich ja für völlig hysterisch halten. Ich könnte den Mord nicht einmal verhindern, weil ich nichts von seiner Verabredung gehört haben dürfte. Und die Aussicht, dass sie ihn vorher schnappen, ist gleich Null – ich habe keine Ahnung, wohin er will. Immerhin weiß ich, wo er später sein wird. Um neun im *Cena*, noch gut anderthalb Stunden.

Die Luft steht. Passanten schauen mich an, runzeln die Stirn. Ich stoße mich von der Wand ab und beschließe, in der Nähe etwas zu essen. Wenn ich etwas im Magen habe, kann ich wieder klarer denken. Ohne Ziel laufe ich los. An der Ampel überquere ich den Boulevard, lasse mich in die Frohsinnstraße hineinziehen. Am Platz vor dem Möbelhaus biege ich in die verkehrsberuhigte Zone zum Bahnhof ab.

Die Geschäfte schließen, der Verkehr und der Strom der Passanten versiegen. Ich nehme das nur beiläufig wahr. Ich sehe ihn, Sommer. Ich sehe ihn, wie er sich wütend über den Bistrotisch in der Bar beugt und seine Frau bedroht. Wie er gegen den Abfalleimer tritt, das Kind mit dem Rad anbrüllt. Ich sehe ihn, wie er jetzt gerade mit dem Wagen anhält, vielleicht auf einem einsamen Parkplatz im Industriegebiet, die Waffe auspackt und kontrolliert. Ich sehe das gehässige Grinsen, die verzerrte Grimasse seines Gesichts.

Ich höre Lisas Worte: »Deine ewige Eifersucht, das ist krank.« Dann wieder ihn, wie er über ihren Latin Lover herzieht, sie als Nutte beschimpft. Er fühlt sich erniedrigt. Daher ist er voller Hass und will auch sie demütigen. Aber sie umbringen? Durch einen Mord würde er sie unwiederbringlich verlieren. Das wäre der Super-GAU. Das endgültige Aus. Ich verstehe: Wenn er sie nicht haben kann, dann auch kein anderer.

O ja, ich weiß, was er empfindet, auch ich war eifersüchtig. Ich versuche, mir meine Frau vorzustellen, aber es gelingt mir nicht. Wie lange liegt die Trennung zurück, ist es wirklich erst eine Woche her oder nur ein Tag? Ich habe die Erinnerung an die Zeit danach verdrängt, verloren. Die Tage gleichen sich. Ich stehe auf, esse, trinke, lege mich wieder hin. Nur das bleibt, tags darauf sind alle Details, alle anderen Ereignisse des Vortags vergessen.

Die Bilder, die ich von ihr finde, verschwimmen mit denen der anderen, Lisa. Wieder laufen Filme in meinem Kopf ab. Ihr aufreizender Tanz, seine Hände auf ihrer Haut, ihr Kopf, an die Lehne des Sessels gepresst, die Augen geschlossen, die Unterlippe eingezogen. Auf einem weiten Bett ihr weißer Körper, sein dunkler darüber.

Mit einem Mal sehe ich mich als ihren Liebhaber. Ich atme schneller, auch mein Schritt beschleunigt sich. Es stimmt, ich möchte seinen Platz einnehmen. Seit ich diese aufregende Frau gesehen habe, an der Tür der italienischen Bar, will ich sie besitzen. Ich will es sein, an den sie sich beim Tanz schmiegt. Ich will ihre Lippen, ihre Haut berühren, sie fühlen und schmecken, am Ende dieses heißen Tages erschöpft neben ihr auf den Laken liegen, die durchdrungen sind vom Schweiß und Dunst unserer Körper.

Aber wie kann ich sie gewinnen? Indem ich sie rette.

Neue Bilder. Lisa, die mir ihre Arme entgegenstreckt,

ihre Augen, die nicht mehr leuchten, sondern dunkel und gebrochen sind. Sommers Hand, die fest den Griff einer Pistole umschließt. Lisas Brust, aufgerissen von einem Schuss, Ströme von Blut, die sie mit ihren Händen verzweifelt zu stillen versucht. Ihr stürzender Körper. Ich selbst, wie ich hinzuspringe, mich vor sie werfen, sie auffangen will. Zu spät. Ich komme zu spät. Ich habe einen Fehler gemacht, hätte ihn nicht wegfahren lassen dürfen.

Vor dem Bahnhof bleibe ich stehen und verdränge die Bilder. Ohne große Hoffnung nehme ich das Handy, rufe die Auskunft an und frage nach Lisa Sommer. Ich will sie sprechen, sie warnen. Aber sie ist nicht gemeldet, hat vielleicht gar kein Festnetz, kein Wunder, wenn sie jetzt erst in diese Wohnung gezogen ist.

Im Bahnhof schließt der Bäcker, die Regale sind bereits abgeräumt. Im Durchgang ist ein Imbiss, aber mir vergeht die Lust, als ich die Schlangen an den Kassen sehe. Das Gegröle und Geschubse ist mir zuwider. Jungs, die sich aufspielen und sogar da drin auf den Boden spucken. Junge Mädchen, die sich zum Ausgehen abends hermachen wie ... »wie eine Nutte«, höre ich Sommers Worte, hervorgepresst in der italienischen Bar. Der Durchgang führt zum Busbahnhof. Dort gibt es einen kleinen Metzger, aber der Kiosk ist schon dunkel. Am besten, ich gehe ins *Cena*. Ich kann nichts anderes tun, als dort auf ihn zu warten, falls er überhaupt erscheint.

Ich laufe den Weg zurück, schneller, als ich gekommen bin. Ein paar Mal muss ich mich bremsen, weil sich Passanten nach mir umdrehen. Wieder wollen sich mir Bilder aufdrängen, von ihr, von ihm, von mir, aber ich lasse sie nicht zu. Ich will zur Ruhe kommen. Ich muss etwas essen. Ich brauche was zu trinken, und zwar keinen Kaffee.

Im *Cena* sind die meisten Tische leer, eine Traube von Feierabendtrinkern umlagert die Bar. Es ist schwül. Ich suche mir die Stelle unter dem Deckenventilator aus, schiebe mich nach vorne durch, hänge mein Jackett an einen der Haken unterm Tresen und bestelle einen Whiskey. Eis lehne ich ab. Ich drehe mich um und beobachte die Glastür, die zum Boulevard führt.

Draußen wird es Nacht. Immer mehr Menschen drängen herein. Die Tische füllen sich, auch wenn die meisten Gäste in den Gängen dazwischen stehen bleiben und sich unterhalten. Sie müssen die Köpfe zusammenstecken. Das Stimmengewirr schwillt an, gleichzeitig dreht jemand die Musik immer lauter, sodass sie über dem Geräuschpegel der Gespräche bleibt, diesen damit jedoch weiter in die Höhe treibt. Ein Teufelskreis.

Mir fällt ein, dass ich etwas essen wollte. Ich bestelle einen Flammkuchen und noch einen Whiskey. Als ich mich wieder der Tür zuwende, läuft es mir kalt den Rücken runter: Sommer. Er hat die Reisetasche dabei. Wahrscheinlich ist er deshalb fortgefahren. Um die Tasche zu holen. Ohne jemanden anzusprechen, schlängelt er sich durch die Gäste nach hinten zur Garderobe hindurch. Er schiebt die Tasche auf die Hutablage, kommt zurück und quetscht sich, nicht weit von mir entfernt, an die Bar.

Für einen Augenblick schaut er mich an. Hat er mich wiedererkannt? Gespürt, dass ich ihn beobachte? Er wendet sich einem der Kellner zu, die hinter der Bar herumwuseln, hält ihn am Ärmel fest und deutet auf mein Whiskeyglas. Wenig später hat er auch eines vor sich stehen. Er nippt kurz, schaut dann zur großen Wanduhr. Unwillkürlich folge ich seinem Blick. Es ist Viertel vor neun. Er zieht seine Zigarettenpackung hervor, ruft dem Kellner etwas zu, was der bei dem Lärm sicher ebenso wenig verstehen kann wie ich. Sommer stößt sich vom Tresen ab und bahnt sich einen Weg zum Seiteneingang.

Mein Nacken kribbelt. Der Seiteneingang führt in die Passage. Dort steht ein Aschenbecher, aber die meisten Raucher gehen vorne raus, auf den breiten Gehsteig am Boulevard. Er will auch nicht rauchen, er gibt es nur vor! Von der Passage aus muss er nur den Hinterhof und die schmale Einbahnstraße überqueren, und schon steht er vor ihrem Haus. Er weiß, dass sie es in ein paar Minuten verlassen wird, um ihre Reisetasche im *Cena* abzuholen. Dass sie es allein verlassen wird. Er muss sie nur erschießen und umkehren.

In acht, höchstens zehn Minuten ist er zurück – ungefähr die Dauer einer Zigarette. Sicher hat er sich etwas ausgedacht, wo er die Waffe loswird. In aller Ruhe kann er sein Glas austrinken, so tun, als ob er auf seine Frau wartet, und irgendwann mit der Reisetasche davonziehen. Er wird dafür sorgen, dass es genügend Zeugen mitkriegen. Aber dass er zwischendurch mal draußen war – wer wird sich später daran erinnern?

Ein Kellner stellt meinen Flammkuchen auf den Tresen. Ich bedeute ihm, dass ich kurz rausmuss und gleich wieder da bin. Ich rauche nicht mehr, ich hab's irgendwann aufgegeben in den letzten Tagen. Aber auch bei mir denkt sich niemand etwas dabei, als ich auf den Seiteneingang zusteuere. Wie ich es erwartet habe, ist der Raucherplatz in der schwach beleuchteten Passage leer. Sommers Schritte hallen im Hof. Ich hatte recht. Ich muss ihn stoppen. Aber wie?

Während ich ihm folge, ziehe ich mein Handy heraus und wähle den Notruf. Es erscheint mir lange, viel zu lange, bis sich jemand meldet. »Ich folge einem Mann, den Sie suchen«, raune ich ins Telefon. »Matthias Sommer. Er will seine Frau erschießen. Sie wohnt in der Schöntalpassage, Eingang Heinsestraße. Schicken Sie eine Streife hin!« Sommer hat die Hofeinfahrt erreicht. Dort hält er an, drückt sich in eine stockdunkle Nische, in die kein Laternenlicht fällt. Ich bleibe ebenfalls stehen. »Spielt doch keine Rolle, wer ich bin«, zische ich ins Handy. Ich will mich nicht hineinziehen lassen. »Machen Sie schnell, Sie haben nur ein paar Minuten.«

Sommer löst sich aus dem Schatten, er hat offenbar nur die Lage gepeilt. Die Heinsestraße scheint völlig ausgestorben, so belebt sie im Feierabendverkehr auch war. Durch die Hofeinfahrt sehe ich, wie er die Straße überquert. Ich rücke nach und nehme seinen Platz in der Nische ein.

Gegenüber liegt ihr Haus. Im Treppenhaus geht das Licht an. Ich lausche auf das Martinshorn einer Polizeistreife – vergebens. Nur das Rauschen des Verkehrs auf der Hauptstraße am Einkaufszentrum. Sommer hält sich auf der anderen Straßenseite im Schatten, aber ich kann den Umriss seines sportlichen Körpers erkennen. Hinter der Milchglastür erscheint die Silhouette einer Frau. Die Tür öffnet sich, ich sehe, wie Sommer den Arm ausstreckt.

Es ist Lisa, die aus der Tür tritt. Im Schein des Treppenhauslichts glänzt kurz der Gegenstand auf, den Sommer in der Hand hält. Es ist eine Pistole.

Keine Spur von Polizei. Niemand ist auf der Straße, außer diesen beiden. Ich muss handeln. Ich springe aus der dunklen Hofeinfahrt. »Halt«, schreie ich. »Zurück, Lisa, ins Haus!« Sie schaut zu mir her. »Er hat eine Pistole.« Ich bin schon fast auf der anderen Seite. Sie hebt abwehrend die Hände, wie in einem der Bilder, die ich am Abend gesehen habe, während sich hinter ihr die Tür langsam schließt. Ich will sie in den Flur zurückstoßen, da blitzt das Mündungsfeuer auf, fast zeitgleich folgt ein trockener Knall. Der Schuss zerreißt ihre Brust, Blut sprudelt heraus, sie bricht zusammen.

Es ist, als hätte ich all das schon erlebt. Zu spät. Ich schlage die Hände vors Gesicht, sinke auf die Knie, höre mich schluchzen.

Plötzlich ist jemand bei mir, zerrt mich auf die Beine, reißt mir die Hände vom Gesicht weg, dreht mir die Arme auf den Rücken. Mein Blick fällt auf den Gehsteig. Lisas Körper ist verschwunden, hat sie sich doch ins Haus retten können? Meine Augen suchen nach dem Blutfleck, doch sie finden ihn nicht.

Meine Arme schmerzen, ich schaue mich nach den Männern um, die mich halten. Es sind zwei Polizisten. »Ich verhafte Sie«, sagt der eine, »wegen Mordes.«

»Ich war es nicht«, rufe ich. »Es war Sommer. Verhaften Sie ihn, er kann noch nicht weit sein.«

»Sie sind Matthias Sommer«, sagt der andere. »Wir suchen Sie seit einer Woche. Vor sieben Tagen haben Sie Ihre Frau erschossen – an dieser Stelle.«

Ich spüre, wie sie mich fesseln. Ich wehre mich nicht mehr, die Erinnerung ist zurück. Ich bin Sommer. Vor einer Woche war unser letzter Tag.

Das endgültige Aus.

Tommie Goerz
Aus der Welt

Die alte Bettl stand am Spülstein hinterm Vorhang und schrubbte den großen Topf, als der Toni aus den Büschen kam, hastend, sich umsehend, halb gebückt, und Hosenstall und Hose zuzumachen versuchte. Aber er schaffte es nicht im Rennen, Stolpern, Straucheln.

»Die alte Sau«, dachte sich die Bettl und schüttelte den Kopf, »der hat doch wohl nicht schon wieder ...?!« Aber innerlich feixte sie, denn der Toni war so ein lieber Kerl. Der konnte ja nichts dafür.

Sie drehte das Wasser ab, legte den Topf zum Abtropfen auf den Spülstein und wischte die Hände an der Kittelschürze trocken. Dann nahm sie das kurze Messer und ging hinaus in den Garten, Peterle holen, Schnittlauch und die ersten Radieschen für den Abend. Und wollte doch einmal nachschauen, ob der Toni wirklich ... Am Zaun sah sie nach dort hinüber, wo er aus den Büschen gekommen war. Und roch es auch schon.

»Der hat doch tatsächli scho wieder in die Büsche ...«, dachte sie halblaut vor sich hin, und »geschissen« dann nur ganz leise, weil so was sagt man nicht, aber dann wieder laut und polternd weiter, »... der Saubangerd, der elendigliche, wo ich ihm doch schon so oft gesagt hab ... Mannomann ... – wahß gar ned, was die dem derhamm immer zum Essen geben ... was der do frisst, des stinkt ja heut wieder erbärmlich!« Süßlich-derb wehte es vom Gebüsch herüber, ganz frisch noch und warm, konnte man meinen, und wirkte ansatzlos aufwürgend.

Sie öffnete das quietschende Gartentürchen, das ihr der Nachbar vom Drummer drunten, der früher hinter ihr her gewesen war, als ihr Erich gestorben war, vor Jahren gegen die Hühner vom Schmittenhof gebastelt hatte. Bettl nahm sich ein kleines Eimerchen Sand vom Haufen drüben, auf dem schon wieder das Unkraut wuchs wie die Seuche, und steuerte damit Richtung Gebüsch. Wie oft hatte sie das schon getan und auch den Toni geschimpft, ihm gedroht, im Guten natürlich, wenn er wieder einmal mit halb hochgezogenen Hosen aus dem Gebüsch gekommen war. Das half zwar nichts, aber schimpfen musste man trotzdem, vielleicht lernte er es ja doch irgendwann. Ohne Schimpfen lernt man doch nichts, oder? In der Schule hatte sie *nur* so gelernt damals, und warum sollte das heute anders sein?

»Der Toni kann ja nichts dafür, dass er blöd ist. Der is halt a Idiot«, sagte sie wie zu sich.

Mit dem Eimerchen in der Hand trat sie in die Büsche, schlängelte sich hindurch, drückte die Zweige weg, sie kannte inzwischen die Wege, auch seine Stellen, immer der Nase nach. Da sah sie eine Hand liegen zwischen dem Laub, dann einen Ärmel, sie schob die Büsche auseinander, einen Arm, Haare ... Sabine! Die Zimmermanns Sabine! Mausetot, das erkannte sie sofort, davon hatte sie als Kind in Nürnberg genug gesehen im Krieg. Wenn die Leut so verdreht daliegen, dann sind sie tot, immer, ein Lebendiger legt sich so nicht hin. Nicht freiwillig.

»Oh mei Gott! T - o - n - i !!«

Die alte Bettl ließ das Eimerchen fallen und hastete zurück durchs Gebüsch, Zweige schlugen ihr ins Gesicht, eine Amsel zeterte los.

»T - o - n - i !!!«, kreischte die Bettl und kam wieder aus dem Gebüsch.

Aber der Toni war schon weg, runter ins Dorf.

»Na wart nur«, dachte sie sich.

»M-m-m-m-m - a - m - a ! M - a - m - aaaa !!«

Der Toni platzte daheim zur Türe rein, die Hose noch immer halb offen, das Hemd hing hinten heraus.

»M - a - m - a - m - a - m - a!«, stammelte er, »Mama... Sa - Sa - Sa - Sa - ... - bine! ... Da ... da ... da ... da!«, und deutete hinter sich, dorthin, wo er hergekommen war, die Augen vor Schreck geweitet.

Tonis Mutter kam gerade die Kellertreppe herauf, zwei Gläser im Arm, Apfelmus für den Nachtisch und Kirschen für später, die aß der Toni so gern, und schob mit dem Ellenbogen den Kellerverschlag hinter sich zu.

»Was is'n scho wieder, Toni? Die Sabine? Hat sie dich wohl wieder ...?«

Die Sabine hatte ihn schon einmal in die alte Schmidlers-Schüpf gelockt, hinten beim Eh, heimlich, ihm die Hose heruntergezogen und angeschaut und angefasst, und er sie auch. Die war ja auch nicht die Hellste. Und danach war er ganz durcheinander gewesen, ihr Toni, gleich mehrere Tage, und er hatte sich gar nicht mehr richtig auf den Hof getraut. Hatte nur immer hinterm Vorhang gestanden, halb verdeckt, und verstört hinausgeschaut.

Die Sabine hatte auch schon richtige Brüste, richtig dicke, feste Dinger, und band sie sich auch schon hoch. Man munkelte ja, dass ihr Vater ... – und vorstellen konnte man sich das auch, bei dem Kerl. Aber niggs Gwieß waahsmer ned, und deswehng hält mer besser sei

Maul, dachte sie sich. Noch keine dreizehn, diese Sabine, und Titten wie eine Frau. Die brannte manchmal, das konnte man richtig sehen. Und wusste nicht, wohin damit.

Die Jugend ist schon manchmal eine Qual. Eigentlich immer. Die spielt mit dir nur. Überfällt dich, verändert dich, dann wächst dir da was und da, dann blutest du plötzlich, riechst anders und hast keine Ahnung, was ist, der Bauch tut dir weh und das Herz, und gleichzeitig beginnen die Vögel zu singen, ein Ziehen fängt an und ein Sehnen, weiß der Geier – und eh du es richtig begreifst, bist du schwanger, hast einen Kerl, der säuft und dich schlägt, du kriegst Ärger zu Hause und Schwiegereltern an den Hals, die dich hassen, und so geht das immer weiter. Bei ihr selbst war es ja auch nicht anders gewesen. Erst kamen das Bluten, das Ziehen und das Vögelzwitschern, dann, zack, hat sie dem Erich gehört, dann, zack, wurde der Bauch dick, zack, war der Toni da, zack, gab es Ärger, zack, zack, wurde der Hintern dick, das Kreuz rund, und die Titten hingen – aber dann hatte sie Glück gehabt, da hatte der Herrgott ein Einsehen, denn, zack, war der Erich weg, Tonis Vater, von einem Tag auf den anderen, der widerliche Kerl. Besoffen vom Gerüst gefallen auf der Baustelle, voll auf den Kopf und weg, aber saugut versichert. Immerhin.

»Etz komm erst amoll her«, sagte die Mutter und nahm den Toni in den Arm. »Und mach dir vor allem das Türla wieder zu«, lachte sie.

Der Toni aber wand sich aus der Umarmung, schaute sie, noch immer entsetzt, an, und stammelte: »M-m-m-m - a - mama - Sa - sa - sa - bine - ... - tot - da!« Dann brach er in Tränen aus. Denn was tot war, das wusste er schon, das hatte er schon kapiert; wenn die Leute so daliegen, sich nicht mehr bewegen und keinen Schnaufer mehr tun, dann sind die tot. Dann brachte man die immer in das Häuschen auf dem Friedhof, da hatte er einen mal angefasst. Und irgendwann grub man die dann ein. Machte ein Loch auf dem Friedhof, tat den Mensch in die Kiste, die Kiste ins Loch und wieder Erde drauf, weg. Dann heulte man rum, mit Blumen und so.

»Ach Quatsch«, sagte die Mama, »die hat sich sicher bloß hingelegt.« Treiben die's jetzt schon so weit?, dachte sie sich.

»Na - na - nein Mama, to - tot!«, jaulte der Toni auf, und der Rotz tropfte ihm aus der Nase.

Da flog die Tür auf, dass das Türglas schepperte, und die alte Bettl stolperte herein. Stand, buckelig wie sie war, im Gegenlicht, schnaufte und stieß atemlos aus: »Es Zimmermanns Sabinla ist tot.«

Eine Stunde später war das Gelände abgeriegelt, ganz Leutenbach stand Kopf, Polizisten waren da aus der Stadt und Leute von der Presse, im Gebüsch krabbelten welche herum, wo jetzt niemand mehr reindurfte, die Sabine lag immer noch da drin, und ein Bamberger Kommissar stellte der Bettl Fragen. Ja, der Toni habe sie gefunden, ja – aber *das* ... – der Toni? Niemals!

Am Nachmittag nahm man den Toni mit. »Komm, Toni, etz fahrmer aweng Polizeiauto«, und »Willsd, dassmers Blaulicht anmachn? Vielleicht ah es Dadüdadah?« Und im Dorf steckte man die Köpfe zusammen und sagte »Des hab ich schon längst geahnt«, »Dasses ah immer erscht so weit kummer muss!«, »Wechgschberrd ghörn die«, »Die ham im Ord nix zu suhng!«, »An Haufm Geld gibdmer für die aus«, und steigerte sich übers »Fräiers is mer anderschd mid denni umganga«, bis zum vereinzelt gehörten »Kodsn Brozeß«, und einer sagte sogar »Derschießn« und »Vergasn«.

Das war im Mai gewesen, 2004, vor jetzt schon etlichen Jahren. Über Wochen waren die Zimmermanns Sabine und der blöde Toni Gesprächsstoff Nummer eins im Ort, und die Sache war für alle klar. Nur der Pfarrer sprach von Verstehen und Versöhnung, doch dem hörte keiner zu außer den Buben, den Ministranten, aber die mussten ja auch. Ministrant hat der Toni nie sein dürfen, das hatte der Pfarrer nicht gewollt. »Nicht so einer«, hatte er gesagt. »Zum Schluss lacht der mitten im Gottesdienst!« Denn lachen tat der Toni gern und viel, auch oft ganz einfach so, dann wusste niemand, warum.

Inzwischen war der Toni in Bamberg untersucht worden, verhört und befragt. Auch in Bamberg war eigentlich alles klar, nur der Toni schien sich ein wenig zu spreizen. Der blöde Toni schien gar nicht so blöd, der sagte immer nur »Na - na - na - nein!«, schüttelte heftig den Kopf und rief nach seiner Mama. Aber sein Zellengenosse, der Hans, piesackte, quälte und bedrohte ihn, und das machte ihm Angst. Er wollte da wieder raus, er wollte doch viel lieber lachen.

»Ich hab immer müssen«, stotterte er, »wenn ich da raus bin«, als Antwort, warum er immer ins Gebüsch sei, wenn er musste. »Auch wenn ich daheim schon hatte, ich musste immer noch mal. Weil das so schön war immer, das ging gar nicht anders!« Und dann grinste er so in sich hinein.

Der Psychologe wiegte den Kopf hin und her, dann nickte er nachdenklich und spielte mit seinem Stift.

»Diese spezielle Lust«, dachte er, klappte sein Buch auf und notierte: »Besonders seltene Form präpubertärer Koprophilie bei nachhaltig ausgeprägter Intelligenzminderung«, in Klammern »F70 – 79«, und dahinter einen Punkt.

»Und hast du da manchmal auch ...?«

Der Toni schien nicht zu verstehen.

»Na«, sagte der Psychologe und lächelte den Toni freundlich an, »wenn die Hose schon mal herunten ...«, er nahm die Hand zwischen die Beine und machte, als würde er einen Gewehrlauf polieren, »... gespielt?«

»Na - na - na - nein!«, wehrte der Toni heftig ab. Für den Psychologen eine Spur zu heftig, eindeutig. Viel zu heftig eigentlich, beobachtete er. Wieder machte er sich eine Notiz.

»Das kannst du mir schon sagen«, flötete er Toni an, »das tun doch alle, ist doch ganz normal.«

Der Toni sah den Mann an, feuerrot.

»D - d - du auch?«

Der Psychologe lächelte, nickte, machte sich eine Notiz. Sie hatten ja Sperma gefunden, das vom Toni war. Denn der hatte sich einen runtergeholt an dem Tag, als er im Busch ... gleich neben der Sabine.

»Auch mit der Sabine?«, fragte der Psychologe und polierte wieder das unsichtbare Rohr.

»Na - na - na - nein!«

Eindeutig wieder zu heftig, und diesmal auch noch hastig und zu laut, viel zu laut! Der Psychologe nickte verständnisvoll und machte sich eine Notiz.

»Aber du hast schon einmal mit der Sabine ...?«

»N - n - nur a - a - a - angefasst ... u - u - und nur geschaut.«

Die Sabine hatte ihn ja auch angefasst. Hatte ihm in der Schmidlers-Schüpf hinten beim Eh die Hose runtergezogen und ihren Pulli hoch, und hatte seine Hände ... und er hatte die angefasst, diese Dinger ... die Äpfel, hatte sie ihm gesagt ... da war ihm ganz schwindelig geworden und ganz heiß ... und dann ...

Und das war schön gewesen, er mochte doch die Sabine!

»Na - na - na - nein!«, schrie er auf und brach in Tränen aus.

Der Psychologe schaute freundlich, wiegte den Kopf, blinzelte ihm zu, machte sich noch eine Notiz. Der Fall lag für ihn ziemlich eindeutig, da gab es gar keinen Zweifel. Dann schloss er sein Büchlein, steckte den Stift an die Seite, gab dem Toni einen Klaps und sagte: »Das hast du gut gemacht, Toni.«

Aber Toni wusste nicht, was.

»Du bist ein ganz lieber Junge. Jetzt gehst du wieder brav in dein Zimmer, und morgen treffen wir uns wieder, ja?«

Aber vor dem Zimmer hatte der Toni Angst. Da war der Hans drin und würde ihn wieder ... – aber das durfte er niemandem sagen, hatte der Hans gesagt.

So ging das über mehrere Tage, dann legte der Psychologe seinen Bericht vor. Sein Gutachten. Und das war für den Toni schlecht, dem Psychologen aber brachte es Achtung.

Auch die Polizisten fragten ihn immer aus und auch andere Leute, die er nicht kannte, und fuhren mit ihm auch zweimal hinaus, als es dann Sommer war. Da standen dann alle Leute aus dem Dorf und drohten ihm, schimpften und riefen, und einer spuckte sogar. Das machte dem Toni Angst, und er wollte ganz schnell wieder weg. Hier war es doch immer so schön gewesen, zu Hause, und die Leute so lieb!

Wie er es gemacht hatte mit der Sabine, sollte er den Leuten zeigen, die ihn hergebracht hatten, und das an einer anderen Frau. Einer alten, ganz ohne Brüste, die roch und mit rotem Haar.

Aber er machte es immer falsch, nie so, wie die es von ihm wollten.

»Unser Toni ist halt so aufgeregt«, sagte der Psychologe, »und außerdem wird er hier eingeschüchtert, schauen Sie sich doch um.«

Da schickte man die Leute alle weg, die Gaffer aus dem Dorf, und gab dem Toni Kaffee. Und dann musste der Toni wieder zeigen, wie er es gemacht hatte mit der Sabine. Und er bemühte sich sehr, aber wieder machte er alles verkehrt. Er wusste ja nicht, was die wollten, die Sabine hatte ja nur dagelegen, als er geschissen und sich einen runtergeholt hatte. Also danach, als er fertig war und fort gewollt hatte, da hatte er sie entdeckt, so verdreht. Plötzlich hinter dem Busch. Die war doch schon dagewesen ... er hatte sie doch nur nicht gesehen!

Aber das glaubten die ihm ja nicht.

Und dann, endlich, erklärten sie ihm genau, wie er es gemacht hatte und was er machen sollte und wie, und übten es sogar mit ihm. Wie er die Sabine angefasst hatte und wie hingeworfen, wie er sich über sie gebeugt und sie gewürgt hatte, bis sie still war. Und dieses ganze Zeug. Wie sie sich gewehrt hatte und er ihr den Pullover hochgezogen und sie angefasst, wie er ihr das Höschen runtergezogen hatte und so ... und wie er schließlich ganz nahe bei ihr auch noch hingewichst hatte, dort ins Gebüsch. Und dann auch noch, weil es ihm Spaß machte und Lust, hingekackt, ganz in die Nähe. Dann endlich hatte er alles verstanden, was sie von ihm wollten und konnte ihnen zeigen, wie er das alles gemacht hatte, und sie waren endlich zufrieden.

Dabei hatte er die Sabine doch erst entdeckt, nachdem ... und sie dann angefasst, also herumgedreht, weil sie so komisch ...

Aber sie waren jetzt alle zufrieden.

Zu seiner Mama durfte er danach aber doch nicht, wie sie gesagt hatten, er musste wieder zum Hans, wieder in dieses blöde Zimmer. Wann kam er da endlich mal raus?

Er verstand das alles nicht.

In seinem Zimmer, wo man das Fenster nicht aufmachen konnte und auch noch ein Gitter davor war, weinte der Toni viel, und manchmal besuchte ihn seine Mama.

»Ich hol dich hier wieder raus«, sagte sie, »du musst nur ein wenig Geduld haben.« Aber sie hatte sich geirrt, denn die Sache war ziemlich klar. Die dreizehnjährige Sabine Zimmermann aus Leutenbach war vergewaltigt und erdrosselt worden, und alle Spuren deuteten eindeutig auf den Toni, zurückgebliebener Dorftrottel, harmlos bis dahin und nie irgendwie gewalttätig aufgefallen. Aber man hatte nahe der Toten Spermaspuren von ihm gefunden, ganz frisch. An seinen Händen auch Fasern von Sabines Kleidung, und an Sabines Händen, an Ärmeln und Fingern DNA. Das passte alles zusammen.

Dass die Pathologin, die Sabine untersucht hatte, als Todeszeitpunkt den Abend vorher ins Protokoll diktiert hatte, »medizinisch eindeutig«, wie ihre Befunde besagten, »zwischen 22 Uhr und 24 Uhr«, fiel bei alldem nicht ins Gewicht. Das konnte ja auch ein Irrtum sein. Auch dass ganz in der Nähe am Abend zuvor an einem Waldweg ein dunkler Kombi, schwarzblau oder anthrazitgrau und mit fremder Nummer ... – das stand zwar alles irgendwo in den Akten, aber es war unbedeutend, es interessierte sich niemand dafür. Genauso, dass Sabines Vater nicht wirklich sagen konnte, ob das Mädchen am Abend nach Hause gekommen war, denn er war da ziemlich besoffen gewesen. »Abends war die immer da«, hatte er ausgesagt, »warum hätte sie denn nicht da sein sollen? Also war sie da!« Der Polizei war das genug, dem Gericht auch. So wurde zwar gewürdigt, aber fiel nicht ins Gewicht, dass es Ungereimtheiten gab, die sich nicht erklären ließen. Aber man beließ es dabei und hakte die Sache ab. Man hatte zum Beispiel auch weitere »nicht zuordenbare und diffuse« DNA- und Faserspuren bei der toten Sabine nachgewiesen, wie es die Gutachten vermerkten. Aber dass man bezüglich deren Herkunft keine Ahnung hatte, spielte absolut keine Rolle. Es wurde als schlicht irrelevant und für die Wahrheits- und die nachfolgende Urteilsfindung als bedeutungslos eingestuft. Es ist halt einfach so: Wenn du mit rotem Licht auf etwas leuchtest, ist alles rot, schau doch hin, es ist doch ganz deutlich zu sehen! Das da soll blau sein? Quatsch! Oder braun, grün, vielleicht weiß? Mach doch die Augen auf: Es ist alles rot! Dunkler, heller, leuchtender, schattiger, gedeckter – aber: rot!

So stand als einhellige Meinung der Experten in der Zeitung, Spurenlage und Indizien sprächen eine eindeutige Sprache, die Fakten seien erdrückend. Alle Gutachter seien sich im Grundsatz einig.

Im Dezember desselben Jahres wurde dem Toni der Prozess gemacht, und es war ein kurzer, denn zusätzlich hatte der Toni auch noch gestanden.

So wurde der Blöde eingewiesen.

Nachts lag der Toni oft im Bett und weinte, manchmal kam durch das kleine Fenster für wenige Minuten der Mond ums Eck, aber nur selten und auch nur, wenn keine Wolken da waren.

Der Toni verstand das alles nicht. Was hatte er denn gemacht?

In Leutenbach aber kehrte noch lange keine Ruhe ein. Beim Kaufmann, beim Metzger, am Dorfplatz, nach der Kirche und vor allem abends am Stammtisch beim Drummer, aber auch in den Orten im Umkreis, in Dietzhof, Ober- und Mittelehrenbach, in Ortspitz oder Seidmar, und wie sie alle hießen, hörte man neben »Secherne ham bei uns nix zu suchen!« auch immer öfter wieder das »Fräier is mer andersch mid denni umganga« bis zum schon zu Anfang vereinzelt gehörten »Ihch soch bloß: kodsn Brozeß«, »Derschießn« und »Vergasn«. Gell. Fei. Niggsannersch. Glaabsmer. Glaabmers. Wennersdersooch, aber nur leise und hinter vorgehaltener Hand. »Im Vertrauen«. Und man trank noch ein weiteres Dunkles, schlug mit den Karten auf den Tisch. Nur vereinzelt vernahm man ein mäßigendes Wort, der Toni war es ja gewesen, das hatte das Gericht gesagt. »Einweisung«, hatte das Urteil gelautet. Das war gegen Ende Januar.

Revision gab es gegen das Urteil nicht, denn Tonis Mutter hatte kein Geld, außerdem war sie krank geworden. Die ganze Ungerechtigkeit fraß sie von innen auf.

Damit war das Verfahren durch.

Zwei Jahre später war Tonis Mutter tot. Da saß der Toni in seinem Zimmer, einem neuen immerhin, und war allein. Er verstand nichts, heulte viel, rief seine Mama. Er wollte raus, aber er durfte nicht. Nie mehr, hatten sie ihm gesagt. Und die Mama käme auch nie mehr. Und der Hans, sein Zellengenosse, war schon längst nicht mehr da. Der durfte raus, viel früher als geplant. Der Toni dachte viel an die Sabine und rief nach der Mama.

An einem Morgen im März dann war auch der Toni tot. Hatte sich an seinem Laken ans Fensterkreuz gehängt und sich im Knien erdrosselt. Das hatte keiner gedacht, dass der Toni das könnte, ja nicht einmal, dass er darauf kommen könnte, dass er überhaupt weiß, wie das geht. Dass es geht. Und dass der so schlau ist und das machen kann. Da war das Entsetzen groß.

In Leutenbach aber war man zufrieden. »Die wern scho aweng nachgholfm ham«, munkelte man und machte sich sonst keine Gedanken. Der Toni war aus der Welt und damit »die Sach ah«.

Thomas Kastura
Partnersuche

»Unvorstellbar! Was für eine Schande. Dass es so weit kommen musste! Man möchte vor Scham im Boden versinken.« Staatsanwalt Brandeisen holte tief Luft. »Ich weiß nicht weiter.«

Küps raufte sich das dünn und dünner werdende Haupthaar. »Zwei Wochen sind wir schon an dem Fall dran. Und wir haben nichts, niente, nada. Es ist zum Auswachsen!«

Wenn der Kommissar schon Fremdsprachen benutzte, war guter Rat teuer. Brandeisen betrachtete die Weißwandtafel im Büro seines langjährigen Ermittlungspartners. Außer dem Tatort war dort nicht das Geringste verzeichnet. Ein großes X und der Schriftzug »Maxplatz«, mehr stand da nicht.

Wie das? Bamberg war von einem spektakulären Sprengstoffanschlag erschüttert worden. Zum Glück hatte er sich um drei Uhr nachts zugetragen, als die Besucher des diesjährigen Blues- und Jazzfestivals längst nach Hause gegangen waren und auf dem Maxplatz gähnende Leere geherrscht hatte. Ein friedliches Bild hatte sich geboten: die Bühne verwaist, alle Pappbecher ausgetrunken, Stille im Karree – bis der Bierausschankwagen einer auswärtigen Brauerei mit einem krakatauartigen Knall in die Luft geflogen war. An seiner Stelle befand sich jetzt ein Krater, bedeckt vom Fallout verdampften Bieres.

Die Explosion war noch in Laibarös zu hören gewesen, 57 Fensterscheiben waren dabei zu Bruch gegangen.

Das am Maxplatz gelegene Rathaus war so sehr in seinen Grundfesten erschüttert worden, dass die städtischen Beamten Sonderurlaub bekommen hatten, um Personenschäden durch Zugluft oder herabrieselnden Putz vorzubeugen. Ein Statikerteam hatte begonnen, das Gebäude auf Einsturzgefahr zu überprüfen. Dabei waren Risse im Mauerwerk und durch puren Zufall auch mehrere mumifizierte Staatsdiener entdeckt worden. Man hatte sie in ihren Amtsstuben vergessen, weil sie sich seit Jahren um keinen Millimeter bewegt hatten – im Dienst entschlafen.

Doch was den atomisierten Bierausschankwagen betraf, fehlte buchstäblich jede Spur. Es gab keine Zeugen, keine Verdächtigen, keine Hinweise oder Anhaltspunkte, nur Spekulationen und ein vages Motiv.

»Gehen wir alles noch mal durch«, sagte Küps. »Dass die Bamberger kein Industriebier mögen, ist ja bekannt.«

»Sie lehnen es sogar leidenschaftlich ab, zumindest die Lokalpatrioten.« Brandeisen warf einen Blick auf den Bürokühlschrank. Dort lagerten, wie er wusste, stets einige Flaschen besten Rauchbieres, das mit den Massenprodukten der Branche so viel gemein hatte wie edler Champagner mit Keller Geister. »Ich frage mich, warum diese Brauerei auf dem Blues- und Jazzfestival überhaupt zugelassen ist.«

»Die sind der Hauptsponsor. Irgendwie muss man solche Veranstaltungen ja finanzieren.«

»Manch einer betrachtet das womöglich als Übergriff auf heimisches Territorium. Und von der Infiltration zur Invasion ist es nur ein Schritt. Wir haben zehn Brauereien allein im Stadtgebiet und 90 im Umland. Vor allem die kleineren würden auf der Strecke bleiben, wenn sich ein Großkonzern hier breitmacht.«

»Meinen Sie, die Bamberger Brauer haben für den Anschlag zusammengelegt, um die Konkurrenz einzuschüchtern?« Küps überlegte. »Sind die nicht total zerstritten?«

»Oder einer hat das Heft in die Hand genommen. Nach dem Motto ›Wehret den Anfängen‹.«

»Das setzt aber eine erhebliche Gewaltbereitschaft voraus.«

»In existenziellen Fragen sind Oberfranken nicht zimperlich.« Brandeisen öffnete seinen Aktenkoffer und holte eine Bierflasche heraus. Sie trug das Etikett der umstrittenen Fremdbrauerei.

»Was soll das werden?«

»Ein Selbstversuch.« Der Staatsanwalt stellte zwei Gläser auf den Tisch, entfernte den Kronkorken und schenkte ein. »Schließlich müssen wir wissen, worüber wir reden.«

Diese ungewöhnliche Maßnahme verriet, wie verzweifelt die Situation des unerschrockenen Duos war. Nach einigem Zögern und gegenseitigem Taxieren nippten Brandeisen und Küps gleichzeitig an ihrer Probe. Sie fühlten sich wie Madame Curie und ihr Mann Pierre, die freiwillig mit radioaktiven Elementen hantiert und dadurch ihre Gesundheit ruiniert hatten.

»Pfui Deufl!« Küps spuckte das Bier ins Glas zurück.

»Widerliches Gesöff«, bestätigte Brandeisen. »Höchstens eisgekühlt trinkbar, sonst kriegt man das nicht runter.«

»Zu Risiken und Nebenwirkungen fragen Sie Ihren Arzt oder Apotheker. Kein Wunder, dass jemand diese Bierbude ins Nirwana gejagt hat.«

»Ein psychisch gestörter Einzeltäter?«

»Gestört muss der gar nicht sein«, sagte Küps unwirsch. »Grantig reicht schon.«

»Aber eine Bombe lässt sich nicht auf die Schnelle zusammenbauen. Ich denke, eine Tat im Affekt können wir ausschließen.«

»Was steht denn noch zur Auswahl? Islamisten? Der NSU? Vielleicht haben die was gegen Blues und Jazz?«

»Warum nicht gleich die Kastelruther Spatzen?« Brandeisen warf die Arme in die Luft. »Seien wir ehrlich: Wir haben nicht die geringste Ahnung, in welche Richtung wir ermitteln sollen. Ich fürchte, wir brauchen professionelle Hilfe. Zu zweit schaffen wir das nie.«

»Langsam glaub ich auch, dass wir allein nicht weiterkommen.« Küps nahm zwei Flaschen seines Lieblingsrauchbieres aus dem Kühlschrank und öffnete sie an der Schreibtischkante. Eine bot er Brandeisen an, damit sie den Geschmack der Kloakenprobe loswurden. »Was schlagen Sie vor?«

»Wir tun uns mit jemandem zusammen, der in keinster Weise mit der Strafsache befasst ist. Ein Blick von außen, unvoreingenommen, verstehen Sie? Nach diesem Prinzip funktionieren ganze Krimireihen.«

»Und an wen denken Sie?«

»Eigentlich habe ich gehofft, dass dieser bedauerliche Fall nie eintreten würde. Dennoch sehen Sie mich nicht unvorbereitet.« Der Staatsanwalt stöpselte das Kabel des Beamers in sein Laptop und startete eine Powerpoint-Präsentation, die sein Assistent in tagelanger Kleinarbeit zusammengestellt hatte. Ein Porträtfoto erschien auf der Weißwandtafel, garniert mit zahlreichen persönlichen Daten.

»Kommissarsanwärterin Schmidtlein.« Brandeisen wusste von den väterlichen Sympathien, die Küps für die junge Kollegin hegte. Mit ihrer forschen Art hatte ihnen das Vollweib bei der Verbrecherjagd gelegentlich geholfen.

»Zu impulsiv.« Küps winkte ab, ein bisschen zu schnell, wie es den Anschein hatte. »Außerdem macht die immer irgendwas kaputt.«

»Stimmt, die Gute ist ein bisschen unerfahren.« Brandeisen spürte sofort, dass dem Kommissar ein näherer Umgang mit der Schutzbefohlenen gar nicht geheuer war. Am Ende entstand daraus noch eine dieser billigen Affären, mit denen Drehbuchautoren plotschwache Vorabendserien aufpeppten. Dem war rechtzeitig Einhalt zu gebieten. Mit einem Tastendruck rief er das nächste Profil auf. »Doktor Fabrizius, Rechtsmediziner.«

»Wie kann uns *der* denn nützen?«

»Er hat einen Sinn für schwarzen Humor. Das lockert die Fahndung ein wenig auf.«

»Fabrizius ist mit seiner Knochensäge verheiratet, von Polizeiarbeit versteht der gar nichts.« Der Kommissar schüttelte den Kopf. »Möchten Sie sich dauernd unappetitliche Details von Obduktionen anhören? Da käme mir der Wurstsalat wieder hoch. Und wenn ich Sie daran erinnern darf: Bei der Explosion gab's keine Toten.«

»Auch wieder wahr. Mal sehen, wen wir noch haben.«

Ein weiteres Konterfei stierte ihnen von der Projektionsfläche entgegen. Ein fülliger Mann mit wässrigem Blick und einer Haartolle wie Elvis. Insgesamt machte er einen eher verbeulten Eindruck.

»Drütschel!«, entfuhr es Küps. »Wie kommen Sie auf den?«

»Wenn wir unseren Polizeipsychologen einschalten, erfahren wir mehr über den beklagenswerten Zustand der Gesellschaft.«

»Sie meinen über Spielsucht, Midlife-Crisis und Eheprobleme?«

»Ist doch hochinteressant. Können *Sie* mit einer solchen Fülle emotionaler Labilitäten aufwarten? Ich nicht. Drütschel bringt Leben in die Bude.«

»Der säuft mir den Kühlschrank leer.« Der Kommissar ließ sich nicht überzeugen. »Weiter.«

Brandeisen hatte noch jede Menge Dossiers in petto. Sie unterzogen eines nach dem anderen einer eingehenden Prüfung. Wer konnte ihr enger Mitarbeiter werden, ihr Sidekick, wie es im Krimijargon hieß? Auf dem Sklavenmarkt im antiken Rom mochte es ähnlich wählerisch zugegangen sein.

Da war die attraktive Profilerin vom LKA, Körbchengröße D. Ein hübscher Anblick, auch beim Schießen machte sie eine gute Figur, wie ein Kurzfilm der Münchner Kollegen illustrierte. Doch schien sich die langmähnige Schönheit mehr mit den Kurven ihrer Seitenansicht als mit der Charakterisierung von Straftätern zu beschäftigen. Sie wirkte, als habe sie ihre Rolle zwischen einer Desperate Housewife und Agent Scully noch nicht gefunden.

»Die schleppt mich noch ins Fitnessstudio«, kommentierte Küps und tätschelte seinen Bauch. Er hatte den Sixpack der Jugend längst gegen ein Partyfass eingetauscht.

Ein in Bamberg mit erstaunlichem Erfolg agierender Privatdetektiv war der nächste. Er weckte sogleich Brandeisens Argwohn. »Wie ist der überhaupt in die Datei reingerutscht? Falls wir den Bombenleger fassen, gibt dieser Schnüffler das als seine eigene Leistung aus. Der kennt nur den Klang barer Münze. Und seine Witze sind so prickelnd wie eines Ihrer Fußbäder im Hochsommer, Gerhard.«

Küps schaute verschämt zu der Schüssel auf dem Aktenschrank, die ihm an den Hundstagen Labsal verschaffte. Den dazugehörigen Bimsstein bewahrte er in einer gesonderten Schublade auf. Mit Hornhaut aus dreißig Dienstjahren war nicht zu spaßen.

Die Diashow zeigte im Folgenden …

… einen Informanten aus der Drogenszene, der behauptete, sein stadtbekannter Nightclub sei so etwas wie Luxemburg, weil dort eigene Gesetze gälten. Vorteil: Kontakte zur Unterwelt. Nachteil: durchgekokstes Gehirn.

… eine Journalistin, die schon so manchen Bamberger Skandal aufgedeckt hatte. Vorteil: superintelligent. Nachteil: Sie hatte ein Foto des Bierausschankwagenkraters an *BILD* verkauft, was darauf hindeutete, dass sie sogar Aufnahmen von Brandeisens ausgestopfter Dogge Hilda meistbietend versteigern würde. Zu indiskret.

… der Pförtner des Justizgebäudes, der eigentlich Geschichtsstudent im 14. Semester war. Vorteil: Er konnte noch die abseitigsten Zusammenhänge herstellen und war ein versierter Rotweinkenner. Das würde dem alkoholischen Teil der Ermittlungen eine gewisse Klasse verleihen. Nachteil: Er arbeitete neuerdings für einen Kommissar in Paris, der solche akademischen Originale gern um sich scharte. Bamberg galt dem Historiker inzwischen als finsterste Provinz und stand bei ihm unter Regiokrimiverdacht.

Sie fielen alle durch. Keiner erschien Brandeisen und vor allem Küps hinreichend qualifiziert.

»So wird nie ein Fernsehsender auf uns aufmerksam«, schimpfte der Staatsanwalt und schaltete das Laptop aus. »Zwei Männer in den Vierzigern ohne prägnante Zivilisationsschäden. Wir sind viel zu normal!«

Küps merkte auf. »Haben Sie etwa ein konkretes Angebot?«

»Aber sicher. Diese Medienleute stehen auf Reality-Crime. RTL will mit uns eine ganze Staffel drehen.«

Küps verstand die Welt nicht mehr. »Und warum sagen Sie das erst jetzt?«

»Das sollte eine Überraschung sein.« Brandeisen bemerkte, wie eingeschnappt der Kommissar plötzlich war. »Tut mir leid, ich hätte Sie natürlich einweihen sollen. Aber – «

»Teamwork. Wissen Sie, wie sich das schreibt?«

»Ist das jetzt ein Orthografietest?«

»Raus mit der Sprache! Was wollen die?« Küps wurde laut. Sein Ehrgeiz, sonst eine Qualität, die er gut zu verbergen wusste, war geweckt.

»RTL will zwei Idioten und einen Cleveren. So lautet das Konzept. Ich dachte, wenn wir noch jemanden finden, der zu uns passt ...«

»Am besten eine Frau, wie?«

»Drei Männer gehen auch. Das hätte was von *Die Drei von der Tankstelle*. Obwohl ich persönlich *Die drei Musketiere* vorziehe.«

»Einen Idioten treiben wir wohl noch auf. Wär doch gelacht.«

Brandeisen verzichtete darauf zu klären, wer von ihnen beiden den Cleveren und wer den Idioten abgeben sollte. Wahrscheinlich gingen die Ansichten da auseinander. »Mir fällt nur noch ein Pfarrer ein.«

»Ein Schwarzkittel?«, fragte Küps renitent, doch war er katholischer, als er zugeben mochte. »Haben Sie eine Ahnung, wann ich zum letzten Mal bei der Beichte war? Man kommt ja zu nichts. Wie soll ich Ihrem Pfarrer so unter die Augen treten?«

»Keine Angst. Der Kandidat, der mir vorschwebt, nimmt es mit den Sakramenten nicht so genau.« Brandeisen hörte zum ersten Mal von den seelischen Nöten des Kommissars. Zur Beruhigung ergänzte er: »Übrigens, wenn Sie das Gewissen drückt, mein Lieber, habe ich für Sie jederzeit ein offenes Ohr.«

Das fehlte noch, dachte Küps. Eher rief er bei Domian an als dem Staatsanwalt seine kleineren und größeren Verfehlungen anzuvertrauen. »Ein Pfarrer. Meinen Sie so einen Father-Brown-Klon? Kritischer Geist, der mit Bibelzitaten um sich wirft und herummenschelt, weil er angeblich mitten im Leben steht?«

»Ich hatte einen mehr solipsistischen Typus im Sinn.«

»Einen was?«

»Pater Paavo ist ein introvertierter Vertreter seiner Zunft, geradezu mönchisch. Ab und zu hilft er in der Dompfarrei aus.« Dass Brandeisen den Kleriker auch deswegen ins Casting einbezog, weil er Alliterationen liebte, verschwieg er lieber. »Ich habe ihn erst kürzlich kennengelernt, deswegen existiert noch kein Computerprofil von ihm.«

»Ein Schuss Skandinavien täte dem Ganzen bestimmt gut.« Küps brütete vor sich hin und nahm ein paar inspirierende Schlucke Rauchbier. »Die Leute kaufen ja jeden Dreck, Hauptsache aus Schweden.«

»Der Pater ist Finne.«

»Auch recht, bisschen exotisch.« Plötzlich kamen dem Kommissar Bedenken. »Und RTL hat keine Probleme damit, wenn wir auf der Skandinavien-Welle reiten?«

»Das deutsche Fernsehen kopiert mangels eigener Ideen seit Jahrzehnten irgendwelche Wellen aus dem Ausland. Dieses Gestaltungsprinzip arbeitet uns in die Hände, wenn wir mit Pater Paavo ins Rennen gehen.«

»Ist der *Tatort* nicht was Eigenständiges?«

»Wir wollen doch nicht der Volkshochschule unter den Krimis nacheifern«, wandte Brandeisen ein. »Nach meinem bescheidenen Dafürhalten werden die Abenteuer unseres Trios ein Straßenfeger. Und den Grimme-Preis geben sie uns obendrauf.«

»Na dann.«

»Darf ich das als Zustimmung werten?«

»Bestellen Sie den Kerl mal ein«, sagte Küps und seufzte. »Hoffentlich landen wir nicht in einem Kirchenkrimi. Meine Ministrantenzeit ist definitiv vorbei.«

Der Staatsanwalt holte sein Diensthandy hervor und wählte Pater Paavos Nummer, welche selbiger eigenhändig eingegeben hatte, damit Brandeisen ihn jederzeit erreichen konnte. Er bat den Geistlichen, unverzüglich in der Polizeidirektion zu erscheinen.

In der Zwischenzeit spielten Brandeisen und Küps Halma. Ungewöhnliche Idiosynkrasien machten sich in Krimis immer gut, fanden sie, da konnte man schon mal üben.

Als es 10:2 für Küps stand, klopfte es. Der Pater trat ein.

Er war noch kleiner als Küps und halb so breit. Ein glatzköpfiger Gnom – warum auch nicht? Paavo trug eine schwarze Mönchskutte und roch nach Mottenkugeln.

Ein Bart von der Farbe räudigen Katzenfells umwölkte das Gesicht. In seinen tausendseenblauen Augen blitzte ein scharfer Verstand. Und war ihm nicht eine Stechmücke ins Büro des Kommissars gefolgt?

Nach den üblichen Höflichkeitsfloskeln bot der Staatsanwalt seine Überredungskünste auf. »Sie interessieren sich doch für Straftaten, Pater? Möchten Sie uns in einem äußerst schwierigen Fall zur Seite stehen?«

»Joo.«

»Vielleicht werden uns die Kameras eines Fernsehsenders dabei begleiten. Das stört Sie doch nicht, oder?«

»Minä ymmärrän. Alles klar.« Pater Paavo warf einen Blick auf das Halmabrett und machte einen Todeszug, der die Partie entschied und Brandeisen auf 3:10 herankommen ließ.

»Bravo! Ich sehe, wir haben es mit einem Meister der Logik zu tun.«

»Kiitos.«

»Das ist Finnisch, nicht wahr? Wunderbar, einfach wunderbar! So authentisch.«

»Joo.«

»Ein Naturtalent«, raunte Brandeisen dem Kommissar zu. »Diese Lakonie! Ein wenig depressiv schaut er auch aus. Vielleicht hat er eine bewegte Vergangenheit, Spätberufener und so. Damit stellen wir die Wallander-Verfilmungen in den Schatten!«

Küps erschlug die Stechmücke mit der Akte eines Schwerverbrechers, die leider noch ein bisschen dünn war. Dann machte er den Pater mit dem Fall vertraut.

Paavo nickte in regelmäßigen Abständen. Die Zehen in seinen Sandalen gerieten in Bewegung. Hin und wieder kratzte er sich am Hinterkopf.

»Das wär's«, schloss der Kommissar. »Ich weiß, die Fakten sind mager. Aber wir hoffen sehr, dass Sie uns helfen können.«

»Joo.«

Schweigen. Die Sekunden verstrichen.

»Und?«, fragte Brandeisen. »Haben Sie schon einen Geistesblitz?«

Der Pater ergriff eines der Gläser, die auf dem Tisch standen, und trank es leer. »Gut.«

Brandeisen und Küps warteten auf eine Abstoßungsreaktion. Die Bierprobe war so abgestanden wie eine Pfütze am Sandkerwamontag.

»Sie finden *das* gut?«, fragte Küps entsetzt.

»Waren Sie in letzter Zeit beim Arzt?«, fragte Brandeisen. »Zum Routinecheck? Der Verlust des Geschmackssinns kann das erste Anzeichen einer schweren Erkrankung sein.«

»Ich weiß, wer am Maxplatz gemacht hat Bumm«, sagte der Pater.

»Wie?«

»Ich habe geforscht. Ich kenne Täter.«

»Moment!« Küps brachte das nicht ganz auf die Reihe. »Sie spazieren hier rein wie der Michel aus Lönneberga und sagen: Fall gelöst?«

»Joo.«

»Und wer war's?«

»Jünglinge. Tut ihnen sehr leid alles. War ein ... Missgeschick.«

»Das müssen Sie erklären«, sagte Brandeisen.

Paavo zögerte. »Jünglinge sind sehr besorgt, wenn sagen Wahrheit.«

»Jünglinge kriegen Mordsdrümmaschelln, wenn sie

nicht mit der Wahrheit rausrücken!«, rief Küps. »Auf welcher Seite stehen Sie eigentlich, Pater?«

Der Kirchenmann begann in gebrochenem Deutsch zu erzählen. Nach und nach buchstabierten sich die Ermittler alles zusammen.

Eine Gruppe Jugendlicher, die Paavo seelsorgerisch betreute, hatte einen Superkanonenschlag gebastelt, mit Schwarzpulver aus zahllosen gehorteten Silvesterböllern, es sollte einmal richtig krachen. Nach etlichen Bieren auf dem Blues- und Jazzfestival nahm ihre Stimmung zunehmend destruktive Züge an, was nicht zuletzt auf die miserable Qualität des Kaltgetränks zurückzuführen war. Als die musikalischen Darbietungen beendet und die Zuschauer nach Hause gegangen waren, brach sich der Zerstörungstrieb Bahn. Eigentlich wollten die Halbstarken den Kanonenschlag am Maximiliansbrunnen erproben, auf dessen Hauptpfeiler eine Statue des ersten Königs von Bayern steht. Der Ort erschien ihnen dann zu exponiert, und sie legten den Sprengsatz unter den Bierausschankwagen der Fremdbrauerei, um zu sehen, ob das Ding durch die Explosion ein bisschen abhebt. Nachdem die Lunte angezündet war, suchten die Früchtchen Deckung hinter der Musikbühne und hielten sich die Ohren zu – eine weise Vorsichtsmaßnahme, denn die Detonation des in seiner Wirkung stark unterschätzten Superkrachers war apokalyptisch. Sie kamen mit Knalltraumata, Gleichgewichtsstörungen und Zitteranfällen davon. Das Pfeifgeräusch in ihren Köpfen hielt drei Tage an. Als sie wieder einigermaßen hergestellt waren, hatte sie ihr schlechtes Gewissen zum Pater getrieben.

Dies alles sei natürlich in keinster Weise zu entschuldigen. Er, Paavo, habe die jungen Leute davon überzeugt, sich der Polizei zu stellen. Sie bereuten ihre schändliche Tat und nähmen jede Strafe bereitwillig an.

»Wo sind die kleinen Scheißer?«, grollte Küps.

»Draußen vor der Tür«, sagte Pater Paavo.

Brandeisen öffnete und empfing die Truppe mit einem gestrengen Blick. »Herein mit Ihnen!«

Es waren drei Jungs und ein Mädchen. Sie scharten sich sogleich um Pater Paavo und schauten so schuldbewusst drein wie eine Meute Dackel.

»Silvesterböller, soso.« Küps schnaufte aus und setzte sich hinter seinem Schreibtisch in Positur. »Sie wissen, wie gefährlich das ist?«

»Unverantwortlich«, fügte Brandeisen hinzu. Er nahm neben dem Kommissar Aufstellung und sah aus wie Göttervater Zeus kurz vorm Blitzeschleudern. »Was haben Sie sich dabei bloß gedacht? Das gibt Wochenendarrest, und nicht zu knapp!«

»Joo«, sagte der Pater zur Bekräftigung.

Die Jugendlichen schauten betreten zu Boden und machten keinen Mucks, wie Paavo es ihnen eingetrichtert hatte.

Nur einer begehrte auf. Ein sommersprossiger Blondschopf, dem eine Karriere als Kneipenfaktotum schon ins Gesicht geschrieben stand. »Aber des is doch a Dreggsbier, Herr Kommissar. Des mooch doch kaner dringn in Bamberch.«

Die beiden Kriminaler tauschten Blicke. Der Geschmack der Bierprobe kam ihnen in den Sinn, sogleich wurden ihre Zungen pelzig.

Küps erinnerte sich an seine eigene Jugend, als er am Milchweg Lagerfeuer geschürt und Durchschmorexperimente mit Einwegfeuerzeugen angestellt hatte. Und im Umkreis der US-Kasernen war Brandeisen früher an Army-Bestände herangekommen, deren Test fast einmal NATO-Alarm ausgelöst hätte.

Sie nickten einander zu. Eine Ermahnung musste genügen.

Viel war ja nicht passiert. Die Großbrauerei konnte den Verlust des – ohnehin versicherten – Schankwagens verschmerzen. Der Krater würde die Stadt vielleicht zur längst überfälligen Neugestaltung des Maxplatzes veranlassen. Und die Reparatur der zu Bruch gegangenen Fensterscheiben war ein Segen für die örtlichen Glasereien.

Küps ordnete eine erkennungsdienstliche Behandlung an, mit Lichtbildern, Fingerabdrucknahme, DNA-Abstrich und allem Pipapo. Brandeisen hielt den Jugendlichen noch eine wortreiche Gardinenpredigt, das war Strafe genug. Pater Paavo wurde aufgetragen, sich künftig besser um seine Schäflein zu kümmern. Natürlich sollten alle Stillschweigen bewahren.

»Lassen Sie es sich eine Lehre sein«, drohte der Kommissar. »Und jetzt raus hier.«

»Hyvin tehty tänään.« Der Pater verabschiedete sich. »Hyvästi.«

Damit war der Fall abgeschlossen.

Draußen brach die Dämmerung herein, ein anstrengender Arbeitstag ging zu Ende. Küps spendierte zwei weitere Biere. Das feinmalzige Aroma, die dezente Rauchigkeit und der süffige Abgang verscheuchten endgültig die bösen Geister des Selbstversuchs. Er würde heute ohne Albträume schlafen können.

Es dauerte eine Weile, bis Brandeisen aufhörte, mit dem Kopf zu schütteln. »Schneit doch dieser Pater herein und klärt alles im Handumdrehen auf.«

»Er war im Vorteil. Die Jugendlichen sind ja von allein zu ihm gekommen und haben gestanden.«

»Und wie sehen wir dabei aus? Ich will es Ihnen sagen: Wie zwei weltferne Schreibtischhengste, die keine Ahnung von der Realität haben.«

»Ach, Sie meinen die Krimiserie.«

»Pater Paavo macht uns überflüssig. Nach dem RTL-Konzept würde er die Rolle des Cleveren übernehmen, und wir wären die beiden Idioten.«

Das gab Küps zu denken. »Ein Trio ... Vielleicht doch keine so gute Idee.«

»Drei sind einer zu viel«, stimmte Brandeisen ihm zu.

»Habe ich überhaupt ein Fernsehgesicht?«

»Auf dem Bildschirm wirkt man immer doppelt so dick.«

»O Gott!«

»Wir müssten Stunden in der Maske verbringen. Und dann diese ewige Warterei an den Drehtagen.«

Küps legte nach. »Nichts gegen Ausländer, aber der Pater kommt mir seltsam vor. Haben Sie gesehen, wie er die Pestbrühe, ohne mit der Wimper zu zucken, runtergeschluckt hat? Abartig.«

»Und das Finnische geht einem ziemlich schnell auf die Nerven«, sagte Brandeisen. »Scheint nur aus Is und Äs zu bestehen. Ob das TV-tauglich ist?«

»Zu Hause schau ich ja nur Sport.«

»Ich Naturdokus.«

»Ab und zu eine DVD mit einem schönen Spielfilm.«

»Aber nur anspruchsvolle Sachen. Zum Beispiel *Staatsanwälte küsst man nicht*. Kann ich immer wieder sehen.« Robert Redford war für Brandeisens Geschmack zwar etwas klein, aber das machten der Humor des

Streifens und die wunderbare Debra Winger locker wett. »Ich sage den Fernsehfritzen wohl besser ab«, meinte er schließlich.

»Spart uns bestimmt viel Ärger«, sagte Küps.

»Bestimmt.«

Christian Klier/Tessa Korber
Die Hochzeitsnacht

»›Ja, ich will!‹ Mit diesen Worten begann heute mein Tag.«

»Sie meinen ...?«

»Ja. Wir haben geheiratet, mein Mann und ich.«

»Meine Damen und Herren!« Der Moderator wandte sich mit großer Geste an das Publikum im Saal und sprach dann in die Kamera. »Was für eine Überraschung! Wir haben heute nicht nur ein prominentes Paar, ein Schriftstellerpaar, zu Gast in der Sendung, nein, es ist ein *Ehe*paar, das wir begrüßen dürfen. Applaus!«

Die Leute brachen in frenetischen Jubel aus. Monika Graff nahm die Hand ihres Angetrauten und ließ sich von ihm die Wange küssen, ohne nur einen Moment den Blickkontakt mit der Kameralinse zu verlieren.

»Meine Damen und Herren, das ist live, ich kann es nur immer wieder sagen: So geht *live*, und das ist das Schöne an meinem Beruf. Ich muss gestehen ...« Der Moderator nahm einen Schluck aus dem Wasserglas, das vor ihm stand. »Donnerwetter, ich meine, meinen herzlichen Glückwunsch. Gibt es denn Bilder von diesem Ereignis?«

»Danke, danke«, erwiderte Rainer Wirsch und legte den Arm um seine frischgebackene Frau. »Aber wir bitten um Ihr Verständnis, dass wir keine Bilder zeigen.« Sein Fuß suchte den von Monika unter dem Tischchen.

»Ja«, fiel sie ihm ins Wort. »Es ist ja auch eine sehr private Sache. Wir wollten das für uns haben.« Gurrend lehnte sie den Kopf an seine Schulter.

Der Moderator starrte auf ihre kommunizierenden Füße. »Natürlich, natürlich, das kann man gut verstehen. Zumal es ja in der Anfangszeit eine Menge Kritik an Ihrer Beziehung gab. Rainer«, wandte er sich an den Mann, dessen Hand gerade ein Stück weiter in Richtung der Brüste seiner Partnerin wanderte, »was haben Sie empfunden, als Ihnen vorgeworfen wurde, Sie wären diese Beziehung nur eingegangen, um die Nominierung für den Deutschen Krimipreis zu erhalten?«

»Das ist natürlich Unsinn!« Rainer nahm die Hand vom Körper seiner Frau und begann, seine Worte mit ausladenden Gesten zu unterstreichen. »Ich bin mit Monika zusammen, weil ich sie liebe. Dass sie eine erfolgreiche Autorin ist, spielt dabei keine Rolle. Das könnte auch ganz anders sein. Und meinen Neidern und all den anderen Missgünstlingen rufe ich an dieser Stelle zu: Es ist Liebe! Die größte und reinste, die man sich vorstellen kann. Nur deshalb haben wir geheiratet.«

»Wow, was für ein Statement! Danke, Rainer.«

»Ja, und ich möchte noch sagen, dass ich ja immer betone, dass Rainer im Grunde der viel bessere Schriftsteller von uns beiden ist. Ja wirklich«, wiederholte sie, als bewunderndes Raunen im Publikum laut wurde. Sie klimperte mit den Wimpern. »Aber mir glaubt ja immer keiner.«

»Madame, wer würde es wagen, Ihnen nicht zu glauben?« Der Moderator deutete einen Handkuss an. Ein Jingle ertönte, was ihn veranlasste, sich einem Bildschirm zuzuwenden, auf dem plötzlich ein Foto erschien. »Wir haben hier eine kleine Bildergalerie zusammengestellt, um das Publikum und Ihre Fans an Ihrer beider Leben teilhaben zu lassen.« Das Foto zeigte eine ältere Dame.

Daneben Rainer Wirsch, der den Arm um sie gelegt hatte.

»Rainer, vielleicht können Sie zu den eingeblendeten Bildern etwas sagen.«

Der Angesprochene antwortete nicht.

»Herr Wirsch?«

Rainer setzte sein Wasserglas ab und hustete.

»Entschuldigen Sie, Herr Zumpanini.«

Monika Graff klopfte ihrem Gatten auf den Rücken. Das Foto auf dem Bildschirm wechselte. Dieselbe Dame, Rainer Wirsch, der ihr einen Kuss auf die Wange drückte.

»Ja, Herr Zumpanini. Wie soll ich sagen ... Im tiefsten Herzen bin ich eben ein Familienmensch. Es handelt sich hier um meine Mutter. Ich habe sie vor ein paar Wochen besucht. Sie feierte gerade ihren 60. Geburtstag. Wir beide haben ein sehr inniges Verhältnis zueinander, wissen Sie.«

»Das ist ja großartig, Rainer. Das hätte ja kaum jemand vermutet. Ihre Mutter! Man erfährt ja sonst so gar nichts von Ihrer beider Privatleben.«

»Eine großartige Frau, ganz großartig«, fiel Monika Graff ein. »Ich habe sie ja auch gerade erst kennengelernt, aber ich muss sagen, eine wahrhaftige Dame, und so lebendig, trotz ihres Alters. Sie nimmt sehr an Rainers Leben teil, nicht wahr, Rainer?«

Der Druck ihres Fußes unter dem Tisch wurde fester.

Rainer Wirsch lächelte unter Schmerzen. »Es ist halt so, wenn man einen bestimmten Grad an Prominenz erreicht hat, möchte man wenigstens noch sein Familienleben ungestört für sich erleben dürfen. Monika mit ihren drei vorangegangenen Ehen kann da ja ein Lied von singen.«

Ihr Lächeln verriet, dass sie in der Tat gelitten hatte.

Die Bilderserie brach ab.

»Kommen wir zu Ihnen, Frau Graff. Ihr Mann hat es ja schon angedeutet, Ihre Vergangenheit war turbulent. Erst die Ehe mit Peter Pantinger, dem großen Regisseur, dann die kurze Affäre mit Ihrem Fitnesstrainer, danach kehrte Ruhe in Ihr Leben ein an der Seite von ...«, er musste in seinen Papieren nachsehen, »... äh, dem Banker und Geschäftsmann, der leider so unerwartet früh verstarb.«

»Ja, er nahm sich das Leben, ein Opfer der Bankenkrise.« Sie holte tief Luft »Ich habe das in meinem Roman *Bluthände* verarbeitet. Es war sehr, sehr schmerzvoll. Die Filmrechte sind übrigens verkauft.«

»Stimmt es, dass er in der Wulff-Affäre hätte angehört werden sollen?«

Ihr Mund wurde schmal. »Dazu ist, glaube ich, alles gesagt.«

Rainer Wirsch neigte sich vor. »Auf der Wulff-Hochzeit haben wir uns übrigens kennengelernt, Monika und ich.« Er küsste ihre Hand. »So hatte diese ganze Angelegenheit zumindest für mich doch noch ein schönes Gesicht.« Dabei sah er ihr tief in die Augen.

Sie überließ ihm ihre Hand. Über den eigenen Arm hinweg klärte sie den Moderator auf. »Die Ziegelsteins hatten mich auf Rainer aufmerksam gemacht, sie wissen schon, die Verleger. ›Ein junger Wilder‹, ich weiß noch, das waren Hilde Ziegelsteins Worte. ›Ein junger Wilder ist das.‹« Ihre Stimme wurde um eine gepflegte Nuance rauchiger.

»Ich ging zu dir und sagte – was habe ich noch gesagt?«

Sie neigte sich vor und flüsterte ihm etwas ins Ohr. Er lachte, sie kicherte an seiner Schulter.

Der Moderator räusperte sich. »Nun, ich schätze, so sieht wahre Liebe aus, zwischen einer Grande Dame des Deutschen Kriminalromans und einem jungen Wilden. Aber zurück zu Ihrer Karriere, Frau Graff. Wie es scheint, wird sie ja gerade gekrönt. Aus den Gremien der ARD jedenfalls verlautet, der neue *Tatort* für Franken sei nun endlich gefunden. Gestern wurde das Darstellerteam vorgestellt. Bild bitte.«

Auf dem Monitor wurde eine Gruppe bekannter Schauspieler sichtbar. »Die junge Hauptdarstellerin, Alexa von Plock, sagte bei dieser Gelegenheit, sie freue sich darauf, die Figur der Lilith Kramer zu verkörpern. Und das ist doch nun eine von Ihren *ganz* bekannten Gestalten.« Seine letzten Worte gingen im brausenden Applaus des Saalpublikums unter, das sich zu einem rhythmischen Klatschen steigerte.

Der Moderator lächelte den Lärm nieder. Es dauerte eine Weile, bis er wieder zu Wort kam. »Die Franken und ihr *Tatort*. Aber ich muss zugeben, auch mein Herz schlägt bei dem Gedanken höher. Wir haben lange genug darauf gewartet, oder?« Auffordernd schaute er ins Publikum, das ihn mit weiterem Applaus belohnte.

»Möchtest du dazu etwas sagen, Schatz?«, fragte Rainer Wirsch, als endlich wieder Ruhe einkehrte.

Monika Graff saß sehr aufrecht. »Ich fühle mich natürlich geschmeichelt«, begann sie, sofort unterbrochen vom Moderator, der einwarf: »Das dürfen Sie auch sein.«

»Aber es muss sich hier um ein Missverständnis handeln. Ich habe kein Drehbuch bei der ARD eingereicht.«

Nun war es an ihr, einen Schluck Wasser zu nehmen. »Es gab ja auch gar keine Ausschreibung.«

»Allerdings«, warf Rainer Wirsch ein. »Und außerdem, nach dem ganzen Kesseltreiben hier in der Literaturszene, ich will keine Namen nennen, aber da gingen Freundschaften in die Brüche. Unschön war das. Jeder gierte, jeder wollte. Alle dachten nur an ihre Karriere. Loyalitäten waren auf einmal nichts mehr wert.« Er schüttelte voll Abscheu den Kopf mit der Haarmähne, die ihm gepflegt bis auf die Schultern fiel.

»Jedenfalls haben wir uns da geschworen, dass wir nichts unternehmen werden, um an diesen Drehbuchauftrag zu kommen. Unsere Liebe war uns wichtiger«, warf Monika Graff bestätigend ein und nahm seine Hand. »Wir wollten es Gott überlassen, sozusagen.«

»Und der hat nun entschieden?«

»Wohl so wie damals bei Maradonas Handspiel«, mutmaßte Rainer Wirsch. Ein Knuff brachte ihn leicht aus dem Gleichgewicht.

Der Moderator wollte nachhaken. Aber Monika Graff kam ihm zuvor. »Rainer hat ja auch gerade diese wunderbare Sache mit der Krimitheater-Revue am Fürther Stadttheater. Ganz avantgardistisch. Und so provokant. Ich wünschte, die Leute hätten mehr Verständnis dafür. Da ist er ohnehin beschäftigt.«

Der Moderator wirkte verwirrt. »Heißt das, Sie hätten ebenfalls eine Idee für den *Tatort* Franken gehabt, Herr Wirsch?«

»Ach, mein Rainer hat tausend Ideen. So ist er, er ist einmalig«, kam Monika Graff ihrem Mann zuvor. »Nicht wahr, Schatz?«

»Und was für welche!«

Er sah ihr tief in die Augen und achtete darauf, seine Mundwinkel dabei so weit wie möglich hochzuziehen. »Letztendlich ist es doch am wichtigsten, dass man diese Ideen miteinander teilt. Und das tun wir. Lieben lernen heißt teilen lernen. Das könnte das Motto unserer Ehe, ach was, unseres ganzen Lebens sein. Nicht wahr, Liebling?«

»So ist es!« Monika Graff strahlte in die Kamera. Das Publikum applaudierte.

»Meine Damen und Herren, ich denke, dem ist nichts hinzuzusetzen. Wir verabschieden uns an dieser Stelle von unserem Publikum und den Zuschauern zu Hause an den Bildschirmen und geben ab an das Hauptstadtstudio zu Ingo Troll mit den *Tagesthemen*. Ingo, auch bei euch in der Sendung dreht sich alles um das Thema Liebe, wie ich gehört habe.«

»Das ist richtig, Kai. Allerdings wird es dabei nicht ganz so harmonisch zugehen wie bei euch. Übrigens, auch von meiner Seite einen herzlichen Glückwunsch an das frisch vermählte Brautpaar. Ja, wir werden uns wieder einmal mit dem englischen Königshaus beschäftigen. Offenbar sind einige weitere pikante Details aus dem Leben Prinzessin Dianas aufgetaucht, die gehörig an der bisherigen Version zweifeln lassen, Lady Di und Prinz Charles hätten sich wenigstens zu Beginn ihrer Ehe wirklich geliebt.«

»Das hört sich interessant an. Einen schönen Gruß an dich, Ingo, und auf Wiedersehen, liebes Brautpaar! Wir alle wünschen noch eine schöne Hochzeitsnacht!«

*

Rainer stolperte in den Eingang der Präsidentensuite. Mit beiden Händen hielt er sich an den marmorvertäfelten Wänden fest.

»Fuck! Fuck! Wie konntest du nur!«

Er wankte zur Minibar, riss die Tür auf und versuchte die Etiketten zu lesen, die auf den Flaschen klebten. Monika war inzwischen in den Raum getreten. Mit einer damenhaften Bewegung nahm sie die Zigarette, die auf einer silbernen Spitze steckte, aus dem Mund und blies den Rauch aus.

»Ach, mein junger Wilder. Du musst noch viel lernen.«

Rainer kniete noch immer vor der Minibar. Er hatte inzwischen eine Flasche Gordon's aufgeschraubt und stürzte den Gin in sich hinein. Monika legte die Zigarette in einem Aschenbecher ab und warf sich aufs Bett. Die Rauchkringel stiegen sacht an die Decke. »Ich wünschte, du könntest mal *einen* seelischen Konflikt ohne Alkohol durchstehen, wirklich.«

»Lilith ist meine Figur, das weißt du genau!«

»Geht das jetzt schon wieder los? Nur, weil wir uns beim Frühstück mal darüber unterhalten haben? Bitte, Rainer, ich dachte, das hätten wir hinter uns. Nimmst du deine Tabletten eigentlich noch?«

»Die Figur ist komplett von mir, da steckt mein Blut drin, meine Wut, meine Tränen …«

»Rainer, bitte, fehlte noch dein Schweiß, dann wärst du Churchill.« Sie deklamierte mit theatralischer Stimme: »I have nothing to offer but blood, sweat and tears. Ist das nicht auch eine von diesen Independent-Bands, die du so gerne hörst?«

»Du verdammtes Miststück, lenk nicht ab.« Er hatte noch eine Flasche Whisky gefunden, sie hinterhergekippt und leerte gerade den restlichen Kühlschrank, auf der Suche nach mehr. Als er nichts fand, begann er, die Unterlagen in der ledernen Mappe auf dem Schreibtisch nach der Nummer des Zimmerservice zu durchwühlen. »Du hast dein Wort gebrochen! Du!«

»Ach!« Mit einem Ruck saß sie. »Jetzt bin ich das Miststück, ja?«

»Das gierigste, das ich je erlebt habe. An was ist dein Mann denn wirklich gestorben, an Auszehrung?«

Sie schleuderte ein Kissen nach ihm. »Das weißt du doch. Er hat sich umgebracht.«

Rainer Wirsch rülpste. »Das hätte ich auch sollen. Du verlogene Schlampe! Einen Toy Boy fürs Bett und die Karriere, das ist alles, woran du denken kannst. An dir ist nichts echt, kein Stück.« Er starrte auf den Hörer, aus dem es endlich tutete. »Du bist wie deine Schminke! Durch und durch falsch!«

»Verreck doch!« Sie warf sich wieder in die Kissen und schmollte.

»Hallo, Zimmerservice: Einen Feinschmecker-Burger und eine Flasche Gin, bitte. Nein, kein Tonicwater, danke. Ach, und zwei Flaschen Sekt, wenn wir schon dabei sind. Meine Frau und ich, wir haben was zu feiern.« Er knallte das Telefon zurück auf die Station. »Stimmt doch, Schatz. Du hast den *Tatort*. Dank der Hand Gottes.«

Sie tat, als bemerke sie seine Wut nicht. »Das war auch so eine Geschmacklosigkeit von dir, dieser Hinweis auf Maradona. Was sollte das?«

»Was das sollte? Das weißt du ganz genau! Du hast denen ein Drehbuch vorgelegt, das heißt es. Und das war nach unserer Absprache nicht erlaubt.«

Sie musterte ihn mit einem Mal genau. »Und das

wirfst du mir jetzt vor, ja? Das wirfst du mir wirklich vor?« Sie produzierte ein Lachen, das Bette Davis alle Ehre gemacht hätte. »Hah!«

»Wenn du mich wirklich lieben würdest …«, fing er an, wurde aber vom Klopfen an der Tür unterbrochen. Er nahm das Essen entgegen, setzte zuerst die eine Flasche Sekt an und machte sich dann über den Burger her.

Sie beobachtete mit Abscheu, wie ihm die Mayonnaise aus den Mundwinkeln quoll. Salatfetzen regneten auf den teuren Teppich.

»Von wann waren eigentlich die Fotos?«, fragte sie. »Die von dir und deiner …«, sie machte eine bedeutungsvolle Pause, »… Mutter.«

»Pfingsten, wieso?« Er schaute auf. Ketchup tropfte von seinem Kinn.

»Nur so. Dann war es immerhin noch kein Ehebruch.«

»Aber …«, begann er.

Doch da explodierte sie. »Du hast keine Mutter mehr! Deine Eltern starben kurz nach der Jahrtausendwende bei einem Autounfall nahe Karlsbad. Schon vergessen?«

»Woher willst du …«

»Ich hab das nachprüfen lassen. Glaubst du, ich heirate, ohne über die familiären Verhältnisse meines künftigen Partners Bescheid zu wissen?«

»Im Klartext: Du hattest Angst, da könnte irgendwo bedürftige Verwandtschaft stecken.«

»Oder ein Alkoholiker. Oder ein pathologischer Lügner. Oder ein Scheißtyp, der öffentlich behauptet, die alte Schabracke, mit der er herumflirtet, wäre seine Mutter.« Sie musste innehalten, sie bekam keine Luft mehr. »Dabei wissen wir doch beide, wer das war. Und, hast du sie schon gevögelt?«

»Du bist so geschmacklos.«

Davon ließ sie sich nicht bremsen. »Anscheinend nicht, oder nicht gut genug. Denn sie hat dein Drehbuch nicht an ihren Mann weiterempfohlen, wie es aussieht.«

»Übers Vögeln hast du dich noch nie beklagt.«

»Versager, jämmerlicher Versager! Na los, sag schon: Ist sie gut im Bett?«

Er zuckte mit den Schultern. »Noch mal fünf Jahre älter als du. Aua!«

Diesmal hatte sie die Bibel geworfen, die auf dem Nachttisch lag. »Ich bin 42, du Mistkerl.«

Er lachte. »Wer's glaubt. *Ich* recherchiere das nicht, weißt du. Mir ist egal, wie alt sie sind. Aber blind bin ich auch nicht.«

Sie stand auf. »Das habe ich nicht nötig.«

»Ach«, höhnte er, den Mund halb voll. »Aber meine Ideen hattest du nötig. Und den kleinen Hormonschub, den ich dir verpasst hab. Damit du nicht mehr als die Mutter von Rosamunde Pilcher rüberkommst. Und das hier.« Er griff sich in den Schritt. »Das hattest du wohl auch dringend nötig.« Er feuerte den Rest des Burgers auf den Teller und nahm die Ginflasche. »Also beklag dich nicht.«

»Du bist so würdelos.« Mit diesen Worten stand sie auf und ging ins Bad. Bald plätscherte das Wasser im Whirlpool.

Er schrie ihr hinterher: »Du hast mich benutzt. Ausgesaugt hast du mich, du mieser Vamp! *Ich* bin hier der Betrogene!« Betrunken schimpfte er vor sich hin.

Aus dem Bad kam leiser Gesang. Es klang dumpf und getragen, wie Kirchenmusik. Als er die Tür aufstieß, sah er sie vor dem Spiegel stehen, wo sie mit energischen

Bewegungen die Schminke abwischte. Sie wurde lauter. »Rainer, du Lamm Gottes, der du trägst die Sünden der Welt.« Sie hielt inne und betrachtete ihn, wie er schwankend und mit alkoholischen Tränen im Türrahmen stand. »Ach, Gott erbarme dich!«, stieß sie aus. »Ein Glück, dass ich auf Gütertrennung bestanden hab.«

Er hielt sich am Türrahmen fest. Sein verlangsamter Blick fixierte ihr Gesicht. »Als ob es mir auf deine Scheißkohle ankäme.«

»Etwa nicht?« Sie ließ das Kleenex fallen und wandte sich um zur Wanne. Mit ihrer großen Zehe überprüfte sie die Wassertemperatur.

»Nein. Dein Geld kannst du dir in deinen fetten Arsch stecken. Vielleicht solltest du dir damit aber auch mal einen ordentlichen Schönheitschirurgen leisten! Ich weiß, dass ich der bessere Schriftsteller bin!«

Sie lachte auf. Dann schüttelte sie den Kopf »Mein Rainerlein! Oh!« Sie stieg in den Whirlpool. »Ich weiß, dass ich der bessere Schriftsteller bin«, äffte sie ihn nach, während sie sich ins sprudelnde Wasser setzte. »Das erzähle ich ja auch jedem, den ich treffe, Schatz, aber weißt du was? Keiner will es glauben. Denk mal drüber nach.«

»Du dreckige Scheißkuh!« Rainer schlug mit der Faust in den Spiegel.

Sie öffnete nicht einmal die Augen. »Geht das nicht eine Nummer kleiner?«

Er starrte auf seine Hand, aus der das Blut hervorquoll. »Ich ... ich ...«, stotterte er schwankend.

Sie legte ihren Kopf zurück und seufzte demonstrativ.

Er starrte immer noch auf seine Hand. Ein großer Splitter steckte darin. Gleich unter dem Gelenk. Mitten im Fleisch. Seltsam sah das aus. Er zog ihn heraus. Nach ein paar Sekunden schoss das Blut aus der Wunde.

»Lie... Lie... Liebling ... i..., ich glaube, mi... mir wird schlecht.«

Sie öffnete die Augen gerade rechtzeitig, um zu sehen, wie er auf sie zuwankte, die Hände purpurrot, die Arme, die Brust. Und es rann, so seltsam stumm, auf den Boden, auf den Wannenrand. Er stolperte. Sie hob die Arme, um ihn abzuwehren. Empfing ihn mit einem Aufschrei. Er rutschte zwischen ihre nassen, glitschigen Glieder. Die Scherbe in seiner Hand drang in ihren Hals. Dann lag er auf ihr, in ihrer Umarmung. Noch ehe sie keifen konnte, wie albern sie es fand, dass ein Krimiautor kein Blut sehen konnte, versanken sie gemeinsam unter der Wasseroberfläche. Bald ließ ihr Zappeln nach. Es wurde still. Irgendwann schaltete die Automatik des Whirlpools auf das nächste Intervall und brachte das rote Wasser zum Sprudeln.

Kulturspiegel Franken
»Es ist Liebe« – der tragische Suizid eines Künstlerpaares

Nürnberg – Heute wurden in einem Nobelhotel in der Innenstadt die Leichen von Monika Graff (52) und Rainer Wirsch (32) gefunden. Die beiden Schriftsteller sind weit über die Region hinaus mit ihren Kriminalromanen und auch als Drehbuchautoren bekannt geworden. Am Abend ihres Todes hatten sie bei einem ergreifenden Auftritt in einer Talkshow ihre Hochzeit bekannt gegeben. »Es ist Liebe«, hatte Wirsch der Welt noch zugerufen. Nur Stunden später gingen sie gemeinsam aus dem Leben. Die Liebeshochzeit ist zur Bluthochzeit geworden. Der junge Wilde und die Große Dame des Verbrechens – sind sie ihren eigenen Abgründen zum Opfer gefallen? Haben sie, wie viele große Künstler, eine Grenze überschritten, von der Normalsterbliche sich fernhalten? Rainer Wirsch, der so leidenschaftlich lebte und schrieb – strebte er dem Unendlichen zu? Und Monika Graff – gab es für sie nach dem Glanzpunkt ihrer Karriere nichts mehr zu erreichen? Ist Liebe die Antwort?

Noch im Tod sollen sie einander in den Armen gelegen haben. Wir stehen vor einem Rätsel, mit Trauer und Respekt, und nehmen Abschied.

Ein auf Monika Graffs Romanen basierender Tatort *wird am 13. April um 20.15 in der ARD gesendet.*

Dirk Kruse
Sand-Tragant

Die beiden schwarz gekleideten Mitarbeiter der Messe-Security trugen schwer an dem Werkzeugkasten und der Reisetasche. Mit eiligen Schritten verließen sie den Verbindungsgang, durchquerten die leer stehende Halle H und traten aus dem Notausgang ins Freie. Dort parkte in der Dunkelheit der Sommernacht ein grauer Kastenwagen des privaten Sicherheitsdienstes, der das Messezentrum überwachte. Der Kleinere der beiden öffnete die Heckklappe, während der große Hagere die Lasten hinein hievte. Zügig bestiegen die beiden das Fahrzeug. Der Kleinere startete den Motor und steuerte den Wagen in gemäßigtem Tempo hinter der Frankenhalle entlang. Der Größere nahm die Kappe ab und wischte sich den Schweiß von der Stirn. Als unvermittelt Sirenen über das Messegelände heulten, gab der Kleinere Gas, durchbrach eine Schranke und fuhr direkt auf die Münchener Straße, Richtung Innenstadt. Drei Minuten später bogen sie gerade auf den unbeleuchteten Parkplatz vor dem Kleinen Saal der Meistersingerhalle, als mehrere Streifenwagen mit rotierenden Blaulichtern zur Messe rasten.

»Das läuft ja optimal nach Plan«, grinste der Kleinere.

»Noch sind wir nicht außer Gefahr. Beeil dich.«

Im Nu schälten sich die Männer aus ihren Uniformen, verstauten Kleiderbündel, Werkzeugkasten und Reisetasche im Kofferraum eines vor dem Kulturzentrum abgestellten Renaults und fuhren damit weiter stadteinwärts. Über Nebenwege erreichten sie nach kurzer

Fahrt die abgelegene Gleißhammerstraße und parkten den Wagen in einer müllübersäten, schummrigen Ecke beim Rangierbahnhof. Im aufgesperrten Kofferraum öffneten sie Reisetasche und Werkzeugkasten und blickten einen Moment lang beinahe andächtig auf schimmernde Goldbarren, Silbermünzen und Platinschmuck. Dann packten sie die viele Kilos wiegende Beute in zwei handliche Stahlkästen um und verstauten diese in zwei Rucksäcken, die sie sogleich schulterten. Der Größere reichte seinem Kumpan einen Spaten, packte sich selbst einen Seitenschneider und schloss die Heckklappe.

Ein Güterzug rumpelte über die nahegelegenen Gleise. Hinter einem Busch durchtrennte der Größere so viele Maschen des Drahtzaunes, dass sie bequem durchschlüpfen konnten. In der Finsternis passierten die beiden Männer mehrere Bahntrassen, bis sie auf ein rund 3.000 Quadratmeter großes Gleisdreieck gelangten. Der sandige Boden war mit trockenem Gras und knöchelhohen Grünpflanzen bewachsen. Weit und breit war kein Mensch zu entdecken. Genau zehn Meter östlich von einem auffälligen Mast entfernt begann der Kleinere ein Loch zu graben, während der andere ihm dabei zuschaute und auf einem Grashalm kaute.

»Warum verstecken wir die Beute ausgerechnet hier?«, keuchte der mit dem Spaten.

»Weil hier außer ein paar Bahnmitarbeitern kein Mensch Zutritt hat. Wo sonst gibt es mitten in der Stadt ein so abgeschiedenes Plätzchen?«

Als das Loch tief genug war, hoben sie die schweren Metallkisten hinein.

»Sollen wir uns nicht wenigstens ein paar Goldmünzen mitnehmen? Ich bin gerade echt knapp bei Kasse.«

»Spinnst du, Schorsch? Du weißt doch, dass dieser Kommissar Blümlein uns auf dem Kieker hat. Mein Ruf als ›Mister Goldfinger‹ ist längst bis zur Polizei durchgedrungen. Das lassen wir hier schön ein paar Monate liegen, bis Gras über die Sache gewachsen ist – im wahrsten Sinne des Wortes.«

Er lachte leise, zupfte sich ein kleines Stielchen mit unscheinbaren lilafarbenen Blüten vom Boden und steckte es in das Knopfloch seiner Jeansjacke, während der Kleinere die Grube mit dem Schatz wieder zuschaufelte.

Unterwegs auf der Ostendstraße entsorgten sie bei einem kurzen Halt Uniformen, Reisetasche und Werkzeugkasten in einen Müllcontainer und fuhren, am Wöhrder See vorbei, nach St. Jobst hinüber. Schließlich hielt der Renault im Hof eines Einfamilienhauses.

»Kommst du noch mit rein auf einen Siegestrunk?«, fragte Goldfinger. Doch ehe der andere antworten konnte, waren sie von einem halben Dutzend Polizisten umstellt und blickten in die Läufe der auf sie gerichteten Handfeuerwaffen.

»Hände in den Nacken!«, ertönte ein Befehl. »Und jetzt ganz langsam rauskommen.«

Als die beiden Komplizen ausgestiegen, durchsucht und mit Handschellen gefesselt worden waren, trat ein kleiner untersetzter Mann mit einem grauen Haarkranz an sie heran.

»Sieh an, Kommissar Blümlein. So spät noch auf?« Der Größere lächelte überlegen.

»Ihre Scherze werden Ihnen noch vergehen. Sie beide sind festgenommen.« Blümlein wandte sich an seinen Assistenten: »Klären Sie die Kerle über ihre Rechte auf.«

»Was werfen Sie uns denn vor? Ist es nicht mehr erlaubt, in einer lauen Sommernacht ein wenig herumzufahren?«

»Es besteht dringender Tatverdacht, dass Sie vor einer guten Stunde die ›Gold and Silver‹-Messe beraubt und mehrere Kilogramm Edelmetall gestohlen haben.«

»Blümlein, Blümlein, Sie verrennen sich da in etwas und verleumden unschuldige Bürger«, entgegnete Goldfinger ironisch.

»Es gibt Aufnahmen von Überwachungskameras in der Messe, die Ihnen verdammt ähnlich sehen sollen, Leinleiter.«

»Da werde ich wohl einen Doppelgänger haben.«

Einer der Polizisten kam mit einem Seitenschneider und einem Spaten zum Kommissar gelaufen. »Das ist alles, was wir im Fahrzeug gefunden haben.«

Blümleins Blick verriet Verärgerung. »Wo ist das Gold?«, wandte er sich wieder an Goldfinger. »Reden Sie endlich! Dieser ganze Raub trägt doch eindeutig Ihre Handschrift.«

»Selbst wenn ich es genommen hätte ... glaubst du wirklich, ich würde es dir verraten? Träum weiter, Benjamin Blümchen.« Er schürzte höhnisch die Lippen zu einem Kuss.

Zornig schoss der Kommissar vor, packte den Verhafteten am Revers, schüttelte ihn und schrie: »Ich bring dich so lange hinter Gitter, bis du da drinnen vermoderst. Spuck's endlich aus!« Bei diesem Übergriff verlor der Gefesselte das Gleichgewicht und fiel so unglücklich nach hinten, dass er eine blutende Platzwunde am Kopf und eine Gehirnerschütterung erlitt. Zwar wurden Harry Leinleiter alias Mister Goldfinger und sein Komplize

Georg Müller auch ohne Geständnisse in einem Indizienprozess zu fünf Jahren und drei Monaten Haft verurteilt, doch auch der Kommissar musste sich einem Disziplinarverfahren stellen, was ihn dermaßen erboste, dass er seinen Dienst quittierte und sich ins Privatleben zurückzog.

Dreieinhalb Jahre später, an einem sonnigen Tag, erwachte Blümlein, sich wohlig in den Laken seines Wasserbettes räkelnd, als sein Butler das Schlafzimmer betrat und die Vorhänge zurückzog, um den Blick aufs azurblaue Mittelmeer freizumachen. Wie üblich servierte er ihm das Frühstück auf einem Silbertablett: Milchkaffee, Hörnchen, Ei, die aktuelle *Bild* und eine frische Blüte in einem Väschen. Genüsslich schlürfte Blümlein seinen Kaffee und blätterte desinteressiert die Zeitung durch, bis er an der Schlagzeile »Ganovenmord im Gleisdreieck« hängen blieb. Der Artikel berichtete in reißerischen Worten darüber, wie sich im Nürnberger Stadtteil Tullnau zwei wegen guter Führung vorzeitig entlassene Räuber auf dem Gelände des Rangierbahnhofes gegenseitig umgebracht hatten. Die Obduktion hatte ergeben, dass Georg M. aufgrund einer Schädelfraktur durch den Hieb mit einem Spaten hingerafft wurde, während Harry L. – in Ganovenkreisen auch als »Mister Goldfinger« bekannt – durch einen Schuss in die Brust verschied, der von seinem sterbenden Ex-Komplizen auf ihn abgegeben worden war. Die beiden vor zwei Tagen aus der Justizvollzugsanstalt Straubing freigelassenen Männer waren für den spektakulären Raub auf der »Gold and Silver«-Messe in Nürnberg verurteilt worden, bei dem Edelmetall im Wert von über drei Millionen Euro gestohlen worden war. Die Beute war seitdem spurlos verschwunden. Über die Motive des gegenseitigen Mordes konnte die Kriminalpolizei noch keine Angaben machen.

Horst Blümlein faltete die Zeitung zusammen und blickte auf das glitzernde Meer hinaus. Als Polizeibeamter hatte er es mit seinem Namen immer schwer gehabt, sich bei Verbrechern und Kollegen Respekt zu verschaffen. Dass er sich darüber hinaus tatsächlich für Botanik interessierte und ein großes Herbarium besaß, hatte zusätzlich für Spott gesorgt. Als dann auch noch das Disziplinarverfahren gegen ihn verhängt wurde, hatte er die Nase endgültig voll gehabt.

Blümlein lächelte. Dabei zahlte es sich aus, botanisches Fachwissen zu besitzen. So wie er als Kommissar lichtscheue Verbrecher aufgespürt hatte, machte er als Hobbybotaniker Jagd auf schwer zu findende Pflanzen – je seltener, desto besser. Er hatte sich im Laufe der Jahre zu einem echten Spezialisten für Schmetterlingsblütler entwickelt und damit sogar Anerkennung in botanischen Fachkreisen erworben. Die unscheinbare Blume, die er Goldfinger im Eifer des Gefechts vom Revers gerissen hatte, entpuppte sich bei genauerem Hinsehen als Astragalus arenarius, auch »Sand-Tragant« genannt. Die zarte Pflanze aus der Familie der Hülsenfrüchtler mit ihren violetten Blüten war östlich der Elbe beheimatet. In ganz Süddeutschland wuchs sie nur an einer einzigen Stelle: einem Gleisdreieck in der Tullnau, mitten in Nürnberg. Blümlein hatte dort schon vor Jahren einige der raren Exemplare für sein Herbarium gepflückt.

Behaglich sank er in die Kissen zurück und gähnte herzhaft. Sollte seine ignoranten Ex-Kollegen doch alle die Winterdepression ereilen. Minus fünf Grad und eine dicke Wolkendecke hatte der Wetterbericht in der Zeitung für Nürnberg angekündigt. Das geschah ihnen recht. Er würde noch ein kleines Nickerchen machen und dann im warmen Sonnenschein auf Exkursion gehen, die Botanisiertrommel über der Schulter. Auf dieser Insel waren einige einzigartige Pflanzenarten beheimatet. Und sollte er irgendwann tatsächlich ein noch nie beschriebenes Exemplar entdecken, würde er es pietätvoll nach dem Finanzier seiner Forschungsreisen benennen: Goldfinger.

Hans Kurz
Haftnotizen

An Kögels Kühlschrank klebte eine Haftnotiz: »Besorg dir selbst 'ne Tiefkühlpizza. Ich bin dann mal weg, Miriam.«

Das konnte er jetzt am allerwenigsten gebrauchen. Er war wieder zu spät aus dem Büro rausgekommen und hatte sich zudem noch alte Akten mitgenommen. Wo verdammt sollte er in Stegaurach um diese Uhrzeit eine Pizza herkriegen? Die Tanke machte schon um elf dicht. In der Pizzeria ging nach Mitternacht auch keiner mehr ans Telefon. Und wo steckte Miriam? Was meinte sie mit »Ich bin dann mal weg«? Immerhin hatte der Kommissar der Kripo Bamberg heute schon ein Leberkäsbrötchen verspeist und machte sich so nicht ganz ausgehungert auf den Weg ins Bett – das verwaiste. Da klebte noch so ein Zettel auf dem Kopfkissen: »Schlaf gut – und tschüss«, stand drauf. Der erste Teil war okay. Der zweite bereitete Sigi Kögel leichtes Kopfzerbrechen. Wahrscheinlich war Miriam ausgegangen, versuchte er sich zu beruhigen. Vielleicht aber auch nicht. Da er zu müde war, um sich darüber ernsthaft Gedanken zu machen, aber zu aufgedreht, um zu schlafen, griff er nach der Akte, die er eigentlich frühestens am nächsten Morgen hatte in die Hand nehmen wollen.

»Alle waren unverändert. Nur Norbert nicht. Der lag mit eingeschlagenem Schädel unten an der Kellertreppe«, hatte die Zeugin Johanna Nass zu Protokoll gegeben.

Kögel war wieder mal zu spät gekommen. Zu dem Abend vor zwei Jahren in Burgwindheim. Zu seinem Klassentreffen im Brauereigasthof. Er hatte noch Dienst gehabt bei der Kripo. Und dann waren die Kollegen der Polizeiinspektion Bamberg-Land schon vor ihm da gewesen. Sie hatten gerade den Tatort für die Spurensicherung abgesperrt. Aus dem feuchtfröhlichen Jahrgangstreffen der schon lange aufgelösten Volksschule war also erst mal nichts geworden. Die Kollegen von der Streife waren überrascht gewesen, dass Kommissar Kögel aufgetaucht war, obwohl sie in Bamberg erst fünf Minuten vorher Bescheid gegeben hatten, dass es sich vermutlich um ein Gewaltverbrechen handelte. Während er gemeinsam mit ihnen auf die Spurensicherung gewartet hatte, hatte er auf seinen alten Schulkameraden gesehen, den Wirt und Braumeister, und hinüber zu seiner alten Schulkameradin Hanna geblickt, die den Toten in diesem Zustand vorgefunden hatte.

Den Fall hatte dann Kögels Vorgesetzter übernommen. Es war der letzte vor dessen Pensionierung. Vergangene Woche hatten sie ihn zu Grabe getragen. Der hatte auch nicht mehr viel von seinem Ruhestand gehabt. Kögel hatte ihm natürlich zugearbeitet, weil er schließlich den Ort und vor allem die Leute kannte. Nach nur zwei Wochen war dann Norberts Sohn verhaftet worden. Der 19-Jährige war wegen Totschlags verurteilt worden, und weil es noch nach Jugendstrafrecht gegangen war, saß er nun quasi in der Nachbarschaft im Knast in Ebrach, wo die ganz harten Jungs untergebracht waren. Das heißt, war gesessen. Bis gestern. Am Nachmittag hatte Kögel die Meldung erhalten, dass der Gefangene Dominik Gräslein entflohen war.

So was kam öfter vor. Meistens nutzten die jungen Kna-ckis die Arbeit in der Gefängnisgärtnerei des ehemaligen Zisterzienserklosters im Steigerwald, das nun Bayerns größte Jugendstrafanstalt war, zu einem Sprung über die Mauer. Auch den Dominik werden sie bald wieder haben, dachte Kögel. Meistens wurden die Flüchtigen schon nach ein paar Stunden irgendwo in den Buchenwäldern rund um Ebrach geschnappt. Oder mit einem am Markt-platz direkt vor dem Knast geklauten Auto gestoppt. Einer – der zuvor gerade erst offiziell entlassen worden war – hatte es neulich sogar geschafft, dort einen Wagen zu knacken und in Burgwindheim die Raiffeisenbank zu überfallen, nur um anschließend auf dem Zubringer zur nächsten Autobahn in eine Baustelle zu rasen. Der war sicher all die Jahre in Ebrach gesessen und hatte sich ausgemalt, wie er das nächste Mal den perfekten Bank-raub ausführte. Wie blöd können junge Männer sein?, fragte sich Kögel und gähnte. Er hatte vorhin noch die Einsatzzentrale angerufen und gesagt, sie sollten sofort eine Zivilstreife zur Überwachung des Brauereigasthofs schicken. Anordnen konnte er das nicht. Die Fahndung war wieder mal zu wichtig, zu groß für einen kleinen Kommissar mit Hauptschulabschluss, der die Zugangs-berechtigung zur Beamtenfachhochschule und damit zur höheren Laufbahn erst mühsam neben dem Strei-fendienst per Fernschule erworben hatte.

Er legte die Akte aus der Hand. Ahnte Miriam, dass er sich bei der Zeugenvernehmung vor fast zwei Jahren in Hanna verguckt hatte? 25 Jahre nach dem gemeinsa-men Hauptschulabschluss. Quatsch! Das ahnte wahr-scheinlich nicht mal Hanna, obwohl sie sich erst gestern wieder vor seinem Dienst zufällig in Bamberg begegnet waren und noch schnell einen Kaffee getrunken hatten. Miriam war trotzdem weg. Oder lag es daran, dass er in den letzten Jahren doch nicht unerheblich gedickt hatte? »Du g'wamperter Uhu«, hatte ihn seine Freundin, die aus Oberbayern stammte, erst neulich beschimpft. Heute, das heißt gestern, hatte er jedenfalls nicht zu viel gegessen. Aber im Kühlschrank war noch ein Bier. Das war ihm jetzt eigentlich zu kalt. Egal. Er stand auf und ging im Dunkeln durch die stille Wohnung zum Kühlschrank.

Als Kögel am nächsten Tag spät, aber nicht zu spät zum Nachtdienst erwachte, war sie immer noch nicht da. Dafür klingelte das Telefon.

»Ja!?«

»Sorry, Sigi, wegen der frühen Störung. Aber ich muss dich vorwarnen«, meinte Kollege Penninger.

Die Seniorchefin der Burgwindheimer Brauerei war tot aufgefunden worden. Norberts Mutter, die Großmutter von Dominik, lag am Fuß der Kellertreppe. So wie Norbert vor zwei Jahren. Gestürzt? Gestoßen? »Die Fahndung ist sofort ausgeweitet worden«, berichtete Penninger. »Und du bist als ortskundiger Schnüffler mit im Team. Die andern sind schon draußen.«

Kögel spürte, dass es diesmal sein Job war, den Fall aufzuklären oder zumindest Dominik Gräslein zu schnappen. Schließlich war das sein Heimspiel. Also wartete er nicht auf den offiziellen Dienstbeginn, sondern machte sich gleich auf den Weg in den Steigerwald.

Dass Dominik verurteilt worden war, dazu hatte Kögel auch beigetragen. So ganz überzeugt war er allerdings nie gewesen, auch nicht nach dem Indizienprozess.

Obwohl Dominik ganz zum Schluss sogar ein Geständnis abgelegt hatte. Kögel hatte aber sein Maul gehalten. Wahrscheinlich hatte er vor Johanna Nass, die sie in der Schule immer die süße Ananas genannt hatten, auftrumpfen wollen.

Gestern hatte er dann die alte Akte mitgenommen, weil er endlich hatte wissen wollen, ob seine Zweifel berechtigt waren. Offenbar nicht. Die Lage war eindeutig: Dominik war seit ein paar Stunden draußen und wieder jemand aus seiner Familie tot.

Kögel brauchte fast eine halbe Stunde für die 20 Kilometer bis Burgwindheim. Es waren wieder viele Lastwagen auf der B22 unterwegs. Eine beliebte Maut-Ausweichroute zur parallel laufenden A3 nach Würzburg. Das hörte er bei entsprechendem Wind auch schon in Stegaurach, wenn nachts die 40-Tonner den Debringer Berg hinaufzogen. So ein Zufall, dass ihm ausgerechnet gestern Hanna wieder begegnet war. Der Schwarm aller Burgwindheimer Jungs. Sie stammte aus einer angesehenen, sehr strengen Familie. Die hatte es mit der Tochter auf dem Gymnasium versucht. Sie war aber wieder bei Kögel und den anderen in der Hauptschule gelandet. Karriere, oder zumindest Geld, hatte sie dann doch noch gemacht. Kögel musste an die biedere, aber sicher teure Perlenkette denken, die sie gestern über ihrem Kaschmirpulli getragen hatte. Beim Klassentreffen damals war sie dagegen in Jeans und offenem obersten Knopf an ihrer Bluse erschienen.

Der Brauereigasthof in Burgwindheim war von Dienst- und Einsatzfahrzeugen umstellt. Auch der *Fränkische Tag* war da. Anette Schreiber, die immer zur Stelle war, wenn sich hier oder in Ebrach was tat, grüßte ihn freundlich fragend. »Na, Sigi, wie schaut's aus?«

»Ach, Schreibera« – so wurde die Lokalreporterin des *FT* genannt – »ich weiß noch gar nix, und du weißt genau, dass ich eh nix sagen darf«, meinte Kögel und stapfte Richtung Gasthof. Schade, er hätte sich schon gerne mit ihr unterhalten. Er mochte ihre unaufdringliche Art, Geschichten aus den Menschen herauszulocken. Sie kannte sich hier und mit den Leuten inzwischen besser aus als er. Bei einem früheren Fall hatte sie ihm einen wertvollen, wenn nicht gar den entscheidenden Hinweis gegeben. Aber zehn Meter weiter gab der Pressesprecher des oberfränkischen Polizeipräsidiums aus Bayreuth gerade ein paar Statements für ein Internetvideo des Zeitungsfotografen ab. Kögel und die Schreibera wussten beide, dass nur der offizielle Aussagen an die Öffentlichkeit weitergeben durfte.

»Hat denn die Streife nichts bemerkt?«, wollte Kögel wissen, nachdem er am Ort des Geschehens angekommen war und den wichtigen Leuten ein Weilchen schweigend gelauscht hatte.

»Welche Streife?«, fragte sein Chef. Ludwig Fromm hatte erst die Fahndung und jetzt den Fall an sich gerissen. Kögel hatte die Überwachung ja nur anregen, aber nicht anordnen können. Sie hätten mal besser auf ihn gehört. Sigi Kögel schwieg wieder. Die tote Großmutter Gräslein bekam er gar nicht mehr zu sehen. Er erinnerte sich noch gut an die alte Wirtin, die den jungen Burgwindheimern heimlich deren erstes Bier ausgeschenkt hatte, aber sie auch bremste, wenn sie zu viel davon verlangt hatten. Wer sollte dieser herzensguten Frau etwas antun wollen? Ausgerechnet ihr eigener Enkel? Alles deutete schwer darauf hin. Zumindest für die anderen Kriminalisten am mutmaßlichen Tatort.

Was er zur Einsatzbesprechung in Bamberg mitnahm, war vor allem eines: Die Leute vom Ebracher Justizvollzug erwähnten, dass Dominik in der Haft Notizen gemacht, eine Art Tagebuch geschrieben hatte. Das war außergewöhnlich für einen jungen Strafgefangenen. Aber anscheinend hatte er auch in einer Schreibwerkstatt mitgemacht. Die hatte eine Sozialpädagogin initiiert. Die Werkstatt wurde von einem Bamberger Schriftsteller betreut, vom Knastpfarrer bewacht, und erst vorgestern war ein gedruckter Sammelband der besten Geschichten veröffentlicht worden. Darunter auch eine von Dominik Gräslein. Natürlich anonym.

Kögel krallte sich das Exemplar, das die Ebracher mitgebracht hatten, da keiner seiner übergeordneten Kollegen Interesse daran zeigte. In der Lagebesprechung erhielt er dann von seinem Vorgesetzten noch den Marschbefehl, dass er als Burgwindheimer doch vor Ort die Ohren offen halten und sofort berichten sollte, wenn ihm etwas Verdächtiges auffiel. Kögel lebte seit fast zwanzig Jahren in Stegaurach.

Zwei Stunden Tatort-Termin, sechs Stunden Strategiebesprechung. Weil außer Kögel alle anderen überzeugt waren, dass Dominik Gräslein seine Großmutter getötet hatte, ging es vor allem darum, wie man den Flüchtigen möglichst rasch aufspüren konnte. Eventuell mittels Bundeswehr-Tornados mit Wärmebildkamera. Als das geklärt war – der Luftwaffe stand derzeit kein einsatzfähiges Flugzeug hierzulande zur Verfügung – hatte Kögel endlich mal Aussicht auf einen halbwegs geregelten Feierabend. Diesmal war er schon vor Mitternacht zu Hause.

Miriam war immer noch nicht da. Auch keine Nachricht von ihr. Kögel hätte jetzt gerne mit ihr über diesen Fall geredet. Sonst sprach er nie über seine Arbeit, was sie stets beklagte.

Heute ging noch einer ran bei der *Pizzeria Elida*. »Halbe, Dreiviertelstunde«, beschied ihm der Wirt auf die Frage nach der Lieferzeit. Die Auskunft war immer die gleiche, die Pizza kam manchmal pünktlich, oft aber erst nach einer Stunde.

Kögel seufzte und griff sich das Buch mit den Kurzgeschichten der Gefangenen. Welche stammte wohl von Dominik? Als der Pizzabote endlich klingelte, war er sich ziemlich sicher. Und während er die Speziale verspeiste, las er: »Dann schlag ich die Ratte tot«.

Zuerst war er erstaunt, dass solche Gedanken auszusprechen und sogar zu veröffentlichen den Knackis bei ihrer Resozialisierung erlaubt wurde. Aber dem groben Titel folgte ein Text, in dem einer geschickt mit Worten und Andeutungen spielte. Okay, das war weder ein typisches Kennzeichen von Braumeister Norbert Gräslein noch von jemandem aus seinem familiären Umfeld gewesen. Aber der Schauplatz war doch eindeutig. Es ging um echte Ratten, die sich im Vorratskeller eines Gasthofs ausbreiteten. Die alten Wirtsleute unternahmen nichts gegen die Plage. Da mussten erst die drei Kinder gemeinsam zur Tat schreiten.

Dominik war ein Einzelkind. Vermisste er was? Geschwister? Die Mutter? Norbert hatte nie darüber gesprochen. Von seiner Ausbildung zum Braumeister in der Oberpfalz war er mit dem Kind nach Burgwindheim zurückgekommen – ohne Frau. Die Leute hatten sich die Mäuler zerrissen. Aber irgendwann war auch damit Schluss gewesen. Erst als es immer wieder zum lautstarken Streit zwischen Vater und Sohn gekommen war, ging es erneut los. Norbert outete sich als Befürworter eines »Nationalparks Steigerwald«. Da waren die Fronten im Dorf und in der ganzen Region verhärtet gewesen. Er erhoffte sich davon eine touristische Zukunft für das Gasthaus, das schlecht lief, und vielleicht sogar für die Brauerei, um die es noch schlechter bestellt war.

Dominik hatte damals gerade eine Lehre bei den Bayerischen Staatsforsten, im Ebracher Forstbetrieb, gemacht. Bei den Ermittlungen hatten sie das sogar als Tatmotiv untersucht. Kögel schüttelte den Kopf. Der Streit pro und contra Nationalpark tobte zwar heftig, doch noch war seines Wissens deswegen niemand umgebracht worden. Und auch wenn es bei der Urteilsfindung des Gerichts im Hinterkopf mitgeschwungen haben mochte, dass Dominik im Prozess eingeräumt hatte, es sei im Streit manchmal zu Handgreiflichkeiten gekommen, so war das doch wirklich kein Grund für einen Vatermord. Jetzt musste Kögel lachen. Da hatte sogar Hanna Nass ein besseres Motiv. Die war nämlich Jagdpächterin in einem Revier zwischen Burgwindheim und Ebrach, wie sie ihm beim gestrigen Kaffeeplausch so ganz nebenbei erzählt hatte. Kögel legte das Buch beiseite und löschte das Licht. Er hatte zwar erst wieder am Nachmittag Dienstantritt. Aber er stellte den Wecker auf ganz früh. Da gab es noch einige Anrufe zu erledigen.

Als Erstes klingelte bei ihm das Telefon. Miriam war dran. »Servus, Sigi«, sagte sie. »Geh'n wir heut Abend essen? Wir müssen miteinander reden.«

»Ja, gern«, meinte Kögel, »aber ... ich hab Dienst, es kann spät werden.« Kurzes Schweigen. Dann sagte Miriam noch »Schade!«, und legte auf. Jetzt musste er sich erst mal sortieren.

Zunächst rief er in Ebrach an. Kögel machte einen Termin mit dem JVA-Direktor noch an diesem Vormittag aus und ließ sich dann mit dem Knastpfarrer verbinden. Kögel fragte ihn nach Dominik und nach der Schreibwerkstatt. Der Geistliche blockte ab. »Das ist doch kein Beichtgeheimnis«, merkte Kögel an. »Ich bin in einer Stunde bei euch draußen. Dann will ich was sehen.«

Danach griff er zum Bamberger Telefonbuch. Johanna Nass war Immobilienmaklerin. Er rief im Büro an. Dort war nur ein Anrufbeantworter dran, der für dringende Fälle eine Handynummer durchsagte. Kögel wählte.

»Hallo Sigi«, sagte Hanna. »ich besichtige gerade mit einem Klienten ein Objekt. Ist es wirklich dringend? ... Okay, ich ruf dich gleich zurück.« Zehn Minuten musste Kögel warten.

»Sag mal, Hanna, der Norbert hatte doch sein Baumhaus im Wald. Gibt's das noch?«, schoss er los, als die Rückmeldung kam. Sie sagte was, aber nicht zu ihm. Dann doch: »Sigi, ich hab jetzt wirklich keine Zeit. Von mir aus können wir uns nachher treffen. Wie vorgestern? Gleicher Ort, gleiche Zeit?«

»Okay«, meinte Kögel. Dann halt um zwei im *Café Müller*. Er machte sich auf den Weg nach Ebrach. In Burgwindheim, vor dem Gasthof, sah er Hanna mit einem Typen im schwarzen Anzug stehen. Er fuhr ohne Stopp weiter. Vor dem Knast in Ebrach waren jede Menge uniformierte Hundeführer mit ihren Schäferhunden unterwegs. Ging es in die heiße Phase der Suche nach dem Flüchtigen? Anscheinend nicht, denn sie machten sich erst mal auf den Weg nach drinnen.

An der Pforte musste Kögel, wie jeder Besucher, seinen Ausweis hinterlegen und sein Handy abgeben. Die Dienstwaffe natürlich auch. Dann holte ihn ein Beamter ab und begleitete ihn zum Direktor. Die Reporterin war ebenfalls da. »Grüß dich, Schreibera«, sagte Kögel.

»Du bist wohl wegen was anderm hier als ich«, entgegnete sie – und eine Frage nach der aktuellen Entwicklung im Fall Gräslein schwang mit. Doch der Direktor hatte aufgepasst. »Heute sind mal wieder die Drogenspürhunde aus ganz Bayern zu einer Übung hier«, erklärte er. »Da haben wir die Presse dazu eingeladen.« Schnupperstunde für Rauschgifthunde. Da war er auch schon mal dabei gewesen, erinnerte sich Kögel. Große Mengen an Drogen wurden hier selten gefunden, hatte ihm damals ein Kollege aus dem Justizvollzug berichtet. Und lachend hinzugefügt, dass stets verstärkt die Klospülungen rauschten, sobald sich herumsprach, dass die Hunde kamen. Auch eine Art von Suchtprävention. Die Journalistin machte sich auf den Weg zu der Schauübung. Kögel fragte den Direktor nach Dominik Gräsleins Haftnotizen.

»Wir haben da seinem Zellennachbarn etwas abgenommen, das wohl so eine Art Tagebuch ist«, sagte der Direktor. »Das kann schnell eskalieren, wenn andere so etwas lesen. Ich glaube, wir haben Glück gehabt, dass er geflüchtet ist, bevor sie sich deswegen über ihn hermachen konnten.«

»Ist denn der Inhalt so brisant?«, wollte Kögel wissen.

»Für Sie wahrscheinlich nicht«, meinte der Direktor. »Aber wenn da einer schreibt, dass er zwar sein ganzes Geld für Drogen ausgibt, aber nur zum Schein, um in der Gefängnishierarchie nicht ganz nach unten durchgereicht zu werden, dass er das Zeug heimlich auf der Toilette entsorgt und dass er viel lieber mit seiner Mama unter einer warmen Decke kuscheln würde, dann kann das schnell eskalieren. Zum Glück hat sein Zellennachbar das alles aber nicht gelesen oder nicht lesen können.«

Für Kögel war vor allem eines interessant: »Kennt Dominik Gräslein seine Mutter überhaupt?«

»Unseres Wissens nach nicht«, meinte der Direktor. »Vielleicht kann Ihnen da der Pfarrer weiterhelfen. Der sollte eigentlich auch schon hier sein.« Sie warteten vergeblich auf den Geistlichen. Der Direktor berichtete noch, wie man versuchte, dem Drogenhandel in der JVA beizukommen. Die Hunde waren ja nur ab und zu da. Und außerdem waren sie zwar gut, aber etliche der neuen synthetischen Drogen vermochten sie nicht aufzuspüren. Nach einer halben Stunde verabschiedete sich Kögel. Sollte der Pfarrer halt schweigen. Das, was der Direktor erzählt hatte, war schon interessant genug. Und er war sich jetzt sicher, dass es Dominik nach Hause, in ein vertrautes warmes Nest ziehen würde. Kögel stoppte nicht in Burgwindheim. Hannas Wagen stand auch nicht mehr vor dem Gasthaus. Und er selbst wusste nur noch ungefähr, wo das Baumhaus gewesen war. Es war immer noch derselbe alte Wald mit den großen, alten Buchen, aber er hätte sich bestimmt darin verlaufen. Kögel vermochte zwar rasch und treffend logisch zu kombinieren, aber sein Orientierungssinn in der freien Natur ließ doch sehr zu wünschen übrig. Er fuhr auch nicht direkt nach Bamberg. Noch war Zeit. Kögel stoppte zu Hause in Stegaurach. Er wollte nachschauen, ob eine Nachricht von Miriam da war. War sie aber nicht. Unter dem Regal, auf dem das Telefon stand, fand er doch noch eine Haftnotiz, die sie wohl schon vor ihrer Abreise geschrieben hatte, die aber anscheinend abgefallen war. »Versuch nicht, mich zu finden. Ich melde mich.« Kögel steckte den Zettel in seine Hosentasche. Sie hätte ihn auch auf dem Handy anrufen können. Tat sie nicht. Ihr Mobiltelefon war abgeschaltet. Kögel machte sich auf den Weg zum Treffen mit Hanna.

Pünktlich um zwei saß er im *Café Müller*. Hanna nicht. Sie kam erst 20 Minuten später. Als sie durchs Café lief, schauten ihr die Männer nach. Immer noch.

»Tut mir leid, Sigi, aber der Klient war ziemlich hartnäckig.« Ob es wohl um den Gasthof in Burgwindheim ging? Kögel fragte sie aber nicht danach. Noch nicht. Denn das interessierte ihn schon. Zunächst wollte er nur wissen, ob es das alte Baumhaus noch gab. Hanna zögerte. Das Baumhaus war für sie als Kinder ihr Reich gewesen. Ihre Ritterburg, ihr Räuberlager, ihr Wildwest-Blockhaus – und Norberts ganzer Stolz. Nach dem Hauptschulabschluss hatte sich das etwas verlaufen. Und Norbert nahm eigentlich nur noch Mädchen dorthin mit. Er habe das Baumhaus in der alten Buche zum Liebeslager ausgebaut, munkelten die Jungs neidisch. Auch Hanna hatte er wohl öfter mitgenommen. »Klar, das Baumhaus!«, sagte sie schließlich. »Das gibt es tatsächlich noch. Da ist ja jetzt mein Revier. Ich habe schon überlegt, ob ich einen Jagdstand draus machen soll, aber es ist ja mitten im dichten Wald, da stehen zu viele Bäume drumherum.«

Sie ging in die Offensive. Leugnen hätte auf Dauer keinen Zweck gehabt. Aber warum sollte sie auch? Es war nur so ein Gefühl, das Kögel hatte. »Gehst du mit mir da hin?«, fragte er Hanna.

Sie lachte. »Zum Knutschen? So wie mit Norbert?«

»Quatsch«, meinte Kögel – obwohl er sich das oft gewünscht hatte.

»Du vermutest, dass sich Dominik dort versteckt. Stimmt's?«

»Könnte doch sein. Oder? Warst du mal draußen, seit Dominik abgehauen ist?«

Hanna verneinte lachend. Sie habe keine Zeit gehabt. Und schließlich sei ihr das Baumhaus auch nicht so wichtig, ihre Erinnerung an das pubertäre Petting nicht so herausragend, dass sie es für sich unter geistigen Denkmalschutz gestellt habe. Von ihr aus könnten sie auch den Baum fällen – was der Forstbetrieb schon planen würde. Außerdem sei die Suche nach Dominik Gräslein Sache der Polizei, also die von Kögel. »Wenn du unbedingt willst, Sigi, dann können wir mal schnell rausfahren. Ich muss aber um vier wieder in Bamberg sein. Wichtiger Termin.«

Kögel war einverstanden. Er überlegte, ob er bei den Kollegen Bescheid geben sollte. Die würden entweder gar nicht reagieren – oder gleich eine Hundertschaft hinausschicken. Er ließ es bleiben. Seine Idee war doch eher vage. Und dass sich Dominik an einem so naheliegenden Ort verstecken würde, eher unwahrscheinlich. Wenn doch, dann hätte er den Fall alleine gelöst. Dann konnte er immer noch die Kollegen rufen. Danach würde er ihnen klarmachen, dass er, obwohl für die Spätschicht eingeteilt, den ganzen Tag über daran gearbeitet hatte, Dominik Gräslein aufzuspüren. Dann könnte er sogar früher nach Hause. Vielleicht wäre Miriam da, und sie würden zusammen essen gehen. Kögel hatte plötzlich gute Laune. Er lud Hanna sogar zum Kaffee, das heißt zu ihrem Latte macchiato ein.

»Was wird eigentlich jetzt aus dem Gasthaus?«, fragte Kögel im Hinausgehen.

»Sigi, du bist eine echte Spürnase«, meinte Hanna. »Ja, ich war heute tatsächlich schon geschäftlich dort. Es gibt einen Interessenten, der daraus ein Wellnesshotel machen möchte. Aber erzähl das bitte nicht weiter. Die Sache ist noch lange nicht in trockenen Tüchern.«

»Aus dem alten Gemäuer?«, fragte Kögel und versicherte ihr, dass er schweigen würde.

»Vielleicht läuft was zusammen mit dem Schloss. Das ist ja für ein Pfarrhaus ein bisschen pompös ... aber bitte kein Wort darüber, Sigi, nirgendwo.«

Kögel konnte die Geheimhaltung gut verstehen. Zuletzt waren Gerüchte aufgekocht, in dem Schloss, das sich noch im Besitz der Kirche befand, könnte ein Swinger-Club entstehen. Das hatte ihm die Schreibera neulich erzählt. Ob das die Ratten waren, die sich auch im Gasthof einnisteten?

Hannas Auto stand auf einem Anwohnerparkplatz am Heumarkt. Den Strafzettel zog sie kommentarlos unterm Wischerblatt hervor und legte ihn ins Handschuhfach. Der Wagen roch nach Wild, fand Kögel. Es war wohl der, mit dem sie auch zur Jagd in ihr Revier fuhr. Hinten in dem SUV war eine entsprechende Wanne – und daneben die Halterungen für die Gewehre.

Sie waren leer. War ja auch nicht erlaubt, dass sie so mit geladenen Waffen herumfuhr.

Kurz vor Burgwindheim klingelte Kögels Handy. Es war Miriam. »Ich bin jetzt zu Hause«, sagte sie.

»Und ich bin spätestens um vier da, und heute Abend gehen wir essen«, sagte Kögel, viel sachlicher, als es seine Freude darüber, dass sie wieder da war, gebot.

»Das ist schön, ich erwarte dich«, meinte Miriam und legte auf.

Kögel war jetzt fast euphorisch. »Zu Hause«, hatte sie gesagt. In ihrem gemeinsamen Zuhause. Und dass es schön sei. Da konnte die von ihr gewünschte Aussprache ja nicht mehr so dramatisch werden.

Hanna sagte nichts. Sie steuerte den Wagen durch Burgwindheim und dann mitten in den Wald. Sie stiegen aus. Das Baumhaus war nicht zu sehen. Aber es konnte schon irgendwo hier sein. Kögel versuchte sich zu erinnern.

»Wo ist denn jetzt das Baumhaus?«

»Gleich da vorne. Wenn du an der Weggabelung rechts in den Wald reingehst, kannst du es nach fünfzig Metern sehen«, gab ihm Hanna Auskunft.

»Bleib lieber hier«, sagte Kögel zu ihr und ging los. Es war genau wie beschrieben. Nach ein paar Schritten stand er mitten im Wald, sah die mächtige Buche und blickte hinauf. Dort, auf dem ersten dicken Ast in etwa fünf Metern Höhe, war das Baumhaus. Die Strickleiter hing halb aufgerollt ein Stück herunter, aber viel zu hoch, um sie zu erreichen.

Jetzt erinnerte sich Kögel. Irgendwo in der Nähe hatte Norbert immer einen langen, dünnen Ast liegen gehabt, mit dem er die Strickleiter lösen konnte. Kögel brauchte nicht lange zu suchen. Den Ast mit beiden Händen haltend, versuchte er die Strickleiter aus der Schleife zu stoßen, in der sie steckte.

Auf einmal tauchte in der Luke des Baumhauses ein Kopf auf. Es war Dominik Gräslein. Kögel ließ den Ast fallen. Vielleicht war der Junge bewaffnet. Kögel ließ seine Dienstpistole aber stecken. Das brachte hier nichts. Dominik sah zu ihm hinunter, dann blickte er über Kögel hinweg in den Wald.

»Mama, warum hast du den Bullen mitgebracht?«, rief er.

Mama? Wie Schuppen fiel es Kögel von den Augen. Norbert hatte wohl weiter mit Hanna rumgemacht und sie dabei geschwängert. Sie brachte das Kind heimlich zur Welt, konnte, wollte oder durfte es aber nicht behalten, nicht offiziell. So war ihre Familie. Darum musste Norbert ran. Zuletzt steckte er in finanziellen Schwierigkeiten, wollte wahrscheinlich, dass sich die Mutter, die erfolgreiche Immobilienmaklerin, auch endlich offiziell um ihr Kind kümmerte. Es gab Streit. Auch um die Zukunft des Gasthofs.

Kögel drehte sich um. Hanna war ihm gefolgt. Sie hatte doch ein Gewehr dabei. Den Schuss, der seinen Schädel durchschlug, nahm er gar nicht mehr wahr.

Killen McNeill
Gut in der Zeit

»Fahr mal raus, Georg.«

»Hältst es nimmer aus?«

»Nein.«

»Wir sind doch gleich daheim. Da tät's nix kosten.«

»Mein Gott, jetzt willst du das Sparen anfangen. Nach den ganzen Einkäufen. Die zwanzig Cent.«

»Siebzig.«

»Fünfzig kriegt man doch zurück, wenn man etwas kauft.«

»Dann dauert's noch länger.«

»Was hast es denn so eilig?«

»Wir waren halt so gut in der Zeit.«

Autobahnausfahrt Raststätte Steigerwald Süd. Zum Klo vorfahren, Frau aussteigen lassen.

Na also. Geht doch. Fast wie früher unterhalten wir uns.

Weihnachten ist eine schwierige Zeit, ganz klar. Aber es wird immer besser. Das Schwierigste ist Geschenke einkaufen, wenn man das geschafft hat, dann läuft der Rest fast von alleine. Früher habe ich mir wenig Gedanken darüber gemacht, das meiste hat ja Anita besorgt. Jetzt schreiben wir die Liste gemeinsam, die Liste gibt Halt, es muss nur vorher alles geklärt sein. Dann wird nach Würzburg gefahren, in den Kaufhof, Liste in der Hand, alles nacheinander abgehakt und fertig. Man darf halt nicht darüber nachdenken, wer nicht draufsteht. Das erste Jahr waren wir in Nürnberg, wie früher, das war natürlich eine Katastrophe. Seitdem wir in Würzburg einkaufen, wird es immer besser. Und nun liegen alle Geschenke auf dem Rücksitz. Jetzt müssen wir nur noch Weihnachten selbst hinter uns bringen.

»Tock, tock« an der Fensterscheibe. Ich lasse sie herunter.

»Da könner S' fei net parken, Masster.« Hausmeistertyp mit Schiebermütze. Blaumann, irgendein Logo auf der Brusttasche. Hat wohl was zu sagen.

»Mei Frau iss glei wieder da. Sie geht bloß schnell aufs Klo.«

»Dess songs alle. Nix gibt's. Feierwehrzufahrt. Parken S' do driem.« Der Depp bleibt mit verschränkten Armen stehen und schaut zu. Herrschaftszeiten.

Aber drüben ist kein Platz frei. Auch weiter hinten nicht. Verdammt, jetzt bin ich gleich wieder an der Ausfahrt. Da, ein Parkplatz mitten unter verwaisten Lastwagen. Toll. Findet Anita nie. Rückwärts einparken. Auf der anderen Straßenseite, schräg gegenüber Richtung Rasthaus, steht vor einem Auto ein Paar.

Ich steige aus und fange an, in der Abenddämmerung zur Toilette zurückzulaufen.

Plätscher- und Würgegeräusche, schon lange nicht mehr gehört, aber bestens bekannt aus der Jugendzeit. Von hinter dem Tanzsaal oder vom Heimweg aus dem Wirtshaus. Im Freien, auf jeden Fall, wenn man Glück hatte. Noch schöner, wenn man's nicht selber war. Ich will nicht hinschauen, ich muss aber an dem Paar vorbei, halt, kein Paar, Vater und Tochter wohl, er ein Riesenkerl, hält sie fest, Fohlentyp, dünne, schlaksige Beine, dreizehn, vierzehn, ein Fuß im Turnschuh, einer ohne, im Strumpf, gebückt, speiend.

Igitt. Die jungen Leute heutzutage mit ihrem Komasaufen. Der Vater tut mir leid. Sie schaut zu mir hoch. Sieht elend aus. Die Arme. Plötzlich reißt sie sich los von ihrem Vater und humpelt in ihrem einen Schuh auf mich zu. »Helfen Sie mir, er hat mich entführt, nein, bleiben Sie nicht stehen, laufen Sie weiter, nehmen Sie mich mit, er hat eine Waffe!«

Ich bin aber stehen geblieben – wie benommen. In meinem Kopf ist ein lähmendes Restgefühl der Solidarität mit dem vermeintlichen Vater. Ich frage: »Wo ist dein Schuh?«

Und schon ist der Mann da. »Entschuldigen Sie, meine Tochter, Sie verstehen, alleinerziehend, ich habe sie von einem Fest abgeholt, furchtbar. Ich kümmere mich um sie.« Breite Schultern, Dreitagebart, rasierte Glatze, sonore Stimme, Machertyp.

»Glauben Sie ihm kein Wort, ich habe ihn noch nie gesehen, er hat mich auf dem Heimweg von der Schule abgepasst, hat mich mit irgendwas betäubt und in sein Auto geschleppt.«

Der Mann ist ganz schnell, er zieht etwas aus seiner Innentasche, etwas Schwarzes, Glänzendes, es ist tatsächlich eine Pistole. Bevor er sie auf mich richten kann, trete ich ihm instinktiv in die Eier. Im letzten Moment dreht er sich leicht weg, aber ich erwische ihn doch so, dass er aufstöhnt und sich krümmt. Ich bin erschrocken über mich selbst. Das letzte Mal, dass ich den Tritt benutzt habe, war auf dem Realschulpausenhof.

»Schnell, gehen wir zu Ihrem Auto«, sagt das Mädchen, während es den Schuh wegschleudert. Sie packt mich am Arm, und wir laufen zurück. Scheiße, wo ist der Schlüssel? Linke Jackentasche, rechte Jackentasche, wieder linke Jackentasche, da ist er, wir steigen ein, ich schnalle mich an, stecke den Schlüssel ein, drehe, der Motor keucht, stirbt, o Gott nicht jetzt, er kommt, wir fahren zur Toilette vor, an dem Typen wieder vorbei, der sich gerade aufrichtet. *Ping-Ping* macht der Gurtwarner. »Schnall dich bitte an«, sage ich zum Mädchen, es betrachtet mich entsetzt, aber rastet zum Glück seinen Gurt ein. Da kommt seelenruhig meine Frau daher. Ich halte, sie kommt auf die Beifahrerseite zu, sieht das Mädchen da sitzen, bleibt erschrocken stehen, ich lasse das Beifahrerfenster runter. Ich kann mir vorstellen, was Anita durch den Kopf geht, aber ich habe keine Zeit. »Steig ein. Hinten.«

Im Rückspiegel sehe ich, wie der Mann auf uns zuläuft. Er fängt an zu rennen.

Anita steht da wie versteinert. »Was ist hier los? Spinnst du? Soll das ein Witz sein? Wir nehmen doch nie jemanden mit.«

»Steig bitte ein.« Wenn wir nur näher am Rasthaus wären. Wenn nur Leute um uns wären.

»Da ist doch gar kein Platz, da sind doch die Geschenke. Wer ist das überhaupt? Was ist hier los? Georg!«

Der Mann ist neben ihr. »Sie kommen jetzt mit mir mit«, sagt er, etwas außer Atem, aber ganz ruhig, zu meiner Frau. »Und Sie fahren wieder zurück, dahin, wo Sie Ihr Auto geparkt hatten«, sagt er zu mir durchs Fenster. »Sie rufen niemanden an. Wir fahren dann wohin, wo wir die Damen austauschen. Dann wird alles gut und niemandem passiert etwas.«

»Das fällt mir gar nicht ein«, sagt meine Frau, und schon hat er ihr mit der flachen Hand ins Gesicht geschlagen, in ihre Haare gegriffen, ihren Kopf nach unten verdreht, ich habe mich schon abgeschnallt und die Tür geöffnet, aber er hält die Pistole an ihre Wange. »Ganz ruhig. Sie fahren rückwärts«, sagt er zu mir, »wir laufen hinter Ihnen her. Sie laufen vor mir«, zu meiner Frau, »immer schön geradeaus, wir holen mein Auto und fahren los, Sie uns hinterher, und wir machen den Austausch. Los jetzt.«

Ich schnalle mich wieder an, lege den Rückwärtsgang ein, Scheinwerfer an, und fahre los. Ich muss mich nach hinten drehen, um zu schauen, wie ich fahre, zwischendurch schaue ich nach vorne in das verängstigte Gesicht meiner Frau. Wenn ich eine Bremsung hinlege, fällt sie als Erste auf meine Haube, ich kann nicht erkennen, ob er die Pistole hält. Das hat sich der Typ gut ausgedacht.

»Bitte tauschen Sie mich nicht aus«, sagt das Mädchen.

Mein Gott, sieht denn hier niemand, was los ist? Kein Mensch ist unterwegs, und schon sind wir wieder draußen bei den Lastwagen, ich parke genauso wie vorhin rückwärts ein, uns gegenüber schauen Anita und der Typ zu, ein Laster fährt vorbei, versperrt die Sicht auf die zwei, der nächste rollt heran. Als er weg ist, sehe ich, wie der Typ Anita am Arm gepackt hat und zu seinem Auto zerrt, einem schwarzen Mercedes. Er öffnet die Fahrertür und schubst meine Frau hinein. Dann knallt er die Tür zu, zieht die Pistole heraus und läuft vorne um das Auto herum, immer auf meine Frau zielend. Kein Mensch ist in der Nähe, nur wir vier. Er steigt auf der Beifahrerseite ein. Das Auto fährt los, Richtung Autobahn, ich fahre hinterher.

Das Letzte, woran das Mädchen sich erinnert, ist, dass sie durch ein ruhiges Viertel in Troisdorf bei Köln heute

Mittag von der Schule nach Hause lief. Sie hatte Kopfhörer auf und hörte Musik. Dann weiß sie nur noch, wie sie auf dem Rücksitz des Mercedes langsam zu sich kam, wie es in ihr zu würgen anfing, wie der Fahrer vor lauter Angst um seinen sauberen Mercedes am Rastplatz hielt.

»Was will er von mir?«, fragt das Mädchen. Sie heißt Jessica Glasauer und ist dreizehn.

»Hast du reiche Eltern?«

»Nein.«

Dann ist mir klar, was er von ihr will. Wir sind wieder auf der A3; nun ist es dunkel. Der Mercedes fährt voraus wie eine gesengte Sau, Kennzeichen K-RS 47, meistens auf der linken Spur, viel schneller, als meine Frau sonst jemals fahren würde; ich komme kaum nach in meinem Passat Kombi.

Das Mädchen fängt zu zittern an. Ihre Zähne klappern. Schock. Vielleicht weiß sie nun, was er von ihr wollte. Ach Gottla. Man müsste sie in den Arm nehmen. Lockiges, braunes Haar unter einer gestrickten Wollmütze, Pausbacken, aber sonst dünn. Die Beine schießen in die Höhe, der Rest kommt nicht nach. War sicher ein putziges Kind, wird sicher eine schöne Frau werden, ist aber jetzt mittendrin und weiß nicht, was wird. Das sind die Sorgen, die sie haben sollte. Nicht so was.

»Ist schon gut, Jessica. Dir passiert nichts.«

»Aber er will mich wiederhaben. Tauschen Sie mich aus gegen Ihre Frau?« Sie fängt zu weinen an.

»Dir passiert nichts. Schau, wir haben doch sein Autokennzeichen, und wir haben ihn alle drei gesehen und können ihn identifizieren.«

»Dann wollen Sie mich doch austauschen. Ich gehe nicht wieder in das Auto.«

Sie überholen weiter, ich hinterher. Was hat er nur vor? Kennt er sich hier aus?

»Lassen Sie mich bitte irgendwo aussteigen. Ich renne ganz schnell weg.«

»Ich kann nicht halten, Jessica. Das sieht er doch.« Wir sind auf der Überholspur, fahren eine endlose Lasterkolonne entlang.

Ich kann nicht denken, es geht alles zu schnell. Wir sind auf der langen Kurve der A3 um den Norden von Nürnberg herum, die, mit ihren Aus- und Einfahrten, Kreuzen und Schlaufen, mein ganzes Leben verknotet. Autobahnausfahrt Höchstadt-Nord. Lehre als Industriemechaniker bei Schaeffler Höchstadt gemacht. Mittagspausen in der Kantine, was haben mein Kumpel Manni und ich mit den Mädels gescherzt, Anita dabei. Ausfahrt Bamberg Hirschaid. In Bamberg bin ich geboren. Bamberg-Ost, Memmelsdorfer Straße. Ausfahrt Höchstadt-Ost, Forchheim. Erstes Auto gekauft bei Auto Rachinger in Forchheim. Mit der Bahn hingefahren und den Nummernschildern im Rucksack, 2.500 DM in bar dabei. Opel Kadett. Weiß. 2.300 DM. 200 DM noch in der Tasche. Ha. Levis 501 gekauft und gleich zu Anitas Hof in Vorra gefahren. Fenster runter, Arm rausgehängt. Zigarette geraucht, Sonnenbrille. Mein Gott. So lange her.

Hast wohl den Führerschein bei der Quelle bestellt?, hat Anita gefragt. Ist dann doch mit mir nach Bamberg gefahren. Ins Kino. James Bond. *Moonraker*. Nichts Besonderes. Dafür Anita später im Kadett.

Konzentriere dich auf das Hier und Jetzt. Hier und jetzt sitzt Anita im Mercedes vorne neben dem Typen mit der Pistole. Ich fühle mich auch auf einmal ganz zittrig.

Was hätte der Typ wohl gemacht, wenn ich ihm nicht in die Eier getreten hätte? Mich erschossen? Soll ich doch die Polizei anrufen? Ich müsste ewig lang erklären, dass sie uns auf keinen Fall mit Blaulicht und Sirene hinterherfahren dürfen. Sie müssten auf uns warten. Aber wo?

Jessica sagt nichts; ich höre sie leise schniefen. Es ist kein aufdringliches Schniefen, kein Instrument, es ist ein Schniefen, das nicht gehört werden will.

Autobahnausfahrt Erlangen-West 1.000 m. Diese Strecke kenne ich auch, am allerbesten, werde ich nie vergessen. Ich wollte sie nie mehr fahren, aber es hilft halt nichts. Und da war es, ja, und schon sind wir daran vorbei.

Jetzt blinkt der Mercedes rechts. Er will die Autobahn verlassen. Gott, ist es denn so weit? Was mache ich? Ich fahre hinterher. Von links überholt mich noch schnell ein ganz Eiliger und zwängt sich zwischen uns rein. Links geht's nach Erlangen. Die Ampel ist rot. Wenn jetzt hinter mir ein Auto anhalten würde, könnte ich schnell hinausspringen und Bescheid geben, und er würde es in der Dunkelheit vielleicht nicht mitkriegen. Ein Auto fährt von hinten heran, hält an. Ich schnalle mich ab.

»Es wird grün«, sagt Jessica.

Scheiße. Ich fahre los.

Ping-Ping. Ping-Ping.

Verdammt, ich bin nicht angeschnallt. Die Techniker haben den Pington ja extra nervig gemacht, man ist ihm ausgeliefert, man kommt sich vor wie in einem U-Boot, das ein gegnerischer Zerstörer mit seinem Sonar aufgespürt hat, gleich kommen die Wasserbomben, muss ja so sein, damit man den Ton ausschalten will und sich anschnallt. Aber bei mir wirkt er natürlich noch stärker. Ich habe feuchte Hände. In der Autowerkstatt habe ich gefragt, ob sie nicht diese Alarmanlage abstellen können. Die haben vielleicht geschaut. Ich habe ja nicht erklärt, warum. Dürfen sie nicht, haben sie gesagt, wäre illegal. Wie wenn ich ein 15-Jähriger wäre, der sein Mofa frisieren will.

Ping-ping. Ping-ping.

Das Auto vor mir biegt nach rechts ab, wir nach links, jetzt bin ich wieder direkt dahinter. Anita blinkt nach links. Wollen sie zurück auf die Autobahn, andere Richtung? Sie fährt aber gleich in die erste Spur hinein, um Gottes willen, falsche Richtung, will er uns alle umbringen? Ich hupe, der Mercedes hält, Anita hat sich anscheinend in ihrer Aufregung verfahren, *Ping-ping. Ping-ping,* ein Riesenmonster von einem Laster saust die Ausfahrt hinauf, uns entgegen. Seine Hupe dröhnt, die Scheinwerfer blenden auf, die Bremsen quietschen, der Laster wackelt, die Rückfahrlichter des Mercedes gehen an, er fährt auf uns rückwärts zu, gleich wird es krachen, ich lege den Rückwärtsgang ein. Hoffentlich kommt hinter mir keiner, kann ja nicht, *Ping-ping. Ping-ping,* ich fahre rückwärts raus auf die Bundesstraße, der Mercedes hinterher. Es wird noch mal gehupt, diesmal von hinten, ein Auto schlängelt sich gerade noch so um meinen Passat herum, Warnblinkanlage an, *Ping-ping. Ping-ping,* der Lasterfahrer hält an der Ausfahrt, kurbelt sein Fenster herunter. »Seid ihr denn verrückt! Zwei Deppengeisterfahrer auf amol glei! Des gibt's ja net!« Der Lasterfahrer schimpft immer noch wild um sich, tippt sich an die Stirn. *Ping-ping. Ping-ping.*

Der Mercedes fährt los, Richtung Erlangen. Ich schnalle mich wieder an und fahre hinterher. Pington aus, Gott sei Dank. Vorne rechts steht ein Wald schwarz und schweiget. Der Mercedes blinkt nach rechts. Jetzt ist es wohl so weit.

Jessica verschränkt die Arme und setzt sich tiefer in den Sitz. Sie zittert wieder. Ich muss jetzt ganz ruhig und souverän wirken, obwohl ich es gar nicht bin. Ich glaube, ich kenne sie, trotz der kurzen Zeit. Ich weiß zum Beispiel, dass der Riss in ihrer Jeans bestimmt nicht vom Designer ist, sondern vom Überfall stammt. Sie ist kein Mädchen, das eine solche Jeans trägt. Sie ist ein braves Mädchen, vielleicht zu brav, aus guter Familie, man hat sich um sie gekümmert. So wie das Leben ihr heute begegnet ist, hat sie es nie erfahren, wahrscheinlich nicht mal im Albtraum. Ob es jedem mal im Leben früher oder später so gehen muss? Jetzt hat sie in den Abgrund geschaut. Hoffentlich muss sie heute nicht noch einmal hineinschauen.

»Schau, Jessica, wir brauchen bestimmt gar nicht zu tauschen. Ich sage ihm, er muss jetzt einfach mit dem Quatsch aufhören, es ist zu spät, wir haben ihn doch alle gesehen, er hat noch nichts richtig Böses getan, er soll sich stellen, er kommt bestimmt mit ein paar Jahren davon. Was anderes kann er doch gar nicht machen. Das ist ihm bestimmt auch klar geworden. Das muss er doch einsehen.«

Der Mercedes biegt in eine kleine Straße ein, wir hinterher. Vorne ist der Waldrand. Ein großer Parkplatz tut sich auf. Einige Autos stehen da. In einem ist Licht. Ein Camper.

Der Mercedes dreht und fährt wieder zurück.

Warum halten sie nicht an?

Anita blinkt nach links. Wieder raus auf die Straße,

über die Brücke, Autobahneinfahrt Richtung Nürnberg, diesmal richtig.

Wir sind wieder auf der Autobahn.

Ich weiß, warum sie nicht gehalten haben. Weil da zu viel los war. Wie vorhin an der Raststätte Steigerwald. Er sucht einen ruhigen Ort.

Er will nicht, dass jemand zusieht. Er will gar keinen Austausch. Er fährt an einen Ort, wo kein Mensch ist, und bringt uns alle um. Zuerst Anita. Wahrscheinlich noch im Auto. Wenn einer von uns überlebt, wird man ihn erwischen. Er kann sich gar nicht stellen, weil er nicht mit ein paar Jahren davonkommen wird. Es ist bestimmt nicht das erste Mal, dass er so was macht. Er geht aufs Ganze.

Mir bleibt nichts anderes übrig. Es ist Zeit, die Polizei anzurufen. Handy, 110.

»Polizeinotruf.«

»Mein Name ist Georg Weber. Meine Frau ist entführt worden, und ich habe ein Mädchen dabei, das der Entführer vorher bei sich hatte. Ich fahre auf der A3 hinterher in Richtung Nürnberg auf der Höhe der Ausfahrt Höchstadt, das Auto des Entführers ist ein schwarzer Mercedes und hat das Kennzeichen K-RS 47, Sie dürfen auf keinen Fall mit Blaulicht oder so auffallen, er hat eine Pistole. Ich selber fahre einen Passat, blaumetallic, Kennzeichen NEA-KM 39.«

Sie ziehen rechts rüber. Sie bremsen ab. Ich kann nicht hinter ihnen und vor dem Laster einscheren, ich muss sie überholen. Er wird sehen, dass ich telefoniere.

»Heißt das Mädchen Jessica Glasauer?«

»Ja.«

»Ist als vermisst gemeldet worden. Und das Auto als gestohlen.«

Aha. Dann wird er nicht über das Kennzeichen aufzuspüren sein. Er denkt, er hat noch eine Chance, davonzukommen. Wenn wir alle sterben. »Haben Sie alles? Ich muss aufhören.«

»Lassen Sie das Handy an.«

»Gut.«

Wir überholen sie. Ich schaue hinüber und sehe Anita. Sie schaut zu mir, beißt auf die Lippe. Weiß Gott, wie es ihr geht. Den Typen kann ich nicht sehen. Ich schere vor ihnen ein und fahre langsam. Anita blinkt links und überholt mich, dann sind sie wieder vor uns.

Alles links und rechts von der Autobahn ist auf einmal Feindesland. Beruflich bin ich viel unterwegs und immer froh, wenn ich von der Autobahn runterfahren kann, seit dem Unfall sowieso. Ich hab's mehr mit der Provinz, mit den Wiesen, Dörfern, Wäldern. Mit den Nebenwegen. Mit Straßen, die irgendwo aufhören, wo man am Ziel ist. Im Leben auch. Aber nun ist das alles jetzt unser Feind. Solange wir auf der Autobahn bleiben, kann nichts passieren. Solange Leitplanken, Lichter, Lärm um uns herum sind, kann uns nichts passieren. Solange wir nirgendwo ankommen.

Zeit müsste man haben, Zeit zum Überlegen. Haben wir nicht. Am besten auf der Autobahn halten, alle zwei Autos, mittendrin in den anderen. Wir brauchen einen Stau. Einmal im Leben ein Stau, wenn man ihn braucht, kann doch nicht so schwer sein, sonst klappt's doch auch. Wenn Stau wäre, könnte ich einfach vorlaufen, die Tür aufmachen und Anita rausholen. Er würde sich bestimmt nicht trauen, sie zu erschießen, mitten unter den ganzen Autos.

Frauenaurach. Ist hier nicht immer Stau? Hier habe ich mich im Außendienst weitergebildet. Gefällt mir gut, ich kann mit den Menschen. Ich verdiene gut. Spielt jetzt alles keine Rolle.

Kein Stau. Wenig Verkehr. Und das am Freitagabend.

»Jessica, egal was passiert, ich lasse nicht zu, dass er dir etwas antut. Ich mache keinen Tausch. Ich fahre jetzt nebenher und rufe meine Frau an.« Ich knipse das Innenlicht an.

Jessica nickt. Sie scheint sich wieder im Griff zu haben.

»Deute auf meine Frau. Er muss sehen, dass ich sie anrufen will.«

Ich überhole und bremse ab, sodass wir nebeneinanderher fahren. Dann wähle ich die Nummer von Anita. Nach dem sechsten Klingelton hebt einer ab.

»Was ist?« Es ist der Mann.

Wir fahren am Autobahnkreuz Fürth/Erlangen vorbei.

»Wenn wir anhalten, steigen wir nicht aus, bevor meine Frau ausgestiegen ist, verstanden? Wenn sie nicht aussteigt, fahren wir wieder weg. Dann steigen Sie aus und werfen Ihre Waffe so weg, dass wir es sehen können. Dann steigen wir auch aus.« Ich lege auf. Ich fühle mich minimal besser. Ich habe ihm ein Stückchen die Initiative weggenommen, das ist es.

»Wird er es machen?«, fragt Jessica.

»Weiß ich nicht. Nein. Pass auf. Wenn wir an einem Ort halten, lasse ich den Motor an, bis sie aussteigen. Das wird er schon machen.«

»Aber er wird die Pistole nicht wegwerfen.«

»Wahrscheinlich nicht.«

»Was machen wir dann?«

»Ich denke, er wartet, bis wir ausgestiegen und auf ihn zugelaufen sind. Dann wird er anfangen zu schießen. Deswegen lassen wir es gar nicht so weit kommen. Wir steigen aus, ich laufe auf ihn im Zickzack zu, und du rennst in die andere Richtung, zur Straße.« Ich weiß, es ist ein verrückter Plan. Ich habe keinen anderen.

»Sie werden irgendwas brauchen, eine Waffe«, sagt Jessica. »Ist was im Auto? Bei den Geschenken hinten?«

Ausfahrt Tennenlohe.

Die Geschenke hinten. Jessica wird sich abschnallen müssen und nach ihnen greifen, und der Pingchor wird wieder losgehen, genauso wie damals, und ich weiß nicht, ob ich es aushalte. Aber ich muss. Was ist bei den Geschenken dabei? Wie war die Liste noch mal? Für meinen Bruder Leonard Cohens *Greatest Hits*. Nein. Für Anitas Schwester ein Schmuckset. Nein. Handschuhe für die Schwiegermutter. Nein. Für Anita ... könnte gehen. Die Tiffanylampe. Schirm extra eingepackt. »Da liegt ein Lampenschirm in Noppenfolie. Kommst du ran?«

Jessica schnallt sich ab und dreht sich nach hinten. *Ping-ping. Ping-ping.* Ich schnaufe tief durch. »Ich seh's«, sagt sie und schiebt sich zwischen die beiden Sitze. *Ping-ping. Ping-ping.*

Ich spüre den kalten Schweiß auf meiner Stirn. »Du müsstest die Folie aufmachen.«

Es knistert und ploppt. »Moment, Jessica, halt dich fest, sie blinken rechts. Sie fahren raus.« Ausfahrt Nürnberg-Nord.

Ping-ping. Ping-ping. Unter der Brücke durch, rausfahren,

scharfe Rechtskurve. »Jessica, vorne steht das Auto vor der Hauptstraße, wir müssen halten. Komm wieder vor, sonst sieht er, was du machst.«

Sie rutscht vor, schnallt sich an. Der Mercedes blinkt rechts, Richtung Heroldsberg, Fränkische Schweiz. Die Straße wird frei. Der Mercedes braust davon, ich hinterher. Keine Spur von der Polizei. Kein anderes Auto auf der Straße. Jessica schnallt sich wieder ab, greift nach hinten. *Ping-ping. Ping-ping.* Wald links und rechts. Sie fahren langsam, suchend.

»Hast du es?«

»Gleich.«

Sie blinken rechts. Ein Waldweg. Sie biegen ein, ich hinterher. Der Weg ist nicht asphaltiert, Schlaglöcher, das Auto rumpelt ihn entlang, *Ping-ping. Ping-ping,* der Mercedes taucht im Scheinwerferlicht auf und ab.

Jessica erscheint wieder, setzt sich hin, mit dem Schirm in ihrem Schoß.

Die Bremslichter des Mercedes leuchten auf. Eine Waldlichtung erscheint. Kein Auto, kein Mensch. Hier wird es passieren. *Ping-ping. Ping-ping.* Ich schnalle mich auch ab. Jetzt kommt es nicht mehr darauf an. »Denk dran, sobald wir halten, gibst du mir den Schirm, machst die Tür auf und rennst nach hinten, zur Straße.«

Der Mercedes dreht um, bis er wieder zu uns herschaut, hält, die Scheinwerfer sind noch an, die Türen gehen auf. Es ist keine Zeit, der Mann schiebt schon Anita vor sich her. Ich halte, lasse den Motor laufen und die Scheinwerfer ebenfalls an. Der Mann und Anita sind in unserem Scheinwerferlicht, er links, sie rechts. Er hält den linken Arm vor den Augen und die Pistole in der rechten Hand.

Jessica reicht mir den Schirm. Los.

Ich reiße die Tür auf und renne, zuerst seitlich vom Auto weg und dann auf den Mann zu. Er ist ungefähr zwanzig Meter entfernt. Ich kann den Boden zu meinen Füßen nicht sehen, ich spüre die Grashalme an meinen Schuhen vorbeistreifen, und meine rechte Hüfte schmerzt seit der Operation. Ich trete auf einen höheren Grasbüschel und torkele, der Mann schwankt in meinem Blickfeld, aber er schaut nicht zu mir. Er hebt die Pistole und zielt auf etwas an meiner rechten Seite, dann stolpert auch er, wahrscheinlich hat ihn Anita geschubst. Ein weißer Blitz entfährt dem Lauf seiner Pistole. Es knallt und knallt als Echo zurück, während der Mann immer größer erscheint, ich hole aus wie beim Frisbee und schwinge den Lampenschirm nach vorne. Ich schaue den Schirm dabei so fest an, dass es für einen Moment so aussieht, als hingen wir in der Luft, als drehe sich die Welt um uns, wie der Blick von einem kreisenden Karussell. Der dunkle Umriss des Waldes flitzt an uns vorbei, und das letzte Licht des Abendhimmels funkelt grün, blau und rot im Tiffanyglas. Dann knallt der Schirm voll auf die rechte Schläfe des Mannes oberhalb vom Ohr, ein knirschender Laut. Es knackt und splittert, ich weiß nicht, ob es sein Kopf ist oder der Schirm. Der Lampenschirm fällt herunter, sein Kopf schnalzt zur Seite, er stößt Luft hervor, seine Knie biegen sich, er sackt zusammen und fällt der Länge nach auf sein Gesicht. Die Pistole fällt ihm aus der Hand. Ich hebe sie auf und richte sie auf ihn. Sie ist ölig und schwer.

»Jessica!«, rufe ich. Dann sehe ich sie im Scheinwerferlicht des Mercedes liegen. Er hat sie gesehen, mich nicht.

Anita rennt hin. Ich wähle 110.

»Hier ist Georg Weber. Wir sind auf einem Waldweg, rechts der Straße vor Heroldsberg, von der A3 kommend. Beeilen Sie sich und bringen Sie einen Rettungswagen mit. Das Mädchen ist verletzt.«

»Wir sind unterwegs. Wir haben Sie geortet. Wir wissen genau, wo Sie sind. In ein paar Minuten sind wir da.«

Ich lege auf. Der Mann stöhnt. Ich stehe über ihm, gebeugt, keuchend. Mir ist von dem knisternden Laut des Zusammenstoßes schlecht, ich habe so ein mulmiges Gefühl im Ellenbogen, wie sonst in der Kniekehle, wenn man auf ein Schneckenhaus getreten ist. Ich schaue zu der Stelle, wo Jessica liegt. Sie ist etwas erhöht und deswegen voll im Scheinwerferlicht. Sie liegt auf dem Rücken, ein Knie ist angewinkelt und bewegt sich leicht. Meine Frau bückt sich über sie. Sie geht in die Hocke.

Ping-ping. Ping-ping, erschallt es aus meinem Auto durch die Dunkelheit zu uns herüber. *Ping-ping. Ping-ping.*

– Lang mal nach hinten, Maria. Hol mir die Landkarte.

– Ich will mich nicht abschnallen, Papa, wir sind auf der Autobahn. Halte doch lieber an einem Parkplatz.

– Stell dich nicht so an, es wird schon nichts passieren. Die paar Minuten. Wir sind doch so gut in der Zeit.

Ping-ping. Ping-ping.

– Hast du sie?

– Ja.

Ping-ping. Ping-ping. Ping-ping. Ping-ping.

– Da, Papa.

Ich drehe mich zu ihr, sie lacht mich an unter ihrer

Wollmütze, hält mir die Karte hin. Meine hübsche Tochter Maria, dreizehn, irgendwo zwischen Kind und Frau, die nie herausfand, welche Frau sie werden würde.

Drei Jahre ist es her. Wir sind in Sachen Weihnachtseinkäufe heimlich unterwegs nach Hannberg. Maria hat das Inserat in der Zeitung gefunden: Antiker Schminktisch mit Spiegel wegen Entrümpelung billig abzugeben. – Papa, das wär's doch! So was sucht die Mama seit Jahren!

Maria schaut nach vorne. – Papa, pass auf!

Autobahnausfahrt Erlangen-West 1.000 m. Ein Geisterfahrer fährt direkt auf uns zu. Ich versuche, auszuweichen.

Ping-ping. Ping-ping. Aus.

Ich sehe, dass meine Frau Jessicas Kopf in ihrem Schoß hält und mit ihr spricht. Sie liegen in einer Insel des Lichts, ich stehe in einer anderen; zwischen uns ist Finsternis. Eine ganze Reihe von Blaulichtern wackelt den Weg entlang auf uns zu wie eine Weihnachtslichterkette im Wind.

Stefanie Mohr
Eifersucht

Peter fühlte sich unwohl. Immer wieder glitt sein rechter Zeigefinger zu seiner Kehle. In der Hoffnung, ein bisschen mehr Luft zu bekommen, bohrte er ihn verstohlen zwischen Hals und Hemdkragen. Das war natürlich völliger Blödsinn. Der Finger engte ihn nur zusätzlich ein. Der Kragen saß schlicht und ergreifend zu stramm. Am liebsten hätte er den obersten Knopf geöffnet und die verhasste Krawatte ein wenig gelockert, aber wie hätte das gewirkt?

Sie befanden sich im piekfein herausgeputzten Präsentationsraum im ersten Stock des Pharmazieunternehmens, für das seine Frau arbeitete. Wohlweislich hatte er sich in die hinterste Ecke verzogen. Hier war er vor den musternden Blicken der anderen geladenen Gäste halbwegs sicher.

Er wusste, dass er in seinem Anzug keinen großen Staat mehr machte. Fast fünfzehn Kilo Gewichtszunahme innerhalb von zweieinhalb Jahren ließen sich nun mal nicht hinter einem offenstehenden Jackett verbergen. Er hätte sich schon längst einen neuen Anzug zulegen müssen. Aber wozu?

Seit Oktober 2009 stand er auf der Straße. Seit seine Quelle in den Ruin getrieben worden war, von gewissenlosen Managern, die viel zu lange nicht einmal den Ansatz eines Konzepts für den Versandhandel im Zeitalter des Internets hatten. Stattdessen fusionierten sie die Quelle lieber mit Karstadt und holten dann mit

Neckermann auch noch den größten Konkurrenten ins Boot.

Peter machte in der Firma Zeiten mit, während derer die Verantwortlichen und die Konzepte schneller wechselten als die Warenkollektionen im Katalog. Bis das Pulverfass, zu dem der unübersichtliche Konzern mit seiner ständigen Um- und Neuorganisation wurde, in die Luft flog und alle seine langjährigen Mitarbeiter in Schockstarre ausspuckte.

Nur ein Bruchteil der gut zehntausend Beschäftigten konnte »zeitnah« weitervermittelt werden. Er gehörte mit seinen damals zweiundfünfzig Jahren nicht zu den Privilegierten. Er ging stempeln. Anfänglich hoffte er noch, einen neuen Job zu finden. Doch bei der Arbeitsvermittlung winkte man gleich ab. Für einen ITler hatte er das Verfallsdatum schon viel zu lange überschritten.

Julia, seine elf Jahre jüngere Frau, war ihm in der schlimmsten Krisenzeit die einzige Stütze. Sie munterte ihn immer wieder auf, beschwor ihn, einfach so zu tun, als sei er in Vorruhestand gegangen. Außerdem versuchte sie ihn stets damit zu beruhigen, dass sie genug für beide verdiente.

Nach wenigen Wochen begann sie, ihm Aufgaben zu übertragen, die sie ursprünglich in Haus und Garten übernommen hatte. Ein schleichender Prozess setzte ein, an dessen Ende Peter zum Hausmann wurde. Mittlerweile wusste er nicht nur, wie man ihre Blusen wusch, sondern auch, wie man sie faltenfrei bügelte. Wie ein Marmorkuchen für die Kollegen gelang, und worauf man beim sonntäglichen Rinderbraten achten musste.

Im gleichen Maß, in dem er daheim immer neue Aufgaben übernahm, weil ihn sein schlechtes Gewissen plagte und er seine Frau zumindest auf diese Weise unterstützen wollte, kniete sich Julia mehr und mehr in ihre Arbeit. Zusammen mit dem Team, dessen Leitung sie vor fünf Jahren übernommen hatte, suchte sie nun viel intensiver nach Wirkstoffen für neue Medikamente, testete sie auf Nebenwirkungen, hielt Präsentationen und verfasste hoch qualifizierte Beiträge für Fachzeitschriften.

Es gab Phasen, während derer sie Tag und Nacht zu arbeiten schien und gerade mal zum Wäschewechseln nach Hause kam. Wochenenden existierten für sie nicht mehr. Sie meldete mehr Patente an als alle anderen Gruppenleiter zusammen. Das brachte ihr natürlich nicht nur Anerkennung, sondern auch Neid.

Aber die harte Arbeit zahlte sich für sie aus: Der neue CEO beförderte sie schon nach kurzer Zeit zur Abteilungsleiterin, später dann zur Gesamtlaborleiterin, und heute hatten sie sich nun hier versammelt, um ihre Berufung in den Vorstand zu begießen. Peter gönnte ihr den beruflichen Erfolg, der sie aufblühen ließ.

Alles wäre in bester Ordnung gewesen, hätte sich nicht irgendwann in den letzten zwölf Monaten eine kaum zu bändigende Angst in Peter breitgemacht. In zunehmendem Maße wurde ihm bewusst, dass er seiner Frau nicht mehr nur emotional verfallen, sondern schlicht und ergreifend materiell abhängig von ihr geworden war. Die Sorge, Julia an einen anderen Mann zu verlieren, ließ ihn mit der Zeit immer eifersüchtiger werden – auch wenn er sich diesen Wesenszug nicht eingestehen wollte. Aber es zehrte an ihm, nicht mehr mit den jungen aufstrebenden Schnöseln mithalten zu können, die um seine Frau herumscharwenzelten. Skepsis war angesagt, wann immer Julia übers Wochenende zu einer Veranstaltung musste.

Natürlich blieben ihr seine Gefühle nicht verborgen. Immer wieder bat sie ihn, ihr sein Vertrauen zu schenken und beteuerte, sie würde niemals fremdgehen. Sie versuchte, ihn durch unendlich viele kleine und große Liebesbeweise spüren zu lassen, dass er der wichtigste Mensch in ihrem Leben war – und vor allem der einzige Mann, dem sie Gefühle entgegenbrachte. Das ging so weit, dass sie sich für ihn »aufhübschen« ließ und mit ihm einmal im Monat einen anonymen SM-Zirkel draußen in der Fränkischen Schweiz aufsuchte.

Peter hob den Blick und sah zu seiner Frau, die vorne auf dem Podium neben dem Vorstandsvorsitzenden stand und in die Runde strahlte. Noch nie war sie so schön, so attraktiv gewesen wie heute. Er spürte, wie sich seine Männlichkeit regte.

Wie immer war Julia perfekt gekleidet. Die blütenweiße Bluse hatte er heute Morgen extra noch einmal aufgebügelt, das Kostüm mit dem knappen Rock erst gestern aus der Reinigung geholt. Darunter trug sie, für alle anderen unsichtbar, ihren schönsten, elfenbeinfarbenen Spitzen-BH mit passendem Satinhöschen, und natürlich wurden ihre Beine wie immer von an Strapsen befestigten Seidenstrümpfen umschmeichelt.

Er hatte ihr beim Ankleiden zugesehen – und wären sie nicht schon so knapp dran gewesen, hätte er dem Impuls wohl kaum widerstanden, den sein Hirn über das Rückenmark in seine tieferen Regionen sandte.

»Später«, murmelte sie, als sie seinen sehnsüchtig auf ihren Körper gerichteten Blick im Ankleidespiegel wahrnahm. »Später gehöre ich dir. Mit Haut und Haaren. Und denen hier.« Ihre Finger schlangen sich um das kühle Metall der Handschellen, die auf ihrem Nachtschränkchen lagen.

Plötzlich musste Peter hart schlucken. Seine Augen fixierten den Vorstandsvorsitzenden, der zwischenzeitlich zum Ende seiner Rede gekommen war und nun ganz dicht neben Julia stand. Mit der Linken übergab er ihr einen voluminösen Blumenstrauß, seine Rechte lag jedoch hinter ihr versteckt. Für Peter war sofort klar, dass der geile Bock Julia mit seiner freien Hand begrapschte.

Unbändige Eifersucht schoss durch Peter. Er wusste ganz genau, dass man die Strapse durch den dünnen Stoff des knappen Rocks spürte. Er ertastete sie schließlich oft genug selbst, bevor er ihr die Kleider vom Leib riss. Aber: Hatte der Vorstandsvorsitzende seine Hand da mit voller Absicht hingelegt? Wusste er, dass Julia Strapse halterlosen Strümpfen den Vorzug gab? Durfte er ihre Dessous am Ende sogar schon einmal in Augenschein nehmen? Setzte er sich vielleicht nur deshalb so für Julias Berufung in den Vorstand ein, damit sie fortan noch unauffälliger die Wochenenden gemeinsam verbringen konnten?

Am liebsten wäre Peter auf der Stelle zum Podium gerannt und hätte den Mann angeschrien, die Griffel von seiner Frau zu lassen. Besser noch, er hätte ihm gleich einen Schlag mit der Faust ins Gesicht versetzt. Aber der andere machte einen durchtrainierten Eindruck. Außerdem war er ein paar Jahre jünger und einige Kilo leichter.

Und wenn schon!, dachte Peter. Das ist mir die Sache durchaus wert.

Dass es nicht dazu kam, lag allein daran, dass Julia sich aus der Umarmung des Vorstands löste und mit schnellen Schritten auf ihren Mann zulief. Sobald sie neben ihm stand, schlang sie einen Arm um ihn, zog ihn an sich und drückte ihm einen Kuss auf die Wange.

»Ohne die tatkräftige Unterstützung meines lieben Ehemannes könnte ich nicht so viel Zeit in meine Arbeit investieren«, sagte sie an die versammelte Mannschaft gewandt. »Würde er mir nicht ständig den Rücken freihalten und es hinnehmen, so viele Wochenenden allein zu verbringen, hätte ich mein Pensum schon längst zurückschrauben müssen.«

*

Zwei frisch gebügelte Blusen in den Händen haltend stand Peter vor der Tür zum Ankleidezimmer und beobachtete seine Frau durch den offenen Spalt, wie sie sich wieder einmal in Schale warf. Spitzenunterwäsche, Strapse, ein kurzer Rock, eine anschmiegsame Seidenbluse, die mehr betonte als verbarg, ein knappes Jackett. Julia hatte im letzten halben Jahr ein wenig abgenommen, ihr Bauch war nun richtig flach. Wie sie es schaffte, trotz der Flut an Terminen auch noch regelmäßig joggen zu gehen, verstand er nicht. Er kam seinen vielfältigen Aufgaben als Hausmann schon kaum hinterher.

Ihr Anblick gab ihm einen Stich ins Herz. Warum nur musste sie sich stets so formvollendet anziehen, wenn sie zu diesen langen Wochenendtagungen flog? Genügte es nicht, ihre weiblichen Reize nur leicht zu betonen? Für wen machte sie sich so hübsch? Warum verschwendete sie das teure Parfum? Peter stieß die Tür ganz auf. Mit zwei Schritten stand er im Zimmer neben ihrem offenen Koffer.

»Musst du wirklich schon wieder ein verlängertes Wochenende in Hamburg verbringen? Du warst doch letzte Woche erst in Genf.« Er hörte selbst, wie nörgelig er klang.

Julia warf ihm einen Blick zu, den er nicht einordnen konnte. War es Mitleid? Schlechtes Gewissen? Hatte sie vielleicht sogar Schuldgefühle? Sie kam auf ihn zu, nahm ihm die zwei Blusen ab, legte sie in den Koffer, dann schlang sie ihre Arme um seinen Hals und drückte sich an ihn. Sanft strich ihre Hand über sein Gesicht, seinen Oberkörper.

»Wenn du vor einer Stunde hochgekommen wärst, hätte ich dir noch ein Abschiedsgeschenk machen können.« Ihre Hand wanderte zu seinen tiefer liegenden Körperregionen, die sie kurz streichelte.

»Ich musste noch die Wäsche bügeln. Habe ich gestern nicht mehr geschafft«, murmelte er und zog sie nun seinerseits an sich.

»Jetzt ist keine Zeit mehr, ich habe schon Lippenstift aufgelegt, und das Taxi wird jede Minute da sein; zumindest, wenn meine Sekretärin nicht wieder vergessen hat, eines zu bestellen.«

»Nur ganz schnell ...«

»Der Flieger wartet nicht. Nicht einmal auf mich.« Sie lächelte ihn an. »Wir werden es nachholen. Am Sonntagabend, sobald ich zurück bin, werde ich dich nach Strich und Faden verwöhnen. Es sind doch nur vier Tage, die du ohne mich überstehen musst.« Sie beugte sich zu ihm, hauchte ihm einen Kuss auf die Wange, dann wandte sie sich ab. Schnell strich sie noch einmal die beiden Blusen glatt, die nun zuoberst in ihrem gepackten Koffer lagen, dann klappte sie den Deckel herunter und verschloss die Schnallen. Von draußen erscholl ein Hupen.

»Das Taxi.« Sie drückte ihn noch einmal an sich. »Bis Sonntag, mein Schatz.« Dann nahm sie ihren Trolley und trug ihn ins Erdgeschoss hinab. Im Vorbeigehen griff sie sich ihre kleine Handtasche, bevor sie, ohne sich noch einmal umzudrehen, aus dem Haus lief.

Peter blieb an der offenen Haustür stehen und sah ihr nach. Seine Gefühle hätte er in dem Augenblick nicht beschreiben können. Mit einem Ruck schloss er die Tür, wandte sich um und ... erstarrte.

Sein Blick fiel auf ihre Laptoptasche, die nach wie vor an der Garderobe lehnte. Wie spät war es? Neunzehn Uhr dreißig. Die Fahrt von Rückersdorf zum Nürnberger Flughafen würde um diese Zeit eine knappe halbe Stunde dauern. Um zwanzig Uhr fünfunddreißig ging ihr Air-Berlin-Flug. Das bedeutete: Die Meldeschlusszeit lief um zwanzig Uhr fünf ab. Julia würde es also nicht schaffen, noch einmal nach Hause zu kommen, sobald sie das Fehlen ihres Laptops bemerkte.

Ohne einen einzigen Gedanken daran zu verschwenden, wie es passieren konnte, dass seine umsichtige Frau ihr wichtigstes Arbeitsgerät neben dem Garderobenschrank vergaß, griff er zum Autoschlüssel und fuhr los.

Er raste mit durchgetretenem Gaspedal über die B14 und überholte, wann immer sich eine Möglichkeit bot. Auch noch, nachdem er schon längst das Ortsschild von Behringersdorf passiert hatte, fuhr er wie vom Teufel gehetzt und zog an drei weiteren Fahrzeugen vorbei.

Er war noch hundertfünfzig Meter von der Kreuzung entfernt, die nach Günthersbühl führte, als die Ampel auf Gelb umschaltete. Der weiße Escort vor ihm bremste. Ein Stuttgarter Kennzeichen. Offenbar wusste der Fahrer nichts von den langen fränkischen Gelbphasen. Peter, der beschlossen hatte, die Ampel ebenfalls noch zu überfahren, wurde zu einem abrupten Bremsmanöver gezwungen. Wegen des Gegenverkehrs konnte er nicht links an dem Escort vorbeiziehen, wie er es im ersten Moment vorhatte. Mit quietschenden Reifen kam er schließlich leicht versetzt – fast Stoßstange an Stoßstange – zum Stehen. Sein Herz klopfte, Adrenalin pulsierte durch seine Adern. Seine schweißnassen Hände umklammerten das Lenkrad.

Beruhige dich! Es ist niemandem damit gedient, wenn du einen Unfall baust!, rüffelte er sich in Gedanken.

Plötzlich entdeckte er ein cremefarbenes Taxi, das auf Höhe der Bäckerei rechts rangefahren war und nun auf dem Seitenstreifen hielt. Das musste Julia sein. Wahrscheinlich hatte sie gerade das Fehlen ihres Laptops bemerkt und erwog nun die Option, umzukehren. Sobald die Ampel auf Grün sprang, würde Peter Gas geben und dem Taxi den Weg abschneiden.

Er legte gerade den ersten Gang ein, um loszufahren, als er einen Südländer bemerkte, der an den cremefarbenen Mercedes herantrat, die Fondtür öffnete und geschmeidig hineinglitt. Peters Herz setzte einen Schlag lang aus. Der Mann war ein junger Typ in Jeans und verwaschenem T-Shirt. Kurze dunkle Haare. Muskelbepackt.

Obwohl die Szene in Sekundenbruchteilen vor Peters Augen ablief, prägte er sich die mittelgroße, schlanke, kraftvolle Gestalt genau ein. Sollte er sich geirrt haben? War das gar nicht Julias Taxi, sondern ein ganz anderes?

Hinter ihm hupte jemand. Die Ampel hatte auf Grün geschaltet, der Escort vor ihm war längst losgefahren. Peter gab Gas und ... würgte das Auto ab.

Mein Gott. Das ist mir seit Jahrzehnten nicht mehr passiert!, dachte er peinlich berührt.

Bevor er den Motor wieder anließ und mit einem Kavalierstart losfuhr, nutzte das Taxi die Lücke und fädelte sich in den Verkehr ein. Auf dem Rücksitz schien es mächtig zur Sache zu gehen. Arme flogen, Körper umschlangen sich, Köpfe stießen aneinander.

Nun musste Peter es einfach wissen. Er fuhr ganz dicht auf. So dicht, dass er einen Unfall nicht mehr hätte vermeiden können, wenn der cremefarbene Mercedes abrupt gebremst hätte. Der Fahrer schien jedoch das genaue Gegenteil im Sinn zu haben, er drückte aufs Gaspedal, als sei der Leibhaftige hinter ihm her.

Und mit einem Mal war er es auch: Nichts in der Welt hätte Peter davon abbringen können, dem Taxi zu folgen. Egal, wohin es auch fuhr, er würde es bis ans Ende der Welt verfolgen. Denn es war seine Frau, die zunächst heftig knutschend auf dem Rücksitz saß und nun ihren Kopf an die breiten Schultern des fremden Mannes kuschelte. Der Typ hielt seine Arme um sie gelegt und presste sie an sich. Immer wieder fuhr seine Hand durch ihre blonden Locken. Kein Zweifel war möglich. Es war hell genug, um alles genau mitverfolgen zu können. Die Sonne würde erst untergehen, wenn Julia in Hamburg gelandet war.

Moment! Wollte sie überhaupt nach Hamburg fliegen? Zusammen mit ihrem Lover? Oder hatte sie hier irgendwo ein geheimes Liebesnest? Hatte sie deswegen den Laptop vergessen? Weil sie ihn gar nicht brauchte?

Das Taxi blinkte und wechselte auf die linke Spur. An der Autobahnauffahrt bog es auf die A3 Richtung Würzburg ab. Peter folgte zunächst wie eine Klette, doch dann ließ er mehr Abstand. Ihm wurde bewusst, dass es nicht nur unglaublich gefährlich war, auf der Autobahn so dicht aufzufahren, sondern dass er sich dadurch auch verriet.

Wenn Julia wirklich zum Flughafen fuhr, wollte er sie dort überraschen. Er malte sich aus, ihr den kleinen Computer mit einem süffisanten Grinsen zu übergeben und mit einem schlüpfrigen Augenzwinkern ein nicht allzu anstrengendes Arbeitswochenende zu wünschen. Wie er es anstellen sollte, dem Kerl nicht die Fresse zu polieren, wusste er nicht. Viel wahrscheinlicher war es, dass er ihr eine Szene machte, die in die Annalen der Nürnberger Geschichte einging.

Sollte Julia mit ihrem Liebhaber nicht zum Airport fahren, war es umso besser. Dann konnte er ihnen folgen, sie ausspionieren und im kompromittierendsten Augenblick auf der Bildfläche erscheinen.

Wie würde sie reagieren? Würde sie sich ihm weinend an den Hals werfen und um Vergebung betteln? Ihm schwören, dass es nur ein Ausrutscher war? Oder würde sie ihm die kalte Schulter zeigen? Ihm vorhalten, was er für ein Versager war? Würde sie ihm vielleicht sogar damit drohen, sich von ihm scheiden zu lassen?

Soweit durfte es nicht kommen! Unter keinen Umständen. Zwar kannte er sich im neuen Scheidungsrecht nicht besonders gut aus, aber er hatte immer mal wieder die eine oder andere Meldung durch die Presse flattern sehen, in der nachzulesen stand, dass sich in puncto Ehegattenunterhalt gewaltig was getan hatte und man heute nicht mehr davon ausgehen konnte, vom Expartner bis an sein Lebensende durchgefüttert zu werden.

Das Taxi setzte den Blinker und nahm in Nürnberg-Nord die Ausfahrt. Peter folgte ihm auf der B2 stadteinwärts. Alles verlief so, als ob Julias Ziel tatsächlich der Flughafen war – bis das Taxi an der Kreuzung zum Bierweg auf der linken Spur blieb und weiterhin geradeaus nach Nürnberg hineinfuhr.

Also doch nicht zum Airport!, schoss es Peter durch den Kopf.

Einen knappen Kilometer später endete die Fahrt in der Neumeyerstraße. Das Taxi hielt mit laufendem Motor vor einer verschlossenen Einfahrt, die auf ein heruntergekommenes Firmengelände führte. Der Fahrer stieg aus und ging zum Pförtnerhaus hinüber. Kurz darauf setzte sich das Metalltor mit einem Quietschen in Bewegung und rollte zur Seite. Der Fahrer kam zurück, glitt wieder hinter das Steuer und fuhr aufs Grundstück.

Peter zögerte keine Sekunde. Er ließ seinen Passat auf dem Seitenstreifen stehen, wo er angehalten hatte, um das Geschehen beobachten zu können. Nun rannte er über die Straße. Wenn Julia ihn entdeckte, würde er einfach mit einem freundlichen Lächeln behaupten, er wolle ihr den Laptop bringen, und sich anschließend laut darüber wundern, was sie hier wohl zu suchen habe. Trotzdem hielt er sich zunächst im Schutz der wild wachsenden Birken und der hoch aufragenden Schutthügel, während er näher an das verfallende Fabrikgebäude heranschlich.

Das Taxi parkte vor dem Eingang. Die Tür, die in den Backsteinbau hineinführte, stand sperrangelweit offen. Der Taxifahrer lud gerade Julias Koffer aus und brachte ihn hinein. Peters Herz krampfte sich zusammen. Einen Sekundenbruchteil später öffnete sich auch die Fondtür: Der Lover stieg aus, ging um das Fahrzeug herum und hielt Julia die Tür auf.

Wie galant!, dachte Peter spöttisch.

Doch Julia machte keine Anstalten auszusteigen. Stattdessen beugte sich der Mann ins Auto, und – Peter traute seinen Augen nicht – als er sich wieder aufrichtete, hielt er Julia in seinen Armen. Wie ein jungvermähltes Paar trug er sie über die Schwelle in das alte, baufällige Gebäude. Julia schien es zu gefallen: Sie hatte einen Arm um ihn gelegt, ihr Kopf ruhte an seiner Schulter.

Peter kochte. Am liebsten wäre er laut brüllend zu den beiden Turteltäubchen hinübergerannt und hätte ihnen eine Szene gemacht, die sich gewaschen hatte. Aber etwas hielt ihn zurück. Die Situation war ihm noch nicht eindeutig genug. Noch konnte sich Julia damit herausreden, dass sie ein neues Firmengelände besichtigte, und der Makler sie lediglich ganz galant zur Tür getragen hatte, damit sie sich ihre schicken roten Pumps nicht ruinierte.

Der Fahrer kam zurück, stieg in sein Taxi und wendete. Instinktiv ging Peter hinter einem Stapel verrottender Paletten in Deckung. Von dort beobachtete er, wie der Mann an der Pforte wiederum ausstieg und in die Loge hineinging. Kurz darauf hörte er das Tor, dann war alles um ihn herum ruhig: Der cremefarbene Mercedes war verschwunden, und auch von Julia und ihrem Geliebten war nichts mehr zu sehen.

Peter musste nicht lang überlegen, was er nun tun sollte, denn die nach wie vor offen stehende Eingangstür des Fabrikgebäudes übte eine schier unvorstellbare Anziehungskraft auf ihn aus.

Im Inneren war es schummrig, da die Fenster im Erdgeschoss mit Brettern vernagelt waren. Peter horchte angestrengt. Zunächst vernahm er nur das Blut, das in seinen Ohren rauschte, doch dann war da noch etwas anderes. Aus einem der höher gelegenen Stockwerke drangen schwache Geräusche zu ihm herab. So leise er konnte, tastete er sich durch das Treppenhaus die Stufen hinauf.

Auf dem Treppenabsatz im ersten Stock blieb er vor der Korridortür stehen und lauschte wieder. Nein, da war nichts, die Laute kamen von weiter oben. Eine Etage höher spielte sich das gleiche ab. Erst als er in der dritten und obersten angekommen war, drangen Schritte aus einem der Zimmer zu ihm ins Treppenhaus. Er vernahm ein lang anhaltendes, scharrendes Geräusch. Etwas wurde über den Boden gezogen. Dann hörte er ein Stöhnen. Anschließend war es still.

Warum unterhielten sie sich nicht? Waren sie so aufeinander fixiert, dass jedes Wort überflüssig war?

Plötzlich drang ein Quietschen, wie von alten Bettfedern, an Peters Ohr. Er straffte seine Schultern, wappnete sich für den Anblick, der sich ihm bieten würde, dann ging er hocherhobenen Hauptes in den Korridor.

Im dritten Zimmer stand ein altes rostiges Metallbett mit einer stockfleckigen Matratze. Der Südländer beugte sich mit dem Rücken zur Tür über Julia, die lang ausgestreckt auf dem Bett lag. Sie konnte es offenbar gar nicht erwarten, denn sie hatte sich schon bis auf die

Unterwäsche ausgezogen. Peter wurde schwindelig, in seinem Kopf drehte sich alles. Erst ein leises Klicken ließ ihn wieder zur Besinnung kommen. Der Kerl fesselte Julia mit Handschellen ans Bett! Und das, obwohl sie ihm geschworen hatte, dass sie diesen Fetisch nur ihm zuliebe mitmachte.

Bei dem Anblick gab es für Peter kein Halten mehr. Mit einem Wutschrei stürzte er ins Zimmer. Bis der Fremde die Fessel an Julias anderem Handgelenk festklickte, sich aufrichtete und umdrehte, war Peter bei ihm.

»Pfoten weg von meiner Frau!«, brüllte er, während er mit seinen Fäusten auf den Mann eindrosch.

Mit einem gezielten Fußtritt gegen Peters Brust beförderte der Unbekannte ihn auf den Boden. Nur wenige Augenblicke später hatte sich der Typ auf ihn gestürzt und begann ihn zu würgen.

Peter rang nach Luft. Warum intervenierte Julia nicht? Warum pfiff sie ihren Beschäler nicht zurück, befahl ihm, von ihrem Ehemann abzulassen? Wollte sie ihn am Ende loswerden? War es vielleicht sogar geplant, dass er sie hierher verfolgte und sie sich seiner auf bequeme Art entledigte?

Plötzlich bekam Peters Hand einen harten Gegenstand zu fassen. Ein Backstein. Seine Wut setzte ungeahnte Kräfte in ihm frei. So leicht würde er es ihnen nicht machen. Mit aller Macht schlug er auf seinen Widersacher ein.

Der Mann über ihm sackte zusammen. Peter triumphierte: Er hatte Julias Stecher schachmatt gesetzt! Mit einem Ruck stieß er den reglosen Körper von sich herunter und richtete sich auf. Nun erst gewahrte er, dass seine

Frau nichts sehen konnte: Ihre Augen waren mit einer schwarzen Binde bedeckt. Über ihrem Mund klebte ein Streifen Paketband, das ihre ängstlichen Schreie zu einem leisen Wimmern dämpfte.

Seine Linke zerrte ihr das schwarze Tuch vom Kopf, die Rechte riss ihr grob den Klebestreifen herunter. Mit einem Schmerzensschrei starrte sie ihn an.

»Peter! Oh Gott, Peter!«, stammelte sie. »Was ist passiert? Wie kommst du hierher?«

»Ja, das möchtest du gern wissen, nicht wahr?«, schnaubte er. »Wenn du nicht so dumm gewesen wärst, deinen Laptop zu Hause zu vergessen, wüsste ich bis heute nichts von deinen Schäferstündchen mit deinem Liebhaber.«

»Was?«, fragte sie entsetzt. »Peter, du kannst doch nicht im Ernst glauben, dass ... Die Männer haben mich entführt!«

»Sie haben was?«, fragte er verblüfft.

»Das Taxi hat in Behringersdorf plötzlich am Straßenrand gehalten, und ein Kerl hat sich zu mir auf den Rücksitz gequetscht. Ich konnte die Tür nicht öffnen. Wahrscheinlich war die Kindersicherung aktiviert. Als ich versucht habe, mich zu wehren, hat er mir ein Tuch auf die Nase gepresst, und ich bin ohnmächtig geworden.« Während sie sprach, wanderte ihr Blick ruhelos umher, bis er schließlich an der auf dem Boden liegenden Gestalt hängen blieb. »Hast du ihn ...?« Sie schluckte. »Ich meine: Ist er tot?« Mit einem Mal schossen ihr Tränen in die Augen.

»Nein, ich glaube nicht.« Peter lief ein kalter Schauer über den Rücken, seine Knie wollten nachgeben, aber er riss sich zusammen. Jetzt war sein großer Moment gekommen. Er hatte die Situation unter Kontrolle. Mit neuerwachtem Selbstbewusstsein zückte er sein Handy.

»Was tust du da?«

»Ich rufe die Polizei!«

»Nein, nicht! Wir müssen jegliches öffentliche Aufsehen vermeiden. Die Firma darf nicht in die Schlagzeilen geraten.«

»Wir können den Typen aber nicht einfach hier liegen lassen, bis er wieder zu sich kom–«

Der Schlag traf ihn hart am Hinterkopf und ließ ihn lautlos zusammenbrechen. Er merkte nicht einmal mehr, wie der letzte Funke Leben aus ihm entwich.

*

»Wir müssen das leider noch einmal durchsprechen, Frau Ziegler«, sagte Kriminalhauptkommissarin Gabler mitfühlend. »Sie und Ihr Mann wollten sich in dem maroden Fabrikgebäude in der Neumeyerstraße ein wenig vergnügen. Ihr Gatte brauchte den Kick von ungewöhnlichen Orten, um in Stimmung zu kommen. Sie haben derlei schon öfter gemacht. Diesmal wurden Sie jedoch von einem jungen Burschen überrascht. Er stand plötzlich im Zimmer, nachdem Ihr Mann Sie schon größtenteils entkleidet und ans Bett gefesselt hatte.« Gabler machte eine kurze Pause und wartete das Nicken der noch immer völlig verstörten Frau ab, bevor sie fortfuhr: »Der Fremde stellte die Forderung, ebenfalls sexuelle Handlungen an Ihnen vornehmen zu dürfen, aber Ihr Ehemann lehnte das ab. Daraufhin wurde der Täter handgreiflich und hat wie von Sinnen auf Ihren Mann eingeprügelt.«

Julia Ziegler nickte. »Peter war diesem jungen Kerl nicht gewachsen. Er ging sofort zu Boden. Und als er schon reglos dalag ...« Sie schluckte. »Als er sich schon nicht mehr rührte, hat der andere einen Backstein genommen und ihm damit den Schädel eingeschlagen. Es war ... furchtbar.« Ein Heulkrampf schüttelte sie.

Die Hauptkommissarin nickte. Sie hatte Fotos vom Tatort gesehen. Die Leiche hatte keinen schönen Anblick geboten. Ganz und gar nicht. Und live miterleben zu müssen, wie der eigene Ehemann ermordet wurde, während man selbst an ein Bett gefesselt war, stellte sie sich entsetzlich vor.

»Nachdem der Täter Ihren Mann getötet hatte, ließ er jedoch von Ihnen ab und flüchtete?«

Die Witwe nickte. »Hören Sie, ich bin völlig am Ende. Ich habe Ihnen alles gesagt, woran ich mich erinnern kann. Ich würde mich jetzt gern hinlegen.«

Die Hauptkommissarin stand auf. »Dafür habe ich vollstes Verständnis. Glauben Sie mir, wir tun alles, um den Täter zu finden. Wir werden noch heute den Mitschnitt des anonymen Anrufs veröffentlichen, mit dem die Kollegen in die Neumeyerstraße bestellt wurden. Ich fände es in Anbetracht der Geschehnisse allerdings trotz allem besser, wenn Sie sich nicht allein in Ihrem Haus aufhalten würden, bis wir den Täter geschnappt haben.«

Julia seufzte theatralisch. »Wenn Sie meinen, dann quartiere ich mich eben für ein paar Tage bei Freunden ein.«

Nachdem die Ermittlerin gegangen war, packte Julia eine kleine Reisetasche. Wenn sie nicht alles täuschte, glaubte ihr die Kriminalistin, dass sich die Sache wie von ihr geschildert abgespielt hatte.

Noch immer bekam sie eine Gänsehaut, wenn sie daran dachte, wie ihr fast das Herz stehen geblieben war, als Peter ihr die Augenbinde löste und sie einen der beiden angeheuerten Montenegriner zunächst regungslos auf dem Fußboden liegen sah.

Was war schiefgelaufen? Wie hatte es ihr behäbiger Peter geschafft, den Muskelprotz zusammenzuschlagen? Wahrscheinlich nur ein Zufallstreffer. Zu ihrem Glück erschien der verkleidete Taxifahrer gerade noch rechtzeitig wieder auf der Bildfläche.

Nun war sie ihren Mann jedenfalls los. Endgültig. Denn im Gegensatz zu ihm hatte sie während einer ihrer Reisen nach Hamburg bei einem Rechtsanwalt diskret in Erfahrung gebracht, wie teuer sie eine Scheidung zu stehen käme.

Petra Nacke
Nightliner

»Hallo.«

Er hat es leise gesagt und sie nicht angeschaut. Er betrachtet die klebrigen Schneeflocken, die sich auf dem grauen Asphalt für einen Moment wie schaumige Speichelflecken abzeichnen und dann zerfließen. Im Kegel der Straßenlaterne sehen sie aus wie angelockte Insekten. Abertausende baden im Licht und vergehen. Fliegen, Fließen, Sterben. Ekelhaft sinnlos. Man kann nicht wegschauen. Die Frau steht auf und zieht den Mantelkragen enger um ihren Hals. Sie ist nicht an einem Gespräch interessiert, auch nicht an Gesellschaft. Es ist ihr unangenehm. Er ist ihr unangenehm. Warum hat er sich neben sie gesetzt?

Drei Schalensitze gibt es hier. Orange, Plastik. Drei platt gedrückte, schmutzige Orangen. Er hätte sich auf den rechten, äußeren Platz setzen können. Abstand wahren. Ein bisschen Höflichkeit. Distanz. Ist das zu viel verlangt? Das muss man sich doch denken können! Woher ist er gekommen? Sie hat es nicht gesehen. Plötzlich war er da. Hier gibt es nichts außer einem Parkplatz und einer Kleingartenanlage mit Gaststätte, und die hat schon vor Stunden geschlossen. Woher also ist er gekommen?

Sie steht auf, geht die paar Schritte bis zu dem Schild mit dem grünen »H« im gelben Kreis und schaut auf den Fahrplan, kontrolliert die Abfahrtszeiten. Dabei hat sie das bestimmt schon viermal getan, aber da war er noch nicht da. Der Bus hätte schon vor fünf, nein, vor sechs Minuten kommen sollen. Wo bleibt er!

Sie fährt nie mit dem Nachtbus, höchstens ab und zu hinter ihm. Müde, nach Dienstschluss. Gastro ist ein hartes Geschäft. Am Ende immer noch die Kasse. Dabei fallen einem die Augen schon beinahe zu, und die Füße tun weh. Sie hatte ihn jedes Mal verflucht, den Nightliner, weil es auf dieser Strecke schwer ist, einen Bus zu überholen, zumal mit einem alten Auto. Jetzt hat die Kiste sie im Stich gelassen. Hat es gerade noch bis auf den Parkplatz geschafft. Glück eigentlich, aber mitten in der Nacht und mitten auf dem Marthweg, der so heißt, obwohl er kein Weg ist, sondern eine Ausfallstraße. Jetzt sehnt sie sich nach dem verfluchten Bus.

Der Mann schaut sie an, das kann sie sogar durch den Mantelstoff hindurch spüren. Er beobachtet sie. Wie sie dasteht, wie sie vor Kälte mit den Füßen trippelt, wie sie vor Ungeduld und Müdigkeit schnelle weiße Wolken in die Nachtluft atmet. Sie kann sich sehen, wie er sie sieht. Man sollte nicht trippeln! Man sollte seinen Atem unter Kontrolle haben!

Er verfolgt die verirrten Flocken, die auf ihren Ärmeln landen, ihrem Mantelkragen, ihrer Mütze aus grünem Plüsch, die nicht recht zu ihr passen will. War auch gar nicht für sie gedacht. Die Frau hat die Mütze am Vormittag für ihre Nichte gekauft. Wer hätte denn ahnen können, dass es heute noch regnen oder gar schneien würde? Nicht einmal die Luftfeuchtigkeit konnte sich bis zum frühen Abend entscheiden, ob sie Regen oder Schnee werden wollte. Sie wusste nicht mal, ob sie überhaupt nach unten sinken, oder lieber als Teil eines unentschlossenen Tiefdruckgebiets über der Stadt hängen bleiben sollte. Wer also hätte wissen können, dass man mitten in der Nacht im Schneeregen an einer Bushaltestelle stehen würde, weil die Mistkarre ihren Geist aufgibt? Wer?

Der Mann reckt den kräftigen Hals, stiert in den dunklen Himmel, denkt an seine Lehrerin. Sie hatte ihnen mal das Wetter erklärt, dazu den Tafelschwamm genommen und in den Eimer getunkt, vom Druck geredet, von warmen und kalten Luftschichten und von tonnenschweren Wolken, die prall mit Wasser gefüllt sind. Sie war aufs Pult gestiegen, hatte ulkige Bewegungen gemacht, um die Auf- und Abwärtsbewegungen der Wolken in den Luftschichten zu demonstrieren, und schließlich den Schwamm, hoch über dem Kopf haltend, mit beiden Händen zusammengepresst. Ein kreidegrauer Wasserfall war über ihr explodiert. Das war komisch, das war saukomisch gewesen!

Der Mann muss lachen bei der Erinnerung an die nasse Lehrerin. Er lacht hoch und beinahe schrill, wie das Kind, das er damals war. Die Frau zuckt zusammen, ihr Kopf ruckt herum, sie streift ihn mit einem schnellen Blick, weiß, dass es besser ist, nicht zu schauen. Man schaut keine fremden Männer an, wenn man allein im Nirgendwo steht. Besser auf den Boden starren, in die schmutzige Nacht oder noch einmal auf den Fahrplan.

Der NL verkehrt immer in Nächten von Fr zu Samstag & von Sa zu Sonntag ... auch in Nächten zu Brückentagen (Bt) sowie in Nächten zu Rosen-Mo & zu Faschings-Di ...

Es ist Freitag, nein, es ist schon seit fast zwei Stunden Samstag. Warum kommt er nicht?

Sie trippelt schon wieder. Trippelt vor der Haltestelle auf und ab, als könnte sie den Bus damit anlocken oder wenigstens die Zeit verscheuchen. Der sulzige Schnee schmatzt unter ihren Sohlen. Sie hätte nicht diese Plateaustiefel anziehen sollen. Mit Plateaustiefeln trippelt man automatisch, auch wenn man gar nicht trippeln will. Wenn sie arbeitet, trägt sie flache Schuhe, geht gar nicht anders, man macht sich sonst die Füße kaputt. Zu Hause im Flur stehen ihre Winterstiefel. Flach, grau, funktionell. Warum hat sie die nicht angezogen? Man weiß doch, wie Männer auf hohe Stiefel reagieren. Das weiß man doch!

Hier gibt es nicht einmal eine Leuchtreklame. Keine Versicherung, die für Vertrauen wirbt. Keine H&M-Models im neuen Frühjahrs-Fashiontrend. An der Glaswand kleben nur ein paar Vogelschablonen. Einige sehen aus, als wären sie gekreuzigt worden. Daneben eine durchgestrichene Zigarette, »*Danke, dass Sie hier nicht rauchen*«. Den Mann überfliegt sie gewissermaßen mit ihrem Blick – nur kein Augenkontakt! Er hat sich angelehnt. Die Beine breit von sich gespreizt. Eine Hand auf dem Oberschenkel, die andere, zur Faust geballt, auf dem Nebensitz.

Wie der dasitzt! Männer sitzen immer so da, breitbeinig, raumgreifend. Wenn man neben einem Mann im Kino sitzt oder in einem Bahnabteil, muss man zusehen, wie man mit dem bisschen Platz zurechtkommt, den er einem lässt.

Sie zieht ihr Handy aus der Tasche. Er soll ruhig wissen, dass sie ein Handy hat! Sie könnte telefonieren, ein Taxi rufen. Das ist teuer – egal. Wie lange würde das dauern? Wie lange würde es dauern, bis das Taxi käme? Fahren Taxis überhaupt zu so abgelegenen Bushaltestellen? Nachdem sie eins bestellt hat, könnte der Bus kommen. Den würde sie natürlich nehmen. Das Taxi wäre ganz umsonst zum Föhrenbuck rausgefahren. Das werden die sich in der Taxizentrale auch denken.

Der Mann hat gesehen, dass sie ein Handy hat. Gut so. Er hat sie ganz genau beobachtet. Jetzt kramt er in seiner Anoraktasche, zündet sich eine Zigarette an, das Feuerzeug klickt einmal, zweimal, dann funktioniert es.

»Wollen Sie?«

Jetzt schaut er sie an, ganz direkt, von schräg unten aus dem Schalensitz heraus, hält ihr die Packung hin. Jetzt muss sie auch schauen, ob sie will oder nicht. Sie ist nicht sicher, wie sie reagieren, was sie sagen soll. In ihrem Kopf rattert es. Forsch, höflich distanziert, aggressiv? Wie soll sie ihm antworten? Er könnte jede Antwort falsch auslegen, als Signal, als Angriff.

»Hören Sie«, sagt die Frau, und ihre Stimme zittert nur ganz wenig, »ich bin müde und will, dass der Bus endlich kommt. Sonst nichts!«

Der Mann bläst eine Rauchwolke in die kalte Luft, beugt sich vor, schaut einer besonders dicken Schneeflocke beim Sterben zu, schnieft, schweigt. Auf der gegenüberliegenden Straßenseite steht ein großes Holzgerüst, dahinter ragen ein paar halbrunde Buckel aus dem schwarzen Boden. Wenn man die Augen zusammenkneift, sieht man Monsterschildkröten hinter einem Riesenzaun. Ein bisschen wie in *Jurassic Park* sieht das aus. Das findet der Mann komisch, am liebsten würde er der Frau von den Monsterschildkröten erzählen, aber sicher mag sie keine Kröten, nicht einmal Schildkröten. Vielleicht mag sie ...

»Wollen wir wetten?«

Er lässt sie nicht in Ruhe. Warum lässt er sie denn nicht in Ruhe! Kann er denn nicht sehen, wie es in ihrem

Kopf rattert? Sie arbeitet noch nicht lange als Kellnerin. Bei der Martha, ihrer Kollegin, würde nichts rattern im Kopf, sodass sie vor lauter Getöse nicht mehr klar denken kann. Die Martha wüsste sofort, wie man in so einer Situation reagiert. Wüsste, was man sagen und wie man mit so jemandem umgehen muss. Müsste nicht mal was sagen, bräuchte ihn nur mit diesem ganz bestimmten Blick anzugucken, bei dem sogar ein besoffener Hooligan zum Lamm wird.

Die Frau atmet kurz und hart ein, als wollte sie etwas sagen – nichts Nettes. Sie ist gereizt. Das kann er sehen. Er ist nicht so dumm, wie seine Mutter immer gemeint hat. Wäre die Frau eine Katze, ihr Schwanz würde jetzt schnell hin- und herpeitschen. Das Fell am Nacken wäre gesträubt. Das ist so bei Katzen, wenn sie nervös sind. Er kennt sich aus mit Katzen, mag sie, weil sie so weich sind und so leise. Die letzte ist ihm vor zwei Wochen gestorben. Das war traurig. Sie war so hübsch, so lieb. Es war ein Unfall. Er hat sie im Wald begraben, in einem schönen, roten Schuhkarton. Sogar ein Kreuz hat sie bekommen, damit sie in den Katzenhimmel kommt, die tote Miez.

Die Frage war dumm. Warum hat er nur wieder so was Dummes gesagt? Er will nicht, dass die Frau böse ist. Sie hat ganz schmale Augen, mit dunklen Ringen darunter und einer tiefen Falte zwischen den Brauen. Er schaut die Falte an, die zusammengekniffenen Augen, den angemalten Mund, der immer noch offensteht, als wolle er gleich zuschnappen. Wie sie vor ihm steht! Wie sie starrt! Wie ein Bild aus einem Horrorcomic. Beinahe muss er wieder lachen, dabei gibt es da rein gar nichts zu lachen, und das weiß er. Sie wäre hübsch ohne diese

Grimasse, ohne dieses falsche Rot auf den Lippen. Sie sollte es wegmachen.

»Was wollen Sie?« Die Stimme der Frau klingt jetzt schrill und hart. So hat die Stimme seiner Mutter auch oft geklungen. Schrill und hart. Er zuckt zusammen bei diesem Ton. Das macht ihn wütend, aber er will nicht wütend sein. Ein Häufchen Asche ist ihm auf den Oberschenkel gefallen, er zögert, wischt die Asche von seiner Hose, sagt mit gesenktem Kopf wie zu sich selbst: »Wetten, dass der Bus in zehn Minuten immer noch nicht da ist.«

Jetzt hat er das Dumme noch mal gesagt. Irgendwie ist es ihm ja auch ernst damit, auch wenn er eigentlich sagen will, dass ... Aber es ist eine ernst gemeinte Wette. Eine mit einem Hintergrund zwar, aber trotzdem ernst gemeint. Das, was er wirklich sagen will, kommt ihm einfach nicht über die Lippen. Jetzt schon gar nicht mehr. Das hängt mit der Frau zusammen – hängt immer mit den Frauen zusammen. Da kann er nicht so, wie er will. Aber er ist ein ehrlicher Spieler, und eine Wette ist nur ehrlich, wenn man nicht weiß, was dabei herauskommt, sonst ist es Betrug.

Er kann nicht wissen, dass der reguläre Nachtbus N5 auch in 20 Minuten noch nicht da sein wird und heute überhaupt nicht mehr kommt. Der Ersatzbus wird diese Haltestelle in genau 28 Minuten anfahren, aber dann ist es schon zu spät. Es liegt nicht am Schneeregen, auch nicht an Stefan Wachoviak, der in all seinen Dienstjahren als Busfahrer noch keinen einzigen Unfall gebaut hat. Auch dem Fahrer des Opel GT ist im Grunde genommen nicht vorzuwerfen, dass er den Nightliner mit knapp 80 Stundenkilometern frontal gerammt hat.

Und der Reifenhersteller? Wie könnte man dem jetzt noch einen Materialfehler nachweisen, wo vom ganzen Wagen kaum noch etwas übrig ist? Aber das soll jetzt nicht weiter interessieren.

Sie hat dem Mann ins Gesicht geblickt, hat ihn angesehen, trägt jetzt ein Foto von ihm in ihrem Kopf. Sie weiß, dass er es weiß. Er hat eine schrumpelige Narbe unter dem rechten Auge, groß, hässlich. So was fällt auf. Sie sollte etwas sagen, sollte ihm antworten. Er will schließlich nur wetten. Ein kleines Spiel spielen. Da ist doch nichts dabei, oder?

Es schneit stärker. Die Flocken kommen wie Geschosse auf den Lichtkegel der Straßenlaterne zugeflogen. Man hört die Autobahn. Sie ist ganz nah. Bei Tag und bei Licht kann man sogar das Schild von der Bushaltestelle aus sehen. Jetzt sieht man es nicht. Man sieht auch keine Autos. Es kommt kein einziger Wagen vorbei, der zur Autobahn will, oder sonst wohin. Das liegt an der weiträumigen Straßensperrung wegen des Busunfalls, aber das kann die Frau genauso wenig wissen wie der Mann, der jetzt aufgestanden ist und von einem Bein auf das andere tritt. Er hat sich schon wieder eine Zigarette angezündet. Er hält ein kleines Lagerfeuer in der Hand. Feuer ist gut, ist warm.

Als Kind hat er oft ein Lagerfeuer gemacht, heimlich im Wald, obwohl es verboten war. Er wurde zum Indianer. Er ist nackt übers Feuer gesprungen, um sich unbesiegbar zu machen. Immer und immer wieder. Anlauf nehmen und über das Feuer springen. Über das Feuer fliegen, wie ein Pfeil. Fliegen und nie wieder landen. Nie mehr zurück. Nie mehr Dummkopf sein. Einmal ist er ausgerutscht, ist gefallen, mit dem Gesicht auf ein glühendes Scheit, hat geschrien, so weh tat das. Der Arzt hat gesagt, er hätte Glück gehabt, dass es sein Auge nicht erwischt hat. Seine Mutter hat ihn verprügelt. Danach durfte er nicht mehr in den Wald. Die Frau mit dem angemalten Mund redet nicht mit ihm, weil er hässlich ist. So ist das immer. Die Frauen reden nicht mit ihm, weil sie ihn hässlich finden, sehen nicht, dass er ein Indianer ist.

Im Kopf der Frau geht es immer noch zu wie in einem Bienenstock, und ihr ist kalt. Der Mantel ist zu dünn für dieses Wetter. Ihre Füße tun weh, sie würde sich gern setzen, jetzt, wo er steht. Sie traut sich nicht. Du musst etwas sagen, sirrt es in ihrem Gehirn. Los, sag was! Irgendetwas Unverfängliches. Du könntest ihn etwas fragen, zum Beispiel, wo er herkommt, warum er jetzt hier ist.

Würde er spüren, dass es ihr nicht recht ist? Würde ihre Stimme sie verraten? Sie darf ihn nicht provozieren, vielleicht hat er getrunken. Mit Sicherheit hat er getrunken. Sie könnte über das Wetter reden, Wetter ist unverfänglich. Wenn man nichts sagen will, muss man über das Wetter reden. Erwartet er eine Antwort? Er erwartet bestimmt eine Antwort. Sie muss antworten. Warum will er wetten, dass der Bus nicht kommt? Weiß er etwas, was sie nicht weiß?

Der Mann ist neben sie getreten – viel zu nah –, sie kann seinen Atem hören und in der Luft zu Dampf werden sehen. Er ist groß, kräftig, hat große Hände und einen großen Schädel – fast kahl. Gleich wird er wieder etwas sagen, das kann sie spüren. Sie senkt den Kopf, schaut auf den Boden. Nur keinen Augenkontakt! Seine Füße stecken in dreckigen Schnürstiefeln – mit Schnürstiefeln ist man schneller als mit Plateaus, viel schneller. Er hätte sie schon nach wenigen Schritten eingeholt, wenn sie versuchte, sich in ihrem Wagen einzuschließen. Wie weit ist es von hier bis zum Parkplatz – 20 Meter, 30 vielleicht? Der Boden ist uneben und rutschig vom Schneematsch. Die Chancen stehen schlecht für sie. Die Polizei! Sie kann die Polizei rufen, die nächste Dienststelle ist ganz nah, zwei Kilometer höchstens. Das weiß sie. Die wären spätestens in fünf Minuten hier. Aber was soll sie sagen? Ich steh hier am Föhrenbuck und ein Mann will mit mir wetten ... Würde sie überhaupt so weit kommen? Er könnte sich bedroht fühlen, ihr das Telefon aus der Hand schlagen und ... Sie muss sich beruhigen. Sie darf nicht nervös werden. Hunde können spüren, wenn man nervös ist. Die riechen den Angstschweiß. Das macht sie wild.

Sie wird ganz langsam gehen, so als wollte sie sich die Füße vertreten. Sie wird ganz langsam Richtung Parkplatz gehen. Sie wird versuchen, nicht zu trippeln. Sie wird ihm sagen, dass sie zu müde ist zum Wetten, sowieso keine Wetten mag, weil die Unglück bringen. Nein, sie darf ihn nicht provozieren, muss ruhig bleiben, muss mitspielen, sagt »Der Bus ist bestimmt gleich da«, geht los Richtung Parkplatz. Ganz langsam, möglichst locker, wie entspannt. Nur keinen Jagdtrieb wecken! Schritt für Schritt weg von der Bushaltestelle, weg von ihm. 30 Meter sind 40, 45 Schritte höchstens, selbst in Plateaustiefeln.

Es ist windig, die nassen Schneeflocken beißen in den Augen. Der Schlüsselbund ist in der rechten Manteltasche, das Handy in der linken. Sie tastet nach dem Wagenschlüssel, umfasst ihn fest mit Daumen und

Zeigefinger. Wenn sie beim Auto ist, wird sie ihn blitzschnell aus der Tasche ziehen und ins Schloss stecken, entriegeln, die Tür aufreißen, rein. Eine automatische Zentralverriegelung wäre besser. Die könnte sie jetzt schon drücken, die Schlösser würden aufschnappen – Lichter würden blinken! Der Mann könnte es sehen, das wäre nicht gut.

Sie muss einfach nur weitergehen. Schritt für Schritt, einen Fuß vor den anderen setzen. Da vorne steht der Wagen. Was, wenn er ihr folgt? Was, wenn er die Scheibe einschlägt? Hier liegen überall Steine herum, Steine und Metallstangen. Warum liegen hier überall Metallstangen herum? Hier ist doch gar keine Baustelle. Sicherheit? Der Wagen wäre ein Käfig. Die Scheibe wäre schon beim ersten Schlag zersprungen, Scherben würden fliegen!

Da vorn ist die Autobahn, da ist Leben. Sie wird zur Autobahn gehen und winken, irgendjemand wird schon anhalten. Das ist gut, man wird sie sehen. Irgendjemand wird sie sehen und anhalten. Nein, sie wird die Autobahn überqueren und Richtung Falkenheim ... immer nur geradeaus Richtung Falkenheim, das ist besser. Sie wird schneller, sie muss schneller werden. Jetzt weiß er, dass sie wegläuft, dass sie fliehen will. Sie stolpert, knickt um, humpelt weiter. Es ist so dunkel, sie kann nicht mal mehr ihren weißen Atem sehen, aber sie kann ihn hören.

Sie kann IHN hören!

Er muss ihr nach, sie läuft doch fast auf der Fahrbahn. Hier gibt es keinen richtigen Gehweg. Das ist gefährlich. Sie könnte unter die Räder kommen. Dann wäre sie auch tot – genau wie die Katze in dem roten Schuhkarton. Das darf nicht sein! Das will er nicht. Sie ist umgeknickt, sie hat sich wehgetan! Er will nicht, dass ihr was passiert.

Warum hat er es nicht früher gesagt? Jetzt wird er sich trauen. Jetzt wird er ihr sagen, dass er sie hat kommen hören, dass er weiß, warum ihr Auto nicht mehr läuft, dass er es wieder heil machen kann. Er hat das gelernt. Er würde ihr Tee kochen. Sie könnte Tee trinken und sich aufwärmen in seiner Hütte in der Kleingartenanlage. Sie könnte die Zeitung von gestern lesen oder Musik hören, während er den Wagen repariert. Gleich hat er sie eingeholt. Gleich wird er es ihr sagen.

Sie dreht sich um, blitzschnell, den spitzen Schlüssel hält sie fest umklammert, zielt nach oben, da wo sein Gesicht sein muss, sticht zu. Er schreit, rudert mit den Armen, greift um sich, greift nach ihr. Sie holt aus mit dem harten Plateaustiefel. Man hört es krachen. Das Schienbein vielleicht. Er schreit wieder. Sie tritt noch einmal zu, hört ihn fallen, wimmern. Sie zielt wieder, dieses Mal mit dem Absatz, zielt dorthin, wo das Wimmern herkommt. Einmal, zweimal, immer wieder mit dem harten Absatz. Dann ist es still.

Blanka Stipetić
Hohe Wasser

Prolog
16. Januar 2013

Die Frau ließ ihren Wagen in der Stadtmitte stehen und ging zu Fuß durch die Dunkelheit. Es dauerte fast eine Stunde, bis sie ihr Ziel erreicht hatte. Ihr Gesicht war eine starre Maske des unterdrückten Zorns. Sie öffnete das Gartentor und ging die wenigen Meter zur Haustür, ohne auch nur ansatzweise zu zögern. Sie klingelte. Die Tür ging auf, und ein Lächeln breitete sich auf dem Gesicht des Mannes aus. Er deutete einladend nach innen und setzte an, etwas zu sagen. Doch die Frau legte den Finger an die Lippen. »Sag jetzt nichts. Komm einfach mit.«

Er ging ihr nach, ins Wohnzimmer. Sie drehte einen Sessel zum Fenster und deutete darauf. »Setz dich.« Er folgte ihrer Aufforderung und sah sie leicht belustigt und fragend an. »Schau hinaus.« Er wandte den Blick nach draußen, sah den Schein der Straßenlaterne, der im Umkreis von wenigen Metern einige Bäume und ein Stück Straße beleuchtete. Er spürte, wie sie seine Hand in die ihre nahm, fühlte das glatte Leder ihrer Handschuhe, dann etwas Kaltes und Hartes, das sie in seine Hand legte. Als sein Lächeln erstarb und in sein Bewusstsein drang, was er da in der Hand hielt und auf die Höhe seines Herzens richtete, worum sein Zeigefinger sich krümmte, hörte er auch schon den Schuss.

Die Frau erhob sich und blickte hinunter auf den Mann, der sich soeben mit der alten Pistole seines Vaters erschossen hatte. Sie sah sich um, zwischen all den Möbeln und Bildern, die geschmackvoll flüsterten, wie teuer sie gewesen waren.

Wahrscheinlich würde das alles bald ihr gehören. Aber es war ihr egal. Darum ging es nicht.

10. Januar 2003
Aus der Online-Redaktion der Würzburger Nachrichten

Hochwasser erschwert Suche
Noch immer gibt es keine Spur von der achtjährigen M. aus Würzburg. Das Mädchen war zuletzt im Garten seines Elternhauses nahe dem Mainufer gesehen worden, kurz bevor das Hochwasser übers Flussbett getreten ist. Wie Wolfgang Schneider, Pressesprecher der Polizeiinspektion Ost, auf Anfrage mitteilte, bestünden nur noch wenig Chancen, das Mädchen lebend zu finden. Zu stark sei die Strömung und zu kalt das Wasser, um länger als drei Stunden zu überleben. Die Suche der Einsatzkräfte konzentriert sich nun auf Gegenden weiter mainabwärts.

05. Januar 2013

Aus der Dunkelheit sah Mark zur Straße, wo in diesem Moment ein dunkler Kleinwagen hielt. Die Flamme eines Feuerzeugs loderte auf und erlosch gleich wieder. Mark lächelte. Drei Minuten später flog eine glimmende Kippe aus dem Seitenfenster und die Fahrertür ging auf.

Der Mann war groß und schlank. Zielstrebig öffnete er das Tor und lief den Gartenweg entlang. Den Blick hatte er auf das erleuchtete Panoramafenster gehoben. Was ihm wohl durch den Kopf ging? Dachte er an seine Kindheit zurück? An Margot, die mit einer weißen Schürze um den Bauch Bratäpfel für ihn machte, ihn mit Linsensuppe und Würstchen erwartete, wenn er mittags aus der Schule kam, und die einfach alles versuchte, die Mutter zu ersetzen. Oder sah er Karl hinter der Scheibe stehen, bereit, ihm eine weitere Strafpredigt zu halten, weil er sich wieder einmal nachts herumtrieb, nach Zigaretten und Alkohol roch, statt für das Abitur zu lernen?

Nein. Mark war sich sicher, dass er an all das nicht dachte. Das Bild, das dieser Mann, den er seit zehn Jahren nicht gesehen hatte, im Kopf mit sich trug, seit er zum Haus geblickt hatte, war ein Schatten. Ein Schatten, der im warm leuchtenden Licht des Kaminfeuers ganz leicht hin- und herschwang. Auf der Beerdigung des Vaters hatte er das letzte Mal mit Fred gesprochen. Sie hatten das Haus verkauft, das Geld geteilt, und jeder war seines Weges gegangen.

Die Begrüßung war kühl, ein kurzes Nicken, ein durchdringender Blick. Mark deutete zur Wohnzimmertür und ging voraus. »Ich habe einiges geändert, die Küche vergrößert, die Bäder neu gemacht, und natürlich habe ich alles anders eingerichtet. Einige von den alten Möbeln stehen noch im Keller; wenn du etwas willst, kannst du dich gerne umschauen.«

»Du hast das Haus also zurückgekauft.« Fred blickte sich um und ließ sich schließlich in einen Sessel am Fenster fallen. Er hatte sich nicht einmal die Mühe gemacht, den Mantel auszuziehen.

Mark deutete auf einen kleinen Tisch mit Karaffen und Flaschen und hob fragend die Augenbrauen. Als Fred den Kopf schüttelte, zuckte er die Schultern und schenkte sich selbst etwas ein.

»Es ist jetzt zehn Jahre her«, sagte er und hob sein Glas. »Auf Papa.«

Er trank und blickte Fred auffordernd an. »Also, fang an. Wie ist es dir ergangen?«

»Als ob du das nicht wüsstest.«

»Ich lese immer deine Artikel. In letzter Zeit sind es aber merklich weniger geworden. Hast du dich beruflich umorientiert?«

Fred sah zum Fenster hinaus, und erst nach einer längeren Pause sagte er: »Ich habe keine Lust mehr zu schreiben.«

»Warum steigst du nicht in die Firma mit ein?«

Fred winkte ab. »Danke. Ich komme zurecht.«

»Du lebst in einer Zweizimmerwohnung, hast kein Auto, keine Hobbys – was hast du mit dem ganzen Geld gemacht?«

»Ich habe es verschenkt.«

»Idiot«, murmelte Mark. Dann stand er auf und holte eine Karte aus einer Schublade. Er hielt sie Fred hin. »Sieht deine genauso aus?«

Fred überflog die wenigen Zeilen:

Marie wird 18, und das sollten wir feiern. Am 05. Januar um 20:00 Uhr.

Auf der Rückseite eine Wegbeschreibung zu einem Ort zwischen Würzburg und Randersacker.

»Ich dachte, es ist einer deiner schlechten Scherze.«

Mark schüttelte bedauernd den Kopf. »Ich war's nicht und damit bleibt nur noch eine Person.«

Fred nickte. »Schon. Aber was soll das? Sie ist nach Vaters Tod gegangen und hat sich nie wieder gemeldet. Warum jetzt?«

Mark schlüpfte in seine Jacke. »Bist du so naiv oder tust du nur so?«

Die Frau sah prüfend aus dem Fenster. Das Wasser war noch einige Meter entfernt, doch wenn es so weit war, konnte es schnell gehen. In den letzten Jahren hatte sie das Häuschen immer verlassen, wenn der Pegel des Mains anfing zu steigen, und war stets erst im späten Frühjahr wieder zurückgekehrt. Doch dieses Jahr musste sie bleiben.

Müde strich sie sich eine Haarsträhne aus dem Gesicht. Sie ging zum Regal und nahm ein Fotoalbum heraus, schlug es irgendwo auf und blickte in die lachenden Gesichter zweier Kinder. Fred und Mark, als sie zehn und elf Jahre alt gewesen waren. Im Hintergrund saß ihre Mutter in einem Korbstuhl, eingewickelt in eine Decke. Die Krankheit war bereits weit fortgeschritten. Das Bild musste ein halbes Jahr vor ihrem Tod aufgenommen worden sein. Die beiden Jungen sahen sich so ähnlich. Ihrem Vater wie aus dem Gesicht geschnitten.

Sie blätterte weiter. Keine Bilder mehr von der Mutter, dafür Marie, krabbelnd auf einer Decke im Garten, mit Fred und Mark. Die Jungen am Strand, Maries Einschulungsfeier, Fred an seinem 18. Geburtstag hinter dem Steuer seines ersten Autos. Mark mit einer Studienkollegin, und dann ein Bild von Karls 50. Geburtstag, mit Marie auf dem Schoß und dahinter die zwei Jungen. Und dann keine Bilder mehr. Nur noch ein vergilbter Zeitungsausschnitt vom 15. Januar 2003.

Vermisstes Mädchen am Wehr gefunden
Gestern wurde die Leiche der achtjährigen M. am Wehr bei Erlabrunn aus dem Main geborgen. Das Mädchen galt seit dem 10. Januar als vermisst.

Sie klappte das Album zu und versuchte das Bild der toten Marie mit dem aufgedunsenen Gesicht durch ein lebendigeres zu ersetzen. Es gelang ihr nur mit Mühe. Zum tausendsten Mal fragte sie sich, ob sie es hätte kommen sehen müssen. Und zum tausendsten Mal fand sie keine Antwort.

Mark stellte das Auto an der Straße ab. Die Wiese und der Pfad, der zum Häuschen führte, waren schon überflutet. Zweifelnd blickte er zum Wasser und dann wieder zum Auto. »Ich weiß nicht, ob das eine so gute Idee ist, sich ausgerechnet hier zu treffen. Wahrscheinlich schwimmt das Auto in einer halben Stunde davon.«

»Wir hätten mit meinem fahren können, aber das war dir ja zu klein.«

Sie wateten durchs Wasser, dem schwachen Lichtschein entgegen, immer weiter auf den Main zu.

Mark fluchte. »Verdammt, hätte sie uns nicht in ein Hotel einladen können?«

Das Häuschen war eher eine Laube als ein Haus. Aus einem der Fenster flackerte ein Lichtschein. Sie blieben vor der Tür stehen und sahen sich an. Schließlich war es Fred, der klopfte. Die Tür ging auf, und sie standen einer älteren Frau gegenüber. Sie hatte graue, nach hinten gebundene Haare und ein Gesicht voller Falten. »Guten Abend«, sagte sie.

»Margot?«, fragte Mark zögernd.

Fred sah ihn an und dann wieder die Frau. Und jetzt erkannte auch er sie und brachte ebenfalls nur ein »Margot« über die Lippen.

Der Tisch war für drei Personen gedeckt. In der Mitte stand eine Vase mit Blumen und ein Kuchen mit 18 Kerzen. Margot deutete zum Tisch. »Setzt euch und lasst euch anschauen. Es ist lange her.«

Sie schenkte Wein ein und reichte jedem ein Glas. »Auf Marie«, sagte sie, hob ihr Glas, und Fred und Mark taten es ihr gleich. »Auf Marie«, murmelten sie nacheinander.

»Und auf euren Vater«, sagte Margot, und wieder tranken sie und wiederholten den Trinkspruch.

Fred nippte verlegen an seinem Wein. »Geht es dir gut?«, fragte er schließlich.

»Im Moment schon«, antwortete sie nach einer kurzen Pause. Dann holte sie aus einem Nebenraum eine Schüssel mit Suppe. Ohne auf die Proteste der beiden Männer einzugehen, schöpfte sie beiden die Teller voll. »Esst«, sagte sie. Und sie aßen aus Höflichkeit alles auf, obwohl die Suppe so versalzen war, dass beide hinterher ihre Weingläser leertranken und sich gerne von Margot nachschenken ließen. Fred merkte als Erster, dass etwas nicht stimmte. Er sah, wie Marks Kopf zur Seite knickte, doch bevor er reagieren konnte, spürte er, wie seine eigenen Lider schwer wurden. In seinem Kopf machte sich etwas Weiches, Dauniges breit.

Als er die Augen wieder aufschlug, wusste er nicht, wie viel Zeit vergangen war. Mark saß ihm wieder wach und aufrecht gegenüber, in seinem Blick lag etwas Verwirrtes. Fred spürte, dass er seine Arme nicht bewegen konnte, und als er die Situation in Gänze erfasste, musste er feststellen, dass sie beide jeweils an Händen und Füßen und zusätzlich an die Stühle gefesselt waren.

»Was hat sie vor?«, fragte er.

Doch Mark hatte auch keine Antwort. Von Margot war nichts zu sehen oder zu hören. Sie blickten durch den Raum, auf der Suche nach einer Möglichkeit, sich zu befreien. Inzwischen war der Mainpegel weiter angestiegen, und der Boden stand unter Wasser.

»Waren hier nicht vorhin Messer auf dem Tisch?«, fragte Mark und versuchte mit dem Stuhl weiter an den Tisch zu rücken. Doch er war abgeräumt. Da standen nur noch die Blumenvase und der Kuchen. Und Margot hatte ein Bild dazugestellt. Eines, das weder Mark noch Fred bisher gekannt hatten. Es zeigte eine Familie, ihren Vater, Margot und die winzige Marie. Es war ein Studiobild. Mark deutete mit dem Kinn darauf. »Der gute alte Papa. Ein Ausbund an Tugend und vor allem Ehrlichkeit.«

»Was meinst du?«, fragte Fred.

Mark lachte höhnisch. »Sag bloß, du hast es nicht gewusst?«

»Was gewusst?«

»Papa und Margot. Oder hast du das Märchen von der Haushälterin geglaubt, die uns nach Mamas Tod versorgen sollte?«

Fred erinnerte sich, wie er Margot zum ersten Mal gesehen hatte, im Wohnzimmer stehend und freundlich lächelnd. Auf dem Arm hatte sie ein Baby gehalten. Ein Baby, an dessen Entwicklung zu Freds Erstaunen sein Vater reges Interesse gezeigt hatte. Wenn er nach der Arbeit nach Hause gekommen war, hatte er immer erst nach Margots Baby gesehen, es in den Arm genommen, damit Margot die Hände frei hatte, um das Abendessen vorzubereiten. Das waren seine Worte gewesen.

»Natürlich habe ich es gewusst. Aber was spielte das für eine Rolle? Mutter war tot.«

»Rechnen konntest du aber damals schon. Und dir war damals auch bewusst, dass ein Kind neun Monate vor der Geburt gezeugt wird.«

Fred seufzte. »Das hilft uns jetzt auch nicht weiter. Was hat sie vor?«

Nur wenige Minuten später erschien Margot wieder im Raum.

»Ich habe damals vom oberen Schlafzimmerfenster aus zugesehen. Einer von euch beiden hat Marie ins Wasser gestoßen. Ich konnte nicht erkennen, wer es war. Ihr saht euch schon immer so ähnlich, und ihr trugt diese gelben Regenmäntel. Aber einer von euch hat Marie umgebracht.«

»Du spinnst«, rief Mark. »Wie kommst du auf diese wahnwitzige Idee, uns zehn Jahre später für Maries Tod verantwortlich zu machen? Wenn das stimmen würde, hättest du doch gleich etwas gesagt.«

Margot nickte. »Ich habe es eurem Vater gesagt. Aber der wollte nichts davon hören. Er hat es als Hirngespinst einer verzweifelten Mutter abgetan.«

»Da hatte er wohl recht«, sagte Fred leise. »Margot, bitte ... Was hast du vor?«

Sie achtete nicht auf seine Worte. »Aber insgeheim hat euer Vater mir wohl doch geglaubt. Nachdem man Marie gefunden hatte, hat er sich umgebracht. Ich dachte zuerst, es sei der Schmerz um Marie gewesen. Aber später ist mir klar geworden, dass er es getan hat, weil er nicht damit leben konnte, dass einer von euch beiden seine eigene Halbschwester getötet hat.«

Fred und Mark sahen sich an, und Fred schüttelte unmerklich den Kopf. Es würde nichts nützen, Margot vom Gegenteil überzeugen zu wollen.

»Margot«, sagte Fred leise. »Angenommen, es ist so gewesen. Was willst du jetzt tun? Hast du einen Beweis? Wie willst du denn herausfinden, wer von uns beiden es getan hat?«

Margot lächelte. »Es ist ganz einfach. Wenn einer von euch zugibt, Marie ins Wasser gestoßen zu haben, lasse ich den anderen gehen. Ansonsten sterben wir alle drei. Das Wasser steigt, und es dauert höchstens noch drei, vier Stunden, bis das Wasser hier drinnen die Decke erreicht.«

Mark lachte höhnisch. »Bist du völlig übergeschnappt?«

Fred versuchte noch einmal, sie zum Einlenken zu bewegen, doch es war aussichtslos. Sie wiederholte stur ein und denselben Satz: »Wer von euch beiden war es?«

In der Zwischenzeit stieg das Wasser. Als es auf Kniehöhe stand, erhielt Margot ihre Antwort.

»Ich war es«, sagte Fred.

»Du also.« In Margots Stimme schien eine leise Enttäuschung mitzuschwingen. »Warum?«, fragte sie.

Fred zuckte mit den Achseln. »Ich hatte herausgefunden, dass sie unsere Halbschwester war. Ich nehme an, ich war eifersüchtig. Es war ein kurzer, unüberlegter Moment. Sie stand da, und ohne nachzudenken habe ich sie ins Wasser gestoßen.«

»Na gut«, sagte Margot. »Ich bin gleich wieder da.« Sie ging in den Nebenraum.

»Warum hast du das gemacht?«, fragte Mark.

Fred sah ihn abfällig an. »Du müsstest es eigentlich verstehen. Du bist schließlich mein Bruder.«

»Nein, ich verstehe es nicht, ich ...«

 »Wir haben keine Zeit mehr«, unterbrach ihn Fred. »Du musst mir eine Sache versprechen. Wenn das alles vorbei ist, dann wirst du meine Wohnung leer räumen.« Er sah Mark eindringlich an. »Versprich es mir.«

»Hast du jetzt keine anderen Sorgen?«, fragte Mark genervt.

»Versprich es«, wiederholte Fred.

»Schon gut, ich verspreche es. Aber es gibt Wichtigeres. Wenn sie zurückkommt, muss sie mich losmachen. Auch wenn sie meine Hände gefesselt lässt, kann ich sie überwältigen. Wir kommen hier raus.«

Fred schüttelte den Kopf und sah Mark eindringlich an. »Nein, so wird es nicht ablaufen. Und jetzt hör mir ganz genau zu.«

10. Januar 2013
Aus der Online-Redaktion der Würzburger Nachrichten

Hochwasser fordert Opfer
Nachdem sich der Pegel des Mains wieder auf ein Normalmaß gesenkt hat, wurde in einem Häuschen zwischen Würzburg und Randersacker ein Mann tot aufgefunden. Es gilt als sicher, dass er dem Hochwasser zum Opfer fiel. In seinem Blut befand sich Alkohol, und es wird vermutet, dass ihn das Wasser im Schlaf überrascht hat.

15. Januar 2013

Mark führte Margot zum Ausgang des Friedhofs. Seit dem Abend in der Hütte hatten sie sich zweimal getroffen. Sie hatte den Treffen nur zögerlich und eher misstrauisch zugestimmt. Doch Mark versicherte ihr immer wieder, dass er ihr Handeln verstehen könne. »Sie war deine Tochter, und Fred war verantwortlich für ihren Tod«, sagte er.

An dem Abend in der Hütte war alles reibungsloser verlaufen, als sie erwartet hatte. Sie hatte gehört, wie Fred eindringlich mit Mark tuschelte. Aber sie hatte nur einzelne Wörter gehört, deren Sinn sie sich nur zusammenreimen konnte. Fred hatte etwas von »Bruder«, »krank« und »sterben« gezischt. Bei ihrem Eintreten waren beide Männer verstummt. Mark hatte keinen Versuch unternommen, sich ihr zu widersetzen, als sie ihn so weit losgebunden hatte, dass er gehen konnte. Er hatte Fred zugenickt und war ihr nach draußen gefolgt. Als sie schon durch die Tür waren, hatte Fred ihnen noch nachgerufen: »Lass es nicht umsonst gewesen sein und denk an dein Versprechen.« Damals war sie nur erleichtert gewesen, dass alles wie geplant abgelaufen war, in den darauffolgenden Tagen hatte es sie stutzig gemacht.

Mark nahm fürsorglich ihren Arm und half ihr, in seinen Wagen zu steigen. Als er sich ans Steuer setzte, machte er keine Anstalten, den Motor zu starten. Stattdessen fuhr er sich mit der Hand übers Gesicht, als wolle er Tränen wegwischen. Doch Margot nahm ihm diese tiefe Trauer um seinen Bruder nicht ab. Doch immer wieder sagte sie sich, dass er nichts dafür konnte, dass sie insgeheim gehofft hatte, er hätte Marie umgebracht und nicht Fred. »Was hast du Fred versprochen?«, fragte sie unvermittelt.

Mark sah sie verständnislos an, und sie musste ihn an Freds letzte Worte erinnern.

»Ach das«, sagte er und sah verlegen zu Boden. »Nun, eigentlich wollte ich dich gerade bitten, ob du dieses Versprechen für mich erfüllen könntest.«

Margot seufzte. Das war so typisch Mark. Sie nickte.

»Jemand muss Freds Wohnung ausräumen. Ich fühle mich dazu einfach nicht in der Lage. Es würde so viele Erinnerungen in mir wecken. Könntest du das in die Wege leiten?« Er senkte den Kopf und schniefte.

Margot nahm den Schlüssel, den er ihr reichte. »Schon gut«, sagte sie.

Sie drehte den Schlüssel im Schloss und ließ die Tür nach innen schwingen. Es roch leicht abgestanden. Sie trat in den Flur und konnte von hier aus in die anderen Räume blicken, Wohnzimmer, Schlafzimmer, Küche und eine verschlossene Tür, hinter der sicher das Badezimmer lag. Alles war penibel aufgeräumt und sauber. An der Wand bei dem Telefontischchen hing ein Kalender. An nahezu jedem zweiten Tag war ein Sternchen mit einer Uhrzeit eingetragen, nur nicht an den Wochenenden. Sie betrat das helle Wohnzimmer und wunderte sich erneut über die Ordnung und Sauberkeit. Das passte so gar nicht zu Fred. Völlig unpassend stand auf einem Schreibtisch ein kleiner Kasten mit Medikamentenfläschchen und Tabletten. Margot warf einen flüchtigen Blick darauf und wollte gerade eine der Schubladen aufziehen, als sie stutzte und eine Medikamentenpackung in die Hand nahm. Dann riss sie eine Schublade nach der anderen auf und durchwühlte die Papiere – bis sie gefunden hatte, was sie suchte. Es gab keinen Zweifel mehr. Nur noch eine Frage, deren Antwort sie zwar ahnte, aber sie wollte Gewissheit.

Sie gab die Nummer in ihr Handy ein, die sie auf einem der Papiere gefunden hatte. Das Gespräch dauerte nicht lange, der Arzt wusste bereits, dass Fred tot war und nahm es mit der Schweigepflicht nicht mehr so ganz genau. Wäre Fred nicht ertrunken, hätte er noch zwei, drei Monate zu leben gehabt. Er hatte die Krankheit seiner Mutter geerbt. Margot ließ sich auf den Boden gleiten und starrte vor sich auf den Boden. Was hatte sie getan? Das Gespräch zwischen Mark und Fred in der Hütte fiel ihr ein, und auf einmal wusste sie ganz genau, was Fred zu Mark gesagt hatte. »Du bist mein Bruder. Ich bin krank und werde sowieso sterben.« Der gute Fred. Er hatte geglaubt, sein Opfer würde Mark zu einem anderen Menschen machen. »Lass es nicht umsonst gewesen sein.«

Sie wusste nicht, wie lange sie auf dem Boden gesessen hatte, eine Stunde oder drei. Ihr Entsetzen hatte sich irgendwann gelegt und einer unbändigen Wut Platz gemacht. Sie rappelte sich auf, öffnete die oberste Schublade und holte die Pistole heraus. Karl hatte ihr beigebracht, wie man damit umging, wie man sie lud, entsicherte und auch, wie man damit schoss. Nur hätte er sich damals nie träumen lassen, dass er ihr beibrachte, wie sie eines Tages seinen ältesten Sohn töten konnte.

Elmar Tannert
Die Auserwählten

Als das Haus umstellt war, klopfte Gestapo-Kommissar Landorff an die Tür. Kühler Septembernebel stand über dem Alten Kanal, und in der Ferne erwachte die Stadt. Landorff wartete lang, bis er das Klopfen wiederholte. Er liebte den frühen Morgen, und Geduld gehört zur Jagd wie die Dämmerung.

Geräusche im Haus. Schritte, ein fallender Gegenstand, Stimmen. Als Landorff einen Säugling weinen hörte, lächelte er beinah genießerisch. Schritte treppab. Eine Männerstimme.

»Wer ist da?«

»Wohnt hier Familie Graner? Hermann und Elisabeth Graner?«

Es gab kein Namensschild, und dem Melderegister nach war das Haus unbewohnt. Die Stimme hinter der Tür bestätigte die Namen.

»Polizei. Bitte öffnen Sie.«

»Polizei?«

»Eine Routinekontrolle.«

Ein übernächtigter Mann öffnete ihnen.

Ausgeschlafene Jäger, müde Opfer, auch das gehörte zur Jagd. Rasierwasser gegen Nachtschweiß, korrekt Gekleidete gegen Unrasierte im Pyjama. Stärke gegen Schwäche in jedem Detail.

»Kommissar Landorff, Gentechnik-Staatspolizei.«

Er zeigte seinen Dienstausweis und bat um Einlass.

»Lebt in diesem Haushalt eine Schwangere oder ein

neugeborenes Kind?«, fragte Landorff, als er in den Flur trat, während im oberen Stockwerk das Kind selbst die Antwort gab.

»Darf ich den Genpass sehen?«

Graner wandte sich ab, öffnete die Schublade eines altmodischen Küchenschranks und begann, nach dem Papier zu suchen, von dem der Kommissar wusste, dass es gar nicht existieren konnte.

Landorff sah sich um. Der Raum, in dem sie sich befanden und der als Küche und Wohnzimmer diente, war der einzige im Erdgeschoss, provisorisch eingerichtet, als wären die Bewohner von Schleuse 59 am Alten Kanal zwischen Röthenbach und Schwarzenbruck nur vorübergehend hier. Sie mussten öfter das Quartier gewechselt haben, vermutete Landorff, denn meist spürte die Gestapo die illegal Gezeugten schon während der Schwangerschaft auf.

Graner riss die Schublade heraus, fuhr herum und versuchte, sie dem Kommissar ins makellose, ebenmäßige Gesicht zu schleudern.

Vier Behelmte stürmten ins Haus, überwältigten Graner und schleiften ihn zu einem ihrer Wagen, während der Kommissar mit vier weiteren Beamten die Treppe hinaufstieg, dem Blick entgegen, der ihn treffen sollte. Die Frau, die sich mit Gelassenheit festnehmen ließ, schien verankert in einer Welt, von der er nichts wusste. Landorff fand sie nicht hübsch, keiner von der Neuen Generation hat jemals eine Gezeugte hübsch gefunden, und umso mehr beunruhigte ihn der Blick, mit dem sie ihr Kind ansah und wie ihn kein Kind der Neuen Generation je empfangen hatte, dann der Blick, mit dem sie ihn ansah, ein Blick wie ein Lichtstrahl, unter dem er kühl erglänzte als das, was er war: ein Mensch ohne Vorfahren und Nachfahren, in einer Reihe identischer Perlen auf eine Kette gefädelt.

Wenige Minuten später raste der Polizeikonvoi ferngesteuert in die Stadt zurück, zum Präsidium, schallgedämpft, unauffällig. Autos waren Kapseln, in denen man sicher und geborgen unterwegs war, sicher und geborgen wie im Leib der Großen Mutter, sie passte auf, sie steuerte die Wagen und behütete die Insassen mittels Funksignalen und Sensoren, Induktionsschleifen und Satelliten.

Man hatte damals schnell handeln müssen, als weltweit die Zahl der Missgeburten rapide zunahm. Schuld waren die strahlenden Kommunikationsgeräte, welche die Große Mutter im Lauf der Jahre an die Gürtel ihrer Kinder geheftet hatte, und die dazu dienten, ihr zu sagen, wo jedes einzelne ihrer Kinder sich befand. Sie hatten vernichtende Auswirkungen auf die männliche Zeugungsfähigkeit.

Wie immer beteuerte die Große Mutter, sie habe das nicht gewusst und nicht gewollt. Aber sie wäre nicht die Große Mutter, sagte sie, wenn sie nicht auch hier Abhilfe wüsste. Zufällig habe sie schon seit einiger Zeit nachforschen lassen, wie auch ohne Männer Kinder gezeugt werden könnten. Natürlich habe sie niemals ernsthaft daran gedacht, ihre Kenntnisse in der Praxis anzuwenden, aber die Realität zwinge sie nun dazu. Die Große Mutter bekämpfte seit Jahrzehnten jedes Grauen mit größerem Grauen und ließ sich dafür feiern, und es kam ihr zugute, dass noch niemals ein Mensch den Säugling in der Wiege gefürchtet hat, von dessen Generation er vierzig Jahre später regiert würde.

Landorff fühlte sein Gehirn vibrieren, als er auf der Liste der sichergestellten Gegenstände illegales Schrifttum der Auserwählten fand. Die Sekte der Auserwählten, die seit Jahren ihre Flugblätter ausstreute, in denen sie die Neue Generation verteufelte und die natürliche Zeugung als die gottgewollte propagierte. Die Auserwählten, die in einem ihrer Pamphlete verkündet hatten, der letzte Gezeugte inmitten der Neuen Generation werde der neue Messias sein, was die Kirchen als eine Perversion der Lehre von der unbefleckten Empfängnis bezeichneten. Die Auserwählten, derer man noch nie hatte habhaft werden können, deren Flugblätter wie aus dem Nichts auftauchten, die genau zu wissen schienen, wann und wo die Große Mutter spähte und lauschte. Die Auserwählten, mutmaßlich eine Gruppe aus der letzten Generation der Gezeugten, denen es gelungen war, sich weiter illegal fortzupflanzen.

Sie standen an der Spitze des Widerstands gegen die EU-weit geltenden Nürnberger-Gesetze, durch die zunächst ein generelles Zeugungsverbot über die Bevölkerung verhängt worden war, deklariert als vorübergehende Maßnahme, nur solange gültig, bis die Große Mutter erforscht habe, auf welche Weise die Bildung intakter Spermien wieder aktiviert werden könne; nur waren die Forschungen bislang ergebnislos geblieben. Die Kirchen, Mitläufer der Großen Mutter, sprachen sich genauso für den künstlichen Erhalt der menschlichen Art aus, wie sie einst den künstlichen Erhalt des einzelnen Menschen mittels Organtransplantationen gutgeheißen hatten; es sei im Sinne Gottes, erklärten der Vatikan und die Evangelische Bischofskonferenz, die Gattung Mensch auf wissenschaftlichem Wege zu erhalten.

Damit hatten sie die Bildung religiöser Untergrundgruppen provoziert, und die Große Mutter, die immer taktisch klug vorgegangen war, musste sich eingestehen, dass es ein Fehler gewesen war, sich nicht wenigstens eine der Konfessionen als offizielle Scheinopposition zu erhalten.

»Sind Ihnen die Nürnberger-Gesetze bekannt? War Ihnen bewusst, was für ein Risiko Sie mit einer natürlichen Zeugung eingehen? Gehören Sie zu den Auserwählten?«

Landorff stellte Fragen, die in Schweigen versickerten, und je öfter er sie stellte, umso weniger interessierten ihn die Antworten.

Wie fühlt es sich an, zu zeugen, fragte er in Gedanken, wie, zu empfangen, fragte es in ihm noch auf dem Weg in seine Wohnung, wenn er aß, wenn er trank, wenn er nachts erwachte, Fragen eines Inquisitors. Die meisten der illegalen Mütter, welche die Gestapo bislang aufgespürt hatte, waren aus den Slums gewesen, Halbdebile, Asoziale, die selbst die Plakate mit den Abbildungen von Missgeburten nicht begriffen hatten.

Hermann und Elisabeth Graner hingegen wussten; sie wussten sogar von den Hormondetektoren in den Abwasserkanälen, die in immer feineren Verästelungen des Kanalisationssystems installiert worden waren und weiter installiert wurden, Progesteron- und HCG-Detektoren, die noch die feinsten Spuren der Hormone meldeten, die von schwangeren Frauen ausgeschieden werden. Ja, dies sei der Grund gewesen, gab Elisabeth Graner zu, dass sie sich in dem abgelegenen Haus mit Sickergrube einquartiert hätten, und da erschrak sie und fragte: »War es der Alte Kanal?«

Landorff lächelte. »Die Spur zu Ihrem Haus führte über den Alten Kanal«, bestätigte er.

Wenn einer von der Neuen Generation lächelte, merkte man ihm an, dass er nie durch Leib und Seele einer Mutter hindurchgegangen war, die Eintrittskarte in die Welt war nicht bezahlt worden, es war, als würde ein Schiff von blinden Passagieren erobert, die Kinder des Kalküls und der Gleichgültigkeit waren, nicht Kinder der Liebe, nicht Kinder des Hasses; und als Landorff unter dem Blick der illegalen Mutter lächelte, spürte er es selbst.

Er stand auf und sah aus dem Fenster. Irgendwo da draußen, weit draußen auf dem Land, verbargen sich Menschen, die die Neue Generation mit Gezeugten verseuchen wollten. Er beschloss, die Vernehmung für heute abzubrechen. Dass das Paar nicht in Unkenntnis der Nürnberger-Gesetze gezeugt, sondern vorsätzlich gegen sie verstoßen hatte, war ihm nachzuweisen, womit der Staatsanwalt zufrieden wäre. Nicht zufrieden waren Landorffs Vorgesetzte. In einer Woche sollte der Menschenrechtspreis der Stadt an Dr. Patrick Nürnberger verliehen werden, den Vorsitzenden der EU-Kommission für gentechnische Fortpflanzung, auf dessen Entwurf die Nürnberger-Gesetze beruhten, und man erwartete von Landorff, dass bis dahin der gesamte Eisberg freigelegt war. Es war beunruhigend, dass das gezeugte Kind gesund war, es war wie ein Beweis dafür, dass es stimmte, was in den beschlagnahmten Schriften stand.

Die Große Mutter hatte sich immer näher an die Geburt der Kinder herangetastet, hatte Schulen erfunden, Vorschulen, Kindergärten, Kinderkrippen, man musste ihr die Kinder in immer jüngerem Alter übergeben, sie wollte, dass alle Kinder ihr gehörten, sie erzwang alles durch die Notwendigkeiten, die sie setzte, und alles, was sie anbot, verwandelte sie einige Jahre später in Pflicht.

Landorff verließ das Präsidium. Nach Hause wollte er nicht, noch nicht. Er war nervös, die Vernehmung schien ihn mehr angestrengt zu haben als die Vernommenen. Er ging kurz entschlossen in die Telesex-Filiale auf der anderen Seite der Jakobskirche. Es gab unzählige von ihnen, alle identisch wie Schnellrestaurants. Landorff betrat eine Kabine, legte seine Kleidung ab, gab sein Passwort ein und schloss sich an die Elektroden an. Der Rechner fragte ihn mit weiblicher Stimme, wie seine Partnerin aussehen solle, und Landorff imaginierte die festgenommene Elisabeth Graner, bis sie als Virtuelle vor ihm stand.

»Welchen Namen willst du ihr geben?«

Landorff wusste, wie unvorsichtig es war, ihren Vornamen zu nennen, und konnte nicht anders.

Der Rechner bot ihm eine Auswahl seiner gespeicherten Fantasien an. Landorff wählte irgendeine, denn nur sie wollte er, und während er vor ihr niederkniete, ihren Rock hob und ihr Geschlecht küsste, verglich der Telesex-Zentralrechner Landorffs virtuelle Partnerin mit den Millionen und Abermillionen Menschenbildern, die er in sich hatte; während Landorff ihr jedes Stück Stoff vom Leib streifte und der Rechner ihm den Eindruck von nackter Haut unter den Händen vortäuschte, wurde sie elektronisch aufgespürt und identifiziert; und als Landorff in die Illusion ihres Geschlechts eindrang, als er in ihre Augen sah, die nicht wirklich da waren, die Augen, in denen etwas geschrieben stand, das er nicht lesen konnte, als er sich fast gewalttätig in sie ergoss und unter einer neuen fremden Lust erschauerte, die Schreie aus ihm trieb, war Elisabeth unter seinem Passwort gespeichert, abrufbereit beim nächsten Besuch.

Hastig verließ Landorff das Telesex. Die binär verschlüsselten Daten seiner Lust würden abgerufen werden können, solange er lebte, sie würden ihn überleben, er wusste es; niemand sprach jemals darüber, aber es war bekannt, dass es Stichprobenkontrollen gab. Hatte jemals ein Angehöriger der Neuen Generation von einer Gezeugten fantasiert? Es war üblich, sich vor den Gezeugten zu ekeln, viele von ihnen tranken Alkohol, manche rauchten Tabak, und keiner von ihnen besaß die ebenmäßige Schönheit, die die Neue Generation auszeichnete, auch Elisabeth Graner nicht, und trotzdem besaß sie die Macht, dem Kommissar einen unsichtbaren Makel aufzuprägen; ein Irrweg war ab jetzt auf der elektronischen Spur seines Lebens verzeichnet.

»Kommissar Landorff? Von der Gestapo?«

Landorff fuhr zusammen. Ein Gezeugter hatte ihn von der Seite angesprochen, dunkeläugig, mangelhaft rasiert. 40 Jahre noch, vielleicht 50, und es gäbe auf der ganzen Welt nur noch eine Handvoll von ihnen.

»Ich weiß, dass Sie gegen die Auserwählten ermitteln«, sagte der Fremde. Er roch nach Alkohol.

Landorff musterte ihn.

»Ich habe Informationen für Sie«, fuhr der Fremde rasch fort. »Geben Sie mir nur fünf Minuten. Bitte kommen Sie! Ich möchte Ihnen etwas zeigen. Gleich hier, in der Kirche.«

Er wandte sich um und ging, und Landorff folgte ihm, folgte ihm in die Jakobskirche, zum Altar, wo der Fremde stehen blieb und auf ein Gemälde rechts von ihnen wies.

»Sehen Sie?«, fragte er. »Was hat das zu bedeuten?«

Landorff sah einen Krüppel, dem die Füße fehlten, seine Beine mündeten unterhalb der Knie in bandagierte Stümpfe, er kniete vor einer Frau, hob ihr Gewand und verbarg sein Gesicht zwischen ihren Beinen.

»Was hat das zu bedeuten?«, wiederholte der Fremde. »Ist der Fußlose einer, der keine Herkunft hat, der niemals auf dem Boden stehen kann, der ihn trägt, dem die Wurzeln abgetrennt wurden? Und sehen Sie, wie er den Kopf unter ihrem Kleid vergräbt. Die Frau, vor der er kniet, ist im Übrigen die heilige Elisabeth.«

Landorff fühlte einen Schmerz, der leise in ihm schrie.

»Gute Maler sind Seher«, flüsterte der Fremde, »die mehr sehen, als sie wissen, sie malen Dinge, die sie nicht verstehen, die aber wahr werden, lange Zeit später. Nur der ist ein guter Maler, der es wagt, Dinge zu malen, von denen er bestenfalls ahnt, dass er sie irgendeinmal verstehen wird, und wenn nicht er, dann ein Betrachter, viele hundert Jahre entfernt.«

Landorff starrte das Bild an, wusste nicht, wie lange, doch als er sich nach dem Fremden umwandte, fand er sich allein in der Kirche wieder, obwohl er das Flüstern noch wie raschelnde Papierkugeln im Ohr fühlte.

In einem Zustand, den er später, als er zum Vernommenen wurde, als Verstörung bezeichnete, ging er zum

Polizeipräsidium zurück, es war spät, fast elf, und nahm einen Standarddienstwagen aus dem Pool. »Schwarzenbruck, Schleuse 59«, sprach er ins Mikrofon, »keine Prioritätsfahrt«; der Wagen surrte aus dem Hof und reihte sich in den Verkehrsfluss ein.

Als er eine halbe Stunde später über den Waldweg rumpelte, der von der Ortsverbindungsstraße zum ehemaligen Schleusenwärterhaus führte, bereute Landorff zum zweiten Mal an jenem Abend; niemandem hätte er sagen können, was er sich davon versprach, mitten in der Nacht das Quartier des illegal Gezeugten aufzusuchen. Der Wagen stoppte, das Navigationssystem meldete »Ziel erreicht«, und Landorff stieg aus in schwere, feuchte Luft. Er deaktivierte den Sensor, der über das versiegelte Haus wachte, sperrte mit dem beschlagnahmten Schlüssel die Haustür auf und trat ein. Ohne Licht einzuschalten, durchstreifte er langsam die Räume, lauschend, witternd, tastend. Im Schlafzimmer strich er mit der Hand über das Bettzeug, roch am Laken, und er sah ein Paar vor sich, das miteinander geschlafen und dabei ein gesundes Kind hervorgebracht hatte, ohne Missbildungen, ohne organische Defekte, ohne Erbkrankheiten. Seine Taschenlampe erfasste Fotografien auf einer Kommode, es war eine befremdliche Angewohnheit vieler Gezeugter, sich mit den Bildern ihrer Herkunft zu umgeben. Fotografierte Menschen, von denen sie blaue Augen oder Sommersprossen, Musikalität oder Perversionen geerbt hatten. Warum war er hier? Er fühlte sich irrational wie ein Gezeugter und tat doch nur, wozu die Gene des perfekten Jägers ihn trieben, er entstammte tausenden von Müttern und Vätern und hatte keine Eltern.

Er fand einen Wäschekorb und durchwühlte ihn, vergrub seine Nase in den erregenden Geruch des Zeugens, der an den Kleidungsstücken haftete, und erschrak, als er von draußen ein silbriges Klingen hörte; er öffnete das Fenster, eine Äolsharfe schwang im aufkommenden Wind. Vom Schlafzimmer sah man auf einen Schuppen, auch der war durchsucht worden. Landorff schloss das Fenster, verließ den Raum, ging die Treppe hinab, aus dem Haus, versiegelte die Tür wieder sorgfältig und durchquerte den Garten. Im Schuppen roch es nach Terpentin und Holz, und, seltsam, auch hier nach Leben, nach Säften, nach Schweiß; ein Luftstrom voll beunruhigender Informationen zog an Landorff vorüber und ließ die Schuppentür krachend zufallen.

Die Verleihung des Menschenrechtspreises fand unter dem Schutz von Bereitschaftspolizei und Eliteeinheiten statt. Man fürchtete einen Anschlag der Auserwählten, in den Boulevardzeitungen nannte man sie »Zeugungs-Guerillas«, über die man zu wenig wusste und deren Gewaltbereitschaft man nach dem spurlosen Verschwinden von Kommissar Landorff nicht einschätzen konnte.

Nürnbergs Oberbürgermeister Kemal Aydemir räumte in seiner Laudatio ein, dass die Nürnberger-Gesetze strenge Verbote beinhalteten, doch lägen die einzigen Überlebenschancen der Menschheit in der Beschränkung des Individuums, wobei niemand vorhabe, die persönliche Freiheit stärker zu beschneiden als unbedingt nötig. Dr. Nürnberger sagte in seiner Dankesrede, er betrachte es als ein wichtiges Signal, den Preis einer Stadt zu empfangen, in der ein halbes Jahrtausend zuvor Albrecht Dürer, einer ihrer berühmtesten und bedeutendsten Söhne, Studien über den idealen Menschen zu Papier gebracht habe, und er sei glücklich, dass sich in der Bevölkerung die Einsicht durchgesetzt habe, etwas so Verantwortungsvolles wie das Hervorbringen neuer Menschen dürfe nicht mehr dem Individuum obliegen, sondern müsse nun in staatlicher Hand sein. In Dr. Nürnbergers Ausführungen war an vielen Stellen von »Genie« und »Intelligenz« die Rede, man sei den Genen auf der Spur, die Bach und Mozart, Schiller und Goethe, Kant und Hegel, Einstein und Hawking, Munch und van Gogh zu Genies gemacht hätten, er erging sich in Wortspielen über Gen und Genie, er sprach über den neuen Menschen, den man erschaffe, »wir können Genies hervorbringen, auf jedem Gebiet«, sagte er unter Applaus, »aber keiner, der ein Kind zeugt, kann dafür garantieren, was für ein Mensch es wird.«

In diesem Augenblick wurde Dr. Nürnberger von einem Schuss niedergestreckt.

Die Katakomben hatten ihn wieder ausgespien, Landorff erwachte unter einem Himmel, der fahl seinen Augen schmerzte. Er konzentrierte sich auf die Verbindung zum Polizeipräsidium und bekam keinen Kontakt, sein Chip musste Schaden genommen haben. Er sah auf die Uhr. Die Zeit war knapp, aber er konnte es schaffen. Sie hatten ihn nicht weit vom Schwarzenbrucker Bahnhof ausgesetzt, von dort ging alle zehn Minuten eine Bahn nach Nürnberg. Landorff fürchtete nichts, morgen schon konnte er tot sein, morgen schon konnte ein anderer als Kommissar Landorff an seinem Schreibtisch sitzen, Illegale vernehmen, Protokolle schreiben; ein Chip im Kopf würde ihn mit den notwendigen Informationen versorgen. Die meisten der Neuen Generation lebten deutlich kürzer als Gezeugte, nur wenige wussten davon, es war leicht, sich darüber hinwegzutäuschen, täglich wurden die Gestorbenen durch identische Neue ersetzt.

Wir haben Zeit, sagte eine Stimme in ihm, wir können warten. Jahrzehnte, und wenn es sein muss, Jahrhunderte. Wir bewahren das gezeugte Leben und tragen es weiter, niemand wird uns daran hindern, kein Staat, keine Gestapo, nichts und niemand, auch Sie nicht, Kommissar Landorff. Ihr seid an der Oberfläche, wir sind im Kern, in unzähligen Höhlen verborgen, in unterirdischen Kathedralen. Wir werden bleiben, ihr werdet gehen, weggespült von einer Seuchenwoge. Landorff folgte keiner Spur, er folgte einer Stimme, er folgte dem Sog eines Augenpaars.

»Wir können Genies hervorbringen, auf jedem Gebiet«, toste es im überfüllten Saal an sein Ohr, »aber keiner, der ein Kind zeugt, kann dafür garantieren, was für ein Mensch es wird.« Er war kein Genie, er war ein Jäger, er musste erlegen, und alles, was er dachte, als sie ihn abführten, war: Ich habe es für dich getan, nur für dich.

Fränkischer Krimipreis 2013
für Nachwuchsautoren

Gewinnerbeiträge

NÜRNBERGER
Nachrichten

ars vivendi

Jeff Röckelein
Ja verreck

Es ist so weit. Er hat genug. Er zieht sich an der Gewehrauflage vom Sitzbrett hoch, hängt sich die Sauer quer über den Rücken und wickelt den Stoffbeutel ums linke Handgelenk. Dann dreht er mir den speckigen Hintern seiner ledernen Kniebundhose zu und stellt sich mit beiden Füßen auf die oberste Sprosse. Mit der Rechten setzt er seinen Hut auf, im August, wo es jetzt um halb zehn noch fast zwanzig Grad hat. Anschließend tastet sich das rechte Bein auf die nächste Sprosse hinab, das linke schwingt im Halbkreis nach außen und folgt ihm nach. Das rechte Bein ist das Vorauskommando. Das linke ist fast steif, seit er beim Bau seines Hauses eigenmächtig das Fundament aus dem Dolomit gesprengt und ein Brocken ihm das Knie zertrümmert hat. Ein anderer Brocken war im Nachbarhaus in Elmirs Wohnzimmer eingeschlagen. Den Schaden hat er nie bezahlt, denn Elmir war Bosnier, also »Zigeuner«. Er war mit seiner Familie aus Sarajevo geflohen und irgendwie über Verwandte seiner deutschen Frau in diesem gottverlassenen Kaff gelandet, wo es nichts mehr gibt: keine Schule, keinen Laden, kein Wirtshaus, keine Übernachtungen, nichts. Nur die Kirche und am Ortsschild den Hinweis »Hier ist der Wanderer willkommen«. Elmir hat ab und zu drunten im Sägewerk schwarz gearbeitet. Von irgendwas mussten sie ja leben. Der Hinkende hat es erfahren und ihn angezeigt.

Das rechte Bein voraus, das linke im Halbkreis hinterdrein, bäuchlings die Sprossen hinunter. »Kruzitürken. Verreck«, dringt es zu mir herüber.

Er hat noch immer den Zweier Golf. Er hat ihn am Rand des Mischwalds abgestellt, wo die geteerte Landwirtschaftsstraße aufhört, die dann als Forstweg in die Gemarkung Buchwald/II führt. Fahrertür und Heckklappe lässt er noch immer offen, die Innenbeleuchtung ist aus. Seit er einmal in den Furchen des Forstwegs liegen blieb, weil er mit Karacho in den Hohlweg geprescht war, die Ölwanne aufgesetzt hatte und vom Engelbrecht mit dem alten Lanz herausgezogen werden musste, seitdem fährt er rückwärts immer nur so weit rein, dass die Vorderräder noch auf dem leicht abschüssigen Asphalt zum Stehen kommen. Er hat den Schlüssel stecken lassen, und ich habe ihn abgezogen.

Der Hochsitz steht vierhundert Meter weiter rechts zwischen den Fichten. Es handelt sich um einen offenen Leiteransitz aus ungeschälten, waidgerechten Stämmen mit ein paar verdorrten Ästen zur Tarnung. Schussfeld ist die Wiese vom Hans Dummert, ein unergiebiger Hang, der unten an die Kreisstraße von Birkenfels nach Obertännig grenzt. Wenn gejagt wird, Hasen und Rehe – Niederwild und Schalenwild –, stellen die Jäger ihre grünen Land Rover und Mercedes-Geländewagen quer über die Straße und klemmen selbstgedruckte Schilder in die Fenster: »Jagdbetrieb – Durchgang verboten!« An den Hochsitz ist ein Schild getackert: »Jagdliche Einrichtung – Betreten verboten!« Und am Verbotsschild für Reiter, drunten an der Abzweigung aufs Tote Feld, wurde die Ergänzung angeschraubt: »Jagdrevier – Hunde an die Leine!« Prüllsgesees hat drei Jagdgenossenschaften, und ein Großteil der Wälder gehört dem Baron. Verbotsland. Ausrufezeichenland. Wildtöterland. Schlupfwinkel des deutschen Gemüts. Anthony Quinn und Nicolas Cage haben versucht, in der Gegend sesshaft zu werden. Der eine hat das Grundstück nicht bekommen, der andere hat sein Schloss wieder verkauft.

Ich habe mich im Golf hinten rechts auf die Rückbank gesetzt und, mit Ausnahme der Fahrertür, die Türen verriegelt. Es ist noch so hell, dass ich ihn im Seitenspiegel sehen kann. Hinreichendes Büchsenlicht, sozusagen. Mich wird er erst bemerken, wenn es zu spät ist. Aus dem Unterholz vom gegenüberliegenden Hühnerstein habe ich ihn im Dorf losfahren sehen. Ich bin dann zwischen den Felsen des angeblichen Druidenhains durch den Wald gerannt. In der Kirschenplantage konnte ich mich im verfallenen Geräteschuppen verstecken und seine Anfahrt beobachten. Zwar ist er nur angestellter Förster und kein Jagdpächter, aber wenn er auf seinen Hochsitz klettert, das Gewehr ablegt und durch sein Fernglas guckt, bildet er sich vielleicht ein, dass er zu denen gehört, die die Wichtigtuerjeeps fahren oder gar mit dem Porsche zur Jagd kommen wie die Kreisrätin. Ein paar Biere hatte er schon früher immer dabei, und den zackigen Handbewegungen nach zu schließen wohl auch ein paar Schnäpse. Hofmannstropfen und Förstermeister, Grundnahrungsmittel hier oben.

Am Fuß der Leiter angekommen, hält er sich an den Stützen fest, hustet, räuspert sich ausgiebig und spuckt auf die Erde. »Aaah. Scheißdreck, verreckter!« Die Kniebundschließen sind offen. Mit dem rechten Stiefel kratzt er sich die nackte linke Wade. Er stößt sich von den

Stangen ab und will das Gewehr vom Rücken nehmen. Es gibt ein Gefuchtel, der Hosenträger rutscht ihm von der Schulter, im Stoffbeutel klirrt es, und der Tirolerhut fliegt ihm vom Kopf. Um ihn wieder aufzusetzen, muss er das Gewehr gegen die Leitersprossen lehnen. Noch immer die Sauer-Repetierbüchse mit Zeiss-Optik, Fünf-Schuss-Magazin und bayrischer Backe. Der Hut ist wieder drauf, der Flaschenbeutel schwingt am linken Handgelenk, und mit dem Gewehr in der Rechten macht er sich auf den Weg zum Auto. Die hochgeklappte Hutablage gibt mir Deckung. Ich krümme mich zusammen und behalte den Seitenspiegel im Blick.

Das Alter scheint ihm zu schaffen zu machen. Als ich vor über zehn Jahren aufs Land zog und ihm zum ersten Mal im Wald begegnete, war er schon ein bierbäuchiger Choleriker gewesen, ein Weltenhasser, dem die Jähzornsader an der Schläfe zu platzen drohte, wenn er seine beiden Arbeiter herumkommandierte. Sprechen in normaler Lautstärke war ihm nicht möglich. Wer seinen Wald betrat, begab sich in Feindesland und wurde mit Geschrei begrüßt. »Ja verreck, was habts *ihr* da verloren? Machts, dass ihr verschwind. Ihr verscheuchts mir ja die Viecher.« Die Viecher. Die Augen rot, der Bart wirr, das Hemd offen. Hut im Genick, Fäuste in den Seiten. Adolf Mannigl, Forst- und Waidmann, einssechzig klein und nicht viel schmäler. König der Wälder.

Jetzt kommt er schwitzend dahergehinkt, schnauft und bruddelt vor sich hin, und offenbar ist es für ihn einfacher, das Gewehr in der Hand zu tragen statt am Riemen über der Schulter. Inzwischen wird er wohl auf die Rente zugehen. Weil er wegen seines kaputten Beins nicht über die gefällte Buche steigen kann, muss er wieder außen herum. Der Flaschenbeutel bleibt hängen und wird mitsamt dem Ast losgerissen. »Ja verreck!«

Zeit, meine Sturmhaube überzuziehen. Schwarze Baumwolle, von BMW, die dunkelblauen Unterziehhandschuhe aus Seide. Die Lederleine vom Rudi habe ich auch mitgebracht und eine Literflasche Stoff. Rudi war ein Border Collie, ein Schlitzohr. Wurde er geschimpft, weil er nicht folgte, ein Loch in den Teppich grub oder Evas Strumpfhosen in den Garten schleppte, legte er sich hin, guckte hoch, pure Unschuld im Blick: »Was willst du, Mensch?« Er konnte das rechte Ohr aufstellen und gleichzeitig das linke abwinkeln. Sobald ich Anstalten machte, ihn am Halsband zu packen, flitzte er davon und ich hinter ihm her. Die wilde Jagd ging durch alle Zimmer der Wohnung oder draußen auf dem Rasen im Kreis herum. Der Erste, der aufgab, war stets ich. Er wusste, was dann kam: »Ruuudi, Guddiguddi!« Einem Stück Fleischwurst konnte er nie widerstehen. Er kam angewedelt, schnappte sich die Wurst, verschlang sie mit zwei Bissen, warf sich auf den Rücken und streckte alle Viere in den Himmel zwecks Bauchkraulen. Rudi wurde nur zwei Jahre alt.

Er kommt von hinten links, sein Profil ist gegen den Horizont gut zu erkennen. Er wird das Gewehr in den Kofferraum legen, Vorschrift ist Vorschrift, falls er nicht zu betrunken ist. Bei dem Beutel mit den Flaschen bin ich mir nicht sicher. Vielleicht wirft er ihn auf den Beifahrersitz; dann kann er auf der Heimfahrt einen Schluck nehmen, wenn noch was übrig ist. Und so kommt es auch. Perfekt. Er knallt die Heckklappe zu, schlenzt zuerst die Flaschen durch die offene Fahrertür auf den Beifahrersitz, schmeißt dann den Hut hinterher und zwängt sich rückwärts ins Innere des Wagens. Es geht nur rückwärts; Bauch- und Gesäßumfang und vor allem das steife Bein erzwingen es. Während er damit beschäftigt ist, seine Gliedmaßen zu sortieren, »Scheißbaa, verreckts«, rutsche ich auf der Rückbank direkt hinter den Fahrersitz. Seine Fahne ist ordentlich. Der Entzug im Klinikum am Europakanal hat nichts gebracht. Kein Wunder in einer Region mit der höchsten Brauereidichte der Welt. Jeder weiß, dass er wieder säuft. Warum darf der dann noch mit einem Gewehr herumlaufen? Gibt's keine Eignungsprüfungen mehr?

Er schiebt und hievt sein Becken von einer Seite auf die andere. Um das linke Bein ins Innere zu bekommen, muss er mit beiden Händen den Oberschenkel anheben. Er beugt sich keuchend nach vorn, stemmt sich dann mit den Armen vom Lenkrad ab, ruckelt den Hintern in Bequemposition und schließt die Tür. Als sein Schädel kurz auf der Kopfstütze aufliegt, werfe ich ihm die Leine wie eine Lassoschlinge über den Kopf und ziehe sie zu. Nicht zu fest, damit es keine Würgemale gibt, aber straff genug, damit er nicht rauskommt. Ich habe noch ein paar Löcher ins Leder gestanzt und kann so den Spielraum variieren, den ich ihm gewähre. Da ich die Leine hinter den Verstellschienen der Kopfstütze fixieren werde, habe ich später beide Hände frei.

Er fasst sich sofort an den Hals und will den Riemen wegreißen, aber ich habe schon zugezogen. Er gurgelt und prustet, wirft sich halb herum, reißt die Augen auf, strampelt mit dem gesunden Bein, stößt sich die Kniescheibe am Zündschloss, stöhnt vor Schmerz auf. Seine Arme wirbeln durch die Luft. Er versucht, hinter sich zu greifen. Zeit, ihm die Instrumente zu zeigen.

Ich drücke ihm die Walther P38 gegen die Backe, die unser Vater aus dem Krieg mitgebracht hatte. Mein Bruder und ich fanden sie auf dem Dachboden unseres alten Hauses in Schwarzenbach. Als die Amis die Dörfer im Frankenwald durchkämmten, hat man das gute Stück offenbar versteckt. Mein Bruder und ich stiegen immer zum Rauchen aufs Dach; man konnte durch die Gaube hinausklettern, sich auf die Schieferschindeln legen und mit den Füßen an der Dachrinne abstützen. Was gab es damals für wunderbare Zigaretten! Overstolz, Zuban, Eckstein, Gold Dollar, und später dann, von den Amis aus der Garnison an der Zonengrenze, Lucky Strike, Pall Mall und Camel – ohne Filter, selbstredend, und mit der blauen Banderole der Unverzollten, wichtig zum Angeben in der Schule. Am Anfang wurde uns schlecht. Einmal hatte ich vermutlich sogar eine Nikotinvergiftung, ich bekam Fieber und musste ins Bett. Die Walther, ein schwarzes Uniform-schiffchen, ein Eisernes Kreuz und eine Nahkampfspange lagen in Lappen eingewickelt unter einer Holzdiele. Das Pflichtexemplar von *Mein Kampf* hatten sie rechtzeitig im Kachelofen verbrannt, von den anderen Sachen mochten sie sich offensichtlich nicht trennen. Oder sie haben sie schlicht vergessen. Ich vermute, dass die Walther noch funktionstüchtig ist. Deutsche Wertarbeit. Wir hatten keine Munition dazu und haben sie daher nie ausprobiert. Kaliber neun Millimeter macht schon rein optisch was her.

Ich drücke ihm die Pistole gegen die Backe und sage: »Guten Abend, Meister Mannigl.«

»Was, was ...«, krächzt er.

»Nase nach vorn, anschnallen, beide Hände ans Steuer.« Ich versuche kalt zu klingen, professionell. Offenbar mit wenig Erfolg.

»Du blöde Sau, dir werd ich ...«, schreit er los. Ich stoße ihm den Lauf von unten durch den Bart ins Kinn und dirigiere seinen Kopf in Fahrtrichtung. »Anschnallen.« Ich ziehe den Schlitten der Walther zurück und lasse ihn wieder vorschnellen. Das Geräusch kennt er. Mit der Rechten greift er über seinen Bauch nach links zum Gurt und lässt ihn im Schloss zwischen den Sitzen einrasten. »Und beide Hände ans Steuer. Wird's bald?« Sein stumpfes Hirn registriert den Ernst der Lage.

»Sie bleiben jetzt so sitzen. Sobald Sie randalieren oder Sperenzchen machen, sind Sie tot. Haben Sie das verstanden?«

Er gibt den Verstockten und sagt kein Wort. Ich schiebe ihm die Mündung ins rechte Ohr. »Haben Sie das verstanden?«

Er grunzt. Ich nehme die Pistole in die Linke und drücke ihm den Lauf unter der Kopfstütze hindurch ins Genick. Mit der Rechten klemme ich die grüne Flasche zwischen meine Knie, schraube sie auf und werfe den Verschluss nach vorn. Ich halte sie ihm unter die Nase und lasse ihn riechen. Er macht eine unwillige Armbewegung. Ich verstärke den Druck mit dem Pistolenlauf und befehle: »Hände ans Steuer. Mund auf. Trinken.«

Er presst die Lippen zusammen und will nicht. Ein kurzer Stoß gegen das Hinterhauptbein, und er öffnet vor Schmerz den Mund. Die Hälfte des klebrigen Kräuterlikörs geht daneben und läuft ihm in den Bart. Sehr gut. Das Aroma wird sich festsetzen, und in der Flasche ist genug. Er schluckt, prustet, hustet und schluckt.

»So. Der erste war für Sie. Und jetzt trinken wir einen auf Ihre Frau.« Margarete Mannigl trägt früh Zeitungen aus und arbeitet halbtags bei der BayWa in Ebersdorf.

Mehr als einmal habe ich sie dort gesehen, wie sie mit Schminke blaue Flecken zu kaschieren versuchte. Eine kleine, verschüchterte Frau, die gesenkten Kopfes durch die Welt huscht und sich einredet, das Leben sei halt so, da könne man nichts machen. »Auf die Rettl. Mund auf.«

Er will mir die Flasche entreißen, aber ich habe ihm die Öffnung schon unter die Nase geschlagen. Er blutet. Ein Stoß mit dem Pistolenlauf. »Hände ans Lenkrad. Mund auf. Runter damit.« Er gehorcht.

Als Nächstes trinken wir auf den Peter. Mannigls Sohn lernte Landmaschinenmechaniker beim alten Bernhardt im Nachbardorf. An seinem sechzehnten Geburtstag hatte er den Irrsinn des Vaters satt. Er zog seinen einzigen Anzug an, stieg in den hölzernen Hochsilo seines Onkels, ließ sich in die Silage fallen und wartete, bis er erstickte. »Auf den Peter. Mund auf.«

Und so arbeiten wir sie alle ab. Wir trinken auf den Elmir und auf den Forstgehilfen Hermann, den er bei einer Treibjagd zum Krüppel geschossen hat. Auf dessen Frau Christa, mit der er ein Verhältnis hatte und die deshalb aus dem Dorf gemobbt wurde. Nachdem wir auf den Baron getrunken haben, der ihn noch immer nicht entlassen hat, scheint sein Widerstand zu erlahmen. Und es scheint ihm zu schmecken. Wir trinken auf meine Ex, die er einmal »a reigschlaafta Stadtfotzn« genannt hat, und inzwischen nimmt er schon von sich aus zwei oder drei Schluck.

Kann sein, dass ihm jetzt dämmert, wer ich bin, obwohl wir uns seit Jahren nicht mehr gesehen haben. Es wird ihm aber nichts nützen. Er wird entweder nichts mehr sagen können, oder man wird ihm nicht glauben. Und ich werde über alle Berge sein.

»So, Meister Mannigl. Und jetzt trinken wir einen kräftigen Schluck auf den Rudi.« Der Kopf pendelt leicht, er stößt ein vernuscheltes »Wassis?« hervor, die rechte Hand rutscht vom Lenkrad, der Kopf will auf die Brust sacken. Er ist ziemlich voll, aber noch nicht fertig. Er weiß nicht mehr, wer Rudi war.

Der Rudi und ich gingen vor fünf Jahren Ende März zum Bärlauchsammeln am Grafensteiner Hang. Jedes Frühjahr habe ich mein eigenes Pesto gemacht, mit Olivenöl, Walnüssen, Knoblauch, Parmesan, Meersalz und schwarzem Pfeffer, wunderbar zu Nudeln, als Brotaufstrich oder in den Salat. Bärlauchsammeln kann tödlich enden. Man muss aufpassen, dass man keine Maiglöckchen oder Herbstzeitlosen erwischt. Man muss praktisch jede Pflanze einzeln beschnuppern, ob sie nach Knoblauch riecht. Ich will den Rudi gerade mit der Leine an einen Baumstamm binden, als er mir entwischt, weil er einer Amsel nachrennt, die lärmend durchs Gebüsch hüpft. Der Vogel flattert auf und fliegt ins Freie, der Hund wetzt hinterdrein auf die Wiese, ich schreie »Rudi, elender Räudl, hier! Rudi, sofort hier!«

Die Kugel riss ihm den halben Kopf weg, ein Kupferjagdgeschoss, das sich beim Aufprall zerlegt, »damit die Tiere weniger leiden«. Rudi lag gurgelnd auf der Seite, sein Körper zuckte wie wild, er strampelte verzweifelt mit den Hinterbeinen und schob sich auf der Erde im Kreis herum. Nach einer halben Minute war er still. Adolf Mannigl behauptete, »der Köter« habe gewildert – gewildert, ein Hütehund, eine Amsel –, und nach dem geltenden Jagdrecht – Reichsjägermeister Göring, aha – sei ich beweispflichtig, dass er das nicht getan hat. Im *Fränkischen Tagblatt* wurde er anderntags zitiert, er habe den Rudi »für einen Fuchs gehalten« – ein schwarzweißer Fuchs mit Halsband. Mannigl kam wieder davon. Zum wievielten Mal eigentlich? Ich habe den Rudi in meinem Garten begraben, Erika darauf gepflanzt und ihm was versprochen.

Die Pistole brauche ich nicht mehr und verstaue sie in meiner Lederweste. Ich packe Adolf Mannigl an den grauen Haarsträhnen und ziehe seinen Kopf nach hinten. »Mund auf. Auf den Rudi.« Ich zwinge ihm die Flasche zwischen die Zähne. Er prustet und schluckt. Ich setze sie kurz ab, damit er Luft holen kann, und weiter geht's. »Und noch einen. Prost, Rudi.« Blut, Sabber, Rotz und Schnaps laufen ihm in den Bart. Er muss rülpsen. Giftiger Atem faucht aus seiner vergifteten Seele.

Wir Franken haben keine Identität. Kein Selbstbewusstsein. Dauernd hin- und hergerissen. Mal katholisch, mal protestantisch, mal dieser Fürst, mal jener Bischof. Würzburg, Bamberg, Nürnberg. Ansbach, Coburg, Bayreuth. Bratwürscht und Weißwürscht. Bierfranken und Weinfranken. Ober-, Mittel- und Unterfranken. Muss man Gott für alles danken? Ein ewiges obrigkeitliches Durcheinander, und das Ergebnis sind Duckmäuserei, Alkoholismus, Scheinheiligkeit, Anpassertum, deformierte Wirbelsäulen. Und weil wir uns dauernd unterdrückt, umzingelt und ausgenutzt fühlen, vom Staat, von den Ausländern, von der Frau, von überhaupt jedem, weil wir meinen, wir seien von Natur aus zu kurz geraten oder gekommen oder beides, und weil wir grundsätzlich das Maul nicht aufkriegen und nicht erst lange Reden halten wie die geschwätzigen Preußen – wo wir dann auch noch Bayern sein müssen, wenn's gegen die geht –, da kann es schon sein, dass uns mal eine Hand oder eine Schaufel ausrutscht.

Jajaja, Herr Doktor Freud, alles schön und gut. Aber deswegen knall ich doch keinen jungen Hund ab, oder? Einfach so. Welches archaische Gen explodiert denn da? »Viecher«, »Köter«, »verreck« – was ist das? Neandertalfolklore? Keltische Barbarei? Ein Defekt im präfrontalen Cortex? Oder ist Mannigl einfach bloß ein schlechter Mensch?

Ich löse die Leine, rolle sie zusammen und stecke sie ein. Die Sturmhaube behalte ich auf. Mannigl liegt mehr hinter dem Steuer, als dass er sitzt. Ich warte, bis sein Schnarchen nachhaltig klingt. Ich gieße ihm den restlichen Likör über den Bauch und werfe die Flasche in den Fußraum. Ich steige aus, gehe hinten herum, sperre die Beifahrertür auf, beuge mich hinüber, lasse den Gurt zurückgleiten, stecke den Zündschlüssel ins Schloss und starte den Motor. Er springt gleich an. Ich stelle den Wählhebel der Automatik auf zwei, löse die Handbremse, werfe die Tür zu und schiebe ein wenig, als der Golf anrollt. Die geteerte Straße geht mit gutem Gefälle etwa dreihundert Meter geradeaus und macht dann eine Rechtskurve. Dort wird der Wagen über die Böschung kippen und den Hang hinabholpern. Wenn er sich nicht vorher überschlägt, wird er unten in der Lärchenschonung zum Stehen kommen. Es sei denn, er bricht nach links aus und landet im Forellenbecken. Waidmannsheil, Mannigl. Ruhe in Frieden, Rudi.

Ich drehe mich um und laufe zum Motorrad zurück. Übermorgen bin ich wieder down under bei meinen Schafen.

Helwig Arenz
Tom und Tierchen

Ich saß heulend vor meinen Weihnachtsgeschenken. Wieso so wenig? Ich hatte mir eingebildet, Freunde zu haben; dachte, meine Familie liebe mich; vertraute und baute auf mein Mädchen. Aber das war offensichtlich ein Fehler! Ich griff nach einem der Päckchen, es war von meiner Familie. Wie immer hatte es meine Schwester ausgesucht, die anderen Geschwister hatten ihre lieblosen Unterschriften unter die Karte gekritzelt und meine dementen Eltern hatten ein paar Euro beigesteuert, um alles sofort wieder zu vergessen. Ich riss es mit grimmigem Zynismus auf: Ein Damenparfum? Was sollte das? Hielten meine Geschwister mich jetzt für schwul, oder war das eine Verwechslung? Ich nahm den Flakon, ein äußerst fruchtiger Duft legte sich um mein behaartes Handgelenk. Feminin. Das verkaufe ich bei Ebay, dachte ich. Ich bin 27 Jahre alt. Meine Weste ist rein von jedweder Ausbildung, Lehre, von einem Studium ganz zu schweigen. Ich lebe von Jobs wie Winterdienst oder vom Saubermachen im Atomkraftwerk in der Schweiz; wo genau, verrate ich nicht. Ich wohne im Haus meiner Eltern oben unter dem Dach. Das einzig wirklich Gute in meinem Leben ist meine Freundin. Dabei ist sie gar nicht richtig meine Freundin, sondern sie hat noch einen anderen Freund. Das ist am Anfang schon sehr komisch, aber man gewöhnt sich dran. Wir laufen uns nie über den Weg, er und ich. Sie hat zwei Paar Bettwäsche: eine für die Flecken mit mir, eine für die Flecken

mit ihm. Ich habe keine andere Wahl, als das zu akzep-
tieren. Denn ich liebe sie über alles. Sie heißt Tierchen.
Also, ich nenne sie so, ihr Name ist ein anderer. Aber den
verrate ich nicht. Sie merken schon, ich habe ein kleines Problem mit konkreten Angaben. Das stimmt. Ich
war deswegen schon mal bei einem Psychodoktor; kann
einfach dieses Misstrauen nicht überwinden. Ich sage
nichts, niemandem, vor allem nicht, wenn man mich
fragt. Es gibt eine medizinische Bezeichnung für diese
Art von Störung, aber ich verrate sie nicht. Das nächste
Geschenk war von meinem besten Freund Motte. Ein
handgeschriebener Gutschein für einen Kinobesuch
mit Einladung zum Essen. Ich zerriss ihn schon beim
Auspacken aus Versehen mit dem Geschenkpapier, und
dabei blieb es. Weiterwühlen im Haufen der Zeugnisse
sozialen Versagens: Da war Tierchens Geschenk. Es war
eine Flasche. Tierchen war die Einzige, auf die man sich
verlassen konnte. Immer wenn ich zu Hause auf dem
Sofa liege, trinke und mir denke: Diese Scheißhure kann
mich doch gar nicht lieben, wenn sie noch einen anderen
braucht!, ruft sie an und sagt, dass sie mich vermisst. Sie
spürt es. Sie ist mit mir verbunden auf geheimnisvolle
Weise. Und sie macht diesen Graben der Verlassenheit
dann immer wieder gut, sie wirft Dinge hinein und füllt
ihn auf. Ihren schlanken Körper wirft sie zuerst hinein,
eingehüllt in grässliche Hartz-4-Kleider mit Leoparden-
muster, aber weiß darunter und beweglich, als säße er
auf einem Kugellager. Es gibt nichts Schöneres. Und
dann nimmt sie so viel Liebe und Bemühen dazu, wie
ich mein Lebtag noch nicht kennengelernt habe.

Langer Rede kurzer Sinn: Ich weiß, was in der Flasche sein muss: Am 24. September war es, ich erinnere

mich genau an den Tag, weil da meine Großeltern beide auf einen Schlag gestorben sind, da standen wir in dem Laden mit den feinen Sachen. Und man ließ uns probieren, und ich sagte zu Tierchen: »Tierchen, das ist es, dieser Cognac ist das Schönste, was ich je getrunken habe.« Und Tierchen nahm die Flasche hoch und sah sich das Preisschild an und lächelte schief und sagte zu mir: »Was das kostet! Dafür würde ich mit jedem von der ganzen Welt einmal schlafen.« Also mit wem sie dafür das Bett hat teilen müssen, ist mir ganz egal, so gut ist der Cognac gewesen! Die Verpackung aufgerissen und – Nein. Das kann nicht sein! Das ist nicht der Cognac! Ich sage dazu jetzt nichts mehr, außer dass es eine halbe Flasche Whiskey war. Das ist ja so enttäuschend wie damals, als ich den Quali nicht geschafft habe. Oder hat sie mir vielleicht doch etwas Schlaues geschenkt? Alle Achtung, mein Tierchen! Denn um die Enttäuschung über das Geschenk zu verwinden, kann ich es ja trinken. Das tue ich und nehme einen tiefen Zug mittelteuren Whiskey. Schön und gut, aber da kommen wir ja irgendwie auf null raus, oder? Und mit der Zeit kommen mir doch unangenehme Gedanken. Wenn ich eine halbe Flasche Whiskey zu Weihnachten kriege, wer hat dann die andere Hälfte bekommen? Und was hat ihr Zweitfreund auf dem Gabentisch gefunden? Nein, das hat sie nicht, das wagt sie nicht! Doch, so muss es gewesen sein.

Dass sie nicht genug Geld gehabt habe für uns zwei, würde sie viel später zu mir sagen. Und auch, dass sie eben niemanden von uns zwei habe bevorzugen wollen. Und dann würde sie zögern und mich von unten schief ansehen mit ihren Regenbogenaugen und versuchen, ob sie mir einen Kuss schenken darf. Und ich würde ihn nehmen, denn er wäre besser als nichts. Aber so weit sind wir noch nicht. Zuerst einmal sitze ich noch in dem Zimmer unterm Dach im Haus meiner Eltern und bin maßlos enttäuscht, da hilft auch kein Schnaps.

Das Telefon klingelt. »Maßlos enttäuscht hier«, sage ich in den Hörer und dann: »Ach Blödsinn, ich meine Tom hier. Wer da?« Und natürlich, wie ich es Ihnen erzählt habe: Sie ist es. Aber diesmal zirpt sie nicht mit ihrem Grillenstimmchen in den Apparat von Liebe und Sehnsucht, nein. »Hilf mir, Tom!«, ruft sie zitternd: Sie muss ausziehen. Das ist nicht gut. Denn mein Tierchen hat ein Problem mit solchen Sachen: Eine Wohnung suchen. Auf ein Amt gehen. Eine Bewerbung schreiben. Manchmal ist es sogar eine Schwierigkeit für sie, das Haus zu verlassen, um einzukaufen, oder auch nur das Anziehen und das Duschen. Aber dafür gibt es ja mich.

»Wer will, dass du umziehen musst?«, brülle ich das Telefon an.

»Die Vermieterin. Scheiße!«, hallt es aus der roten Plastikmuschel in mein Ohr. Auch das noch. Schon immer hat die Vermieterin Scheiße Ärger gemacht. Es gab Ärger wegen Lärm, wegen herrlichen Lärms, den wir in wüsten Nächten zertanzten. Und wegen Lagerfeuer im Hof, das sich mit dem harzigen Duft von Marihuana mischte, und wegen dem ganzen Müll hinter dem nutzlosen Hoftor, der immer mehr wurde. Aber was will die Fotze, das ist eben Gostenhof! Und zuletzt die Sache mit der unerlaubten Haustierhaltung.

»Tom, die hat uns einen ganz bösen Brief geschrieben, wir müssen ausziehen!«

»Wieso haben deine Scheißmitbewohner sich auch eine Katze anschaffen müssen!«, schreie ich, denn ich verstehe es nicht. Diese Katzensache, was soll das? Ihre Mitbewohner, die beiden gelbhäutigen, dürren Veganer sollen die Katze eben wegschmeißen, schlage ich vor. Damit wäre die Sache doch geregelt? Jetzt weint sie.

»Was willst du machen?«, frage ich – und dann passiert etwas Schlimmes. Ich höre, was sie sagt, man hätte mir auch zwei klamme Hände um die Kehle legen können: »Ich ziehe zu Felix«. Das ist das Schlimmste, was sie je zu mir gesagt hat. Felix ist, Sie ahnen es schon, der Rivale. »Ich ziehe zu Felix«, das geht nicht, das ist wie ein Klumpen in meinem Hals, der nicht runter will, kein Wort mehr kommt aus mir heraus. Das erste Mal im Leben ist es, dass ich mein Tierchen im Stich lasse: Ich lege auf; aber ich ersticke daran, »Ich ziehe zu Felix!«. Nach anderthalb Flaschen Bier telefonieren wir noch mal. Das Telefon hat 425 Mal geschrien seitdem; wie ein heulendes Kind in der Wiege habe ich es schreien lassen, geküsst habe ich trotzig den Flaschenhals, bis er heiß war.

»Aber, Tierchen«, sage ich, »ich dachte, Felix und du, ihr-« Ja, was eigentlich? Irgendwie hatte ich gedacht, dass es sich ausgefelixt hat in den letzten Wochen. Aber konkret hatte sie nur das gesagt: »Immer wenn er in meinem Bett liegt, weint er seit Neuestem.« Das hatte ich so gedeutet, dass ihm seine Liebe zerbrach oder sein Herz verkohlte (gewünscht hätte ich ihm beides); aber das konnte ja auch gesteigerte Zuneigung sein, das hatte ich gar nicht bedacht. Nur, so schwul hatte ich ihn gar nicht eingeschätzt; was soll's, jetzt ist alles aus. Das Diskutieren führt zu nichts. Ob ich ihr beim Umzug helfe, trotzdem? Ja, Tierchen. Ob ich sie nun hasse? Nein, Tierchen. Was ich jetzt denke? Nichts, Tierchen. Auflegen, Tierchen. Goodbye. Das Telefon klingelt. Ich stürze mich in einen Haufen Glas wie ein 5-Jähriger in das Bällebad im Kinderparadies. Korken knallen und Alkohol gluckert meine Kehle hinunter, bis es drei Tage später ist.

Drei Tage später. Ich habe seit über 60 Stunden nichts gegessen. Seit 60 Stunden klingelt das Telefon. Seit 60 Stunden denke ich immer dasselbe. Und nun habe ich es so oft gedacht, dass es schon Wirklichkeit geworden ist. Ich muss es nur noch tun. Ich stehe vor dem Spiegel und starre in fremde Augen. Rote Striemen um Brust und Hals habe ich von der Telefonschnur, oben ein Kopf, der kaum als meiner wiederzuerkennen ist. In der einen Hand die Waffe: die leere Whiskeyflasche. In der anderen das Telefon. Ich lasse Mottes Handy klingeln.

»Motte, ich bin es, Tom. Heute Abend esse ich bei dir und dann gehen wir ins Kino. Um 20 Uhr. Aber ich bin nicht dabei. Doch wenn einer fragt, dann war ich dabei.« Ich greife zum Flakon und mache mich unsichtbar mit dem betäubenden Hurenduft aus der Flasche. Umwölkt und berauscht von Papaya und Melone steige ich in mein Auto und fahre zu Felix. Das wird ein klassischer Beziehungsmord.

Na ja. Und dann habe ich es gemacht, so wie Tierchen es mir einmal beschrieben hatte: Bin hintenrum in den Garten und durch den Keller. Hab alles gleich gefunden. Dann hoch in sein Zimmer, so wie sie es immer macht. Wenn sie kommt, um ihn zu lieben. Nur kam ich nicht, um ihn zu lieben. Es war dunkel, und da lag er. Und wie ich aushole – denn ich habe wirklich keinen Moment gezögert – also, wie ich aushole, um zuzuhauen, da richtet er sich plötzlich auf und schaut mich an.

»Tom?«, sagt er ganz ruhig. Ich konnte mich in dem Moment überhaupt nicht mehr bewegen. Bin erstarrt mit der Flasche in der Hand, so wie ich war. Und nach 'nem Moment sagt er belustigt: »Tom, bist du gekommen, um mich umzubringen?« Und da kann ich es natürlich nicht mehr machen. Das ist ja klar. Der Moment ist vorbei, den hat er mir versaut. Und jetzt fällt mir erst auf, dass da was nicht stimmt mit ihm. Er hat ganz verheulte Augen. Und die Nase heult auch, aber seine Stimme heult nicht. Seine Stimme ist voll, sicher und spöttisch.

Ich brauche einen Augenblick, um mich zu fassen. Er merkt es gleich: »Setz dich«, sagt er und zieht mir einen Stuhl zu seinem Bett. Das mache ich. Ich klaube ein paar Worte in meinem Hirn zusammen und stottere: »Woher kennst du mich?«

»Na, von Margit natürlich. Sie hat mir alles über dich erzählt. Von Anfang an eigentlich. Ja, alles.«

»Sie - hat - dir - alles über mich erzählt?«, wiederhole ich seine Worte – »Ja.«

Ja, das hatte ich richtig verstanden. Sie hatte ihm alles von uns erzählt. – »Hat sie dir auch Fotos gezeigt?«, frage ich. Er antwortet nicht, sondern beugt sich vor und zieht eine Schublade auf.

»Nicht nur gezeigt«, beginnt er und greift nach einem dicken Packen. Ich will darüber eigentlich nichts mehr sagen. Es ist einfach nur eine Katastrophe. Wenn Sie sich das vorstellen können: Was für ein Betrug! Wichtig ist, dass auf einmal das Telefon klingelte. Also seines. Er schneuzt sich und bittet mich nachzugucken, wer das ist. Ich sehe auf die Anzeige: »Sternchen«, lese ich und weiß es sofort. Nennt er sie Sternchen? Nennt er mein Tierchen Sternchen? Was für ein Arschloch! Ich werfe ihm das Ding hin, aber er nimmt nicht ab. Eine Minute später klingelt es wieder. Diesmal ist es meines. Ich gehe sofort ran: »Tierchen, was ist?«, frage ich besorgt, denn sie meldet sich mit Schluchzen.

Und jetzt halten Sie sich fest: Irgendwann verstehe ich aus dem tränenverschwemmten Andeutungswust ihrer Worte: »Felicitas ist tot!«

Ich lege auf und kann es kaum glauben, wie ich es Felix berichte. Felix aber sagt nichts, er schneuzt sich. Was soll ich sagen. So hatte ich es mir nicht vorgestellt, das erste gemeinsame Bier mit meinem Rivalen. Es war warm, aber darüber will ich mal hinwegsehen. Wir waren eine Weile sprachlos, aber nachdem wir das eine Weile gewesen waren, hörte er damit nicht auf! Man kann ja durchaus mal eine Weile sprachlos sein, wenn es angebracht ist, aber dann muss man mal wieder was sagen. Aber Felix sagte nichts. Er schwieg. Als er anfing, mit seinem Gaumen komische Grunzgeräusche zu machen, wurde es mir zu bunt.

»Was geht eigentlich mit dir? Bist du nicht irgendwann mal leer?«, schnauzte ich ihn an.

»Mein Scheißgaumen juckt!«, rief er und nahm das nächste Taschentuch. Ich schüttelte den Kopf. Was findet die an diesem Autoimmunerkrankten?

»Vielleicht sollten wir zu ihr hinfahren«, hörte ich mich sagen und hätte den Satz gerne in meinen Mund zurückgesaugt. Aber Felix blieb ungerührt. Er sagte in hässlichem Ton: »Ich nicht. Ne! Fahr du doch zu ihr.«

»Was?«, rief ich.

»Na, geh du sie doch trösten!«, rief er. »Ist eh Dienstag. Dienstag ist doch euer Tag, oder?«, rief er mir noch nach, als ich ging. Das war also Felix. Jetzt, wo ich ihn kenne, finde ich, er ist noch viel, viel schwuler, als ich ihn mir vorgestellt habe.

»Wo warst du so lange?«, empfängt mich mein Tierchen.

»Wer sind Sie?«, empfängt mich der Polizist, der in der Küche auf einem leeren Bierkasten hockt.

»Verrate ich nicht! Verrate ich nicht!«, schreie ich beide nacheinander an, eine Spur zu laut für eine normale Antwort. Tierchen ist kaum ansprechbar. Die Veganer sind völlig fertig, also einer zumindest, der andere ist nicht da. Der sitzt wahrscheinlich in irgendeinem Lebensmittelcontainer und wühlt gierig nach abgelaufenen Milchprodukten – wie jede Nacht. Er ist schon ganz gelb, weil er nie die Sonne sieht.

Was soll ich sagen, das wurde ein hässlicher Tag. Aber nicht nur für mich. Und dann, dann: Wir saßen beide auf der Backsteinmauer. Ein Eis hatte ich ihr gekauft, und sie mir auch eines. Weil ich dann doch eins wollte, als ich sie an ihrem lecken gesehen hatte. Eine ihrer roten Wollstulpen war das glatte Bein heruntergerutscht und saß faltig auf ihrem Knöchel. Die andere Stulpe führte noch schön und schlank nach oben unter ihren Rock. Ein Cordrock. Das Eis tropfte, die Sonne hatte sich ein großes, blaues Loch in den Himmel gebrannt und grüßte uns mit Frühlingsahnung.

»Das mit dem Whiskey«, begann sie, »das tut mir leid. Es war ein Fehler«. Ich schwieg eine Weile, ehe ich leise zugab: »Er hat mir sehr gut geschmeckt«. Vor uns stand der grüne Bus meiner Eltern am Bordstein. Ihr Zustand hatte auch ein Gutes: »Mama, kann ich dein Auto leihen?«, und sie: »Welches Auto, mein Junge? Habe ich ein Auto?« »Nein Mama, vergiss es.« »Was soll ich vergessen?« So hatten wir nun ein Auto, das voll war mit Tüten und Sporttaschen, die wiederum voll waren mit

Wollstulpen, Cordröcken und den Leopardenmusterkleidern meines Mädchens.

»Wo ist die Wohnung?«, fragte sie nun.

Die Wohnung, die ich uns gefunden hatte, war herrlich. Sie thronte über dem Wiesengrund und man sah von allen Fenstern auf die neue Feuerwache.

Ach ja, die Sache mit Felicitas wollen Sie sicher auch noch wissen: Das hätte ich fast vergessen über der ganzen Freude.

Sie hatte tot im Wohnzimmer gelegen, aber das hatte man nicht gleich gesehen, denn da waren nur Nordfenster und das Licht war spärlich im Winter: Aus dem kopflosen Rumpf war ein bisschen Zeug herausgelaufen, das hatte man aber auch nicht gleich bemerkt, weil die Veganer nicht so sauber waren und oft den Boden versaut hinterließen. Aber eines hatte niemand übersehen können! Nicht der Veganer, der mit einem Rucksack voller Flugblätter, Spraydosen und Club Mate heimkam, und leider auch nicht mein Tierchen. Es war der Teller auf dem Tisch. Auf ihm lag Felicitas' Kopf und starrte mit blanken Augen vorwurfsvoll in diese Welt, die sie eben ausgespien hatte. Das war hässlich, Freunde, wirklich, das war hässlich. Die Polizei hatten sie gerufen, aber der war scheißegal, was in diesem Viertel passierte. »Das ist eben Gostenhof, ihr Zecken, macht euren Scheiß unter euch aus, das ist uns so wurscht wie tausend tote Kaninchen!« Die Metapher mit den Kaninchen war schief, aber ich bin sicher – und das denkt Tierchen auch, und sogar der Veganer hat es zugegeben – dass das gegen ihn ging und gegen seinen Veganterrorismus.

Jedenfalls war die Katze so tot wie man nur sein kann. Trotzdem musste Tierchen ausziehen. Oder erst recht.

Denn so ein Bild vergisst man nicht, so einen toten Katzenkopf auf dem Teller, das brennt sich einem hinter die Lider. Das tote Ding in seiner eigenen Soße.

Ein Kuss, den wir scheu wechselten und der nach Vanilleeis schmeckte später, musste ich noch mal über eine Sache nachdenken. Dass er es gewesen sein muss, ist klar. Es passt alles zusammen, ich sage nur: Katzenhaarallergie, jetzt denken Sie mal nach! Aber warum er es getan hat, steht auf einem anderen Blatt: Sicher, weil er in ihrem Bett keine gesunde Minute mehr verbracht hatte mit der Katze zwischen ihnen. Sicher auch, weil er Tierchen nun nicht nur mit mir sondern auch mit Felicitas hatte teilen müssen. Gegen mich hatte er nichts in der Hand gehabt, dann musste eben die Katze dran glauben, obwohl ihm das Tier doch eigentlich geholfen hatte. Er war ganz wahnsinnig vor Eifersucht und Wut über sich selbst gewesen, als ich das zweite Mal damals bei ihm gewesen war. Jedenfalls mich hat die ganze Sache bekehrt. Ich bin Tierschützer geworden. Oder Tierchenschützer. Habe die großartige Wohnung gefunden. Für mich, für sie und die beiden schrecklichen Veganer. Da konnte sie dann auch nicht mehr Nein sagen.

Aber wie gern ich ihn auch bei der Polizei und vor allem bei Tierchen angeschwärzt hätte: das gelang mir nicht. Es hätte mir erspart, ihm auf Tierchens Bitte hin montags und freitags ein Besuchsrecht in unserem neuen Heim einräumen zu müssen.

»Wer war es denn nun, der sie ermordet hat?«, hörte ich noch mal die zittrige Frage aus dem schmalen Leib neben mir tönen. »Ich muss es wissen, sonst habe ich nicht eine ruhige Minute mehr.« Das sagte sie sehr leise

und ich antwortete – und das gegen meinen Willen –
»Das verrate ich nicht.«

Die Autoren

Helwig Arenz, 1981 in Nürnberg geboren, wuchs in Fürth auf. Nach dem Abitur begann er ein geisteswissenschaftliches Studium an der Friedrich-Alexander-Universität in Erlangen, das er 2002 zugunsten eines Schauspielstudiums an der Anton-Bruckner-Universität in Linz aufgab. 2006 schloss er sein Studium ab. Engagements an Bühnen u. a. in Hamburg, Wilhelmshaven, Memmingen und Hof folgten. Seit 2013 arbeitet er als Autor und freier Schauspieler u. a. am Stadttheater Fürth und am Theater Pfütze in Nürnberg.

Jan Beinßen, 1965 in Stadthagen geboren, arbeitet als Journalist und Autor in Nürnberg, wo er auch mit seiner Familie lebt. 1997 erschien sein Debütroman *Zwei Frauen gegen die Zeit*. Nach weiteren Publikationen eröffnete 2005 *Dürers Mätresse* im *ars vivendi verlag* die erfolgreiche Krimireihe rund um Paul Flemming. Es folgten 2006 *Sieben Zentimeter*, 2007 *Hausers Bruder*, 2008 *Die Meisterdiebe von Nürnberg*, 2009 *Herz aus Stahl*, 2010 *Das Phantom im Opernhaus* und 2012 *Die Paten vom Knoblauchsland*. Im Frühjahr 2013 ermittelt der Nürnberger Fotograf in seinem achten Fall *Lokalderby*.
Nähere Infos auf www.janbeinssen.de

Veit Bronnenmeyer, 1973 in Kulmbach geboren und in Lauf aufgewachsen, absolvierte eine Ausbildung zum Schreiner und studierte Soziale Arbeit in Bamberg. Derzeit ist er als Projektmanager im Schul- und Bildungsreferat der Stadt Fürth tätig und schreibt regelmäßig für die *Fürther Freiheit*, eine literarische Rubrik der *Fürther*

Nachrichten. 2009 erhielt der Autor den Agatha-Christie-Krimipreis für seinen Kurzkrimi *Eigenbemühungen*. Beim *ars vivendi verlag* erschienen bisher seine Kriminalromane *Russische Seelen* (2005), *Zerfall* (2007), *Stadtgrenze* (2009) und *Gesünder sterben* (2012) mit dem Ermittlerduo Albach und Müller.
Nähere Infos auf www.veit-bronnenmeyer.de

Peter Freudenberger wurde 1960 in Aschaffenburg geboren, wo er heute auch mit seiner Frau und seinen drei Kindern lebt. 1988 wurde er Redaktionsleiter bei der Tageszeitung *Main-Echo* in der Außenstelle Miltenberg, 1997 Redaktionsleiter in Aschaffenburg. Seit dem Jahr 2007 ist er dort als leitender Redakteur beschäftigt. Er ist Autor mehrerer Kriminalromane.

Tommie Goerz (Dr. Marius Kliesch, 1954) hat Soziologie, Philosophie und Politische Wissenschaften studiert, wohnt in Erlangen, ist verheiratet und Vater zweier erwachsener Kinder. Nach 20 Jahren bei einem der größten Agenturnetzwerke der Welt, zuletzt als Creative Director Text, war er Dozent für Text und Konzeption an der Georg-Simon-Ohm-Universität Nürnberg. Heute lehrt er an der Faber-Castell-Akademie in Stein. Er gewann unter anderem den Bronzenen Löwen in Cannes (2007). 2010 erschien bei *ars vivendi* sein erster Kriminalroman *Schafkopf*, gefolgt von *Dunkles* und *Leergut* (beide 2011) sowie *Auszeit* (2012), in denen jeweils der Nürnberger Kommissar Friedo Behütuns ermittelt. Für 2014 ist der fünfte Fall, *Einkehr*, geplant. Seine Lesungen begleitet Goerz gerne mit seiner Band *Hans, Hans, Hans und Hans*, die dabei fränkische Kabarettmusik und kriminelle Lieder spielt.

Mehr Goerz: www.facebook.com/tommie-goerz und www.tommie-goerz.de

Thomas Kastura, geboren 1966, lebt mit seiner Frau und seinen beiden Töchtern in Bamberg, studierte Germanistik und Geschichte und arbeitet heute als Autor für den Bayerischen Rundfunk. Seit 1998 veröffentlichte er zahlreiche Erzählungen, Jugendbücher und Kriminalromane. Bei *ars vivendi* fungierte er außerdem 2012 als Herausgeber der Krimianthologie *Tatort Garten.* Im Herbst 2012 erschien der Sammelband *Drei Morde zu wenig* mit seinen Brandeisen & Küps-Geschichten. Nähere Infos auf www.thomaskastura.de

Christian Klier, 1970 in Nürnberg geboren, lebte an verschiedenen Orten in Deutschland und in Frankreich. Nach einem Sprachenstudium ist er heute als Autor und Lehrer in Nürnberg tätig. Im Herbst 2013 erscheint sein neuer Kriminalroman *Das ganze Jahr November* im *ars vivendi verlag.* Nähere Infos auf www.christian-klier.de

Tessa Korber ist freie Autorin und wurde mit ihren historischen Romanen bekannt. Bei *ars vivendi* erschienen bisher der Band *Das Leben ist mörderisch* mit zehn Kurzkrimis (2010) sowie ihr historischer Kriminalroman *Todesfalter* um Maria Sibylla Merian (2011). Im Mai 2013 erscheint der schwarzhumorige Krimi *Die Saubermänner.* Tessa Korber studierte Literatur und Geschichte. Sie ist Trägerin des Forchheimer Kulturpreises 2010. Nähere Infos auf www.tessa-korber.de

Dirk Kruse, 1964 in Geesthacht geboren, wuchs in Schleswig-Holstein auf. Nach einer Krankenpflegeausbildung studierte er in Erlangen Politikwissenschaft, Germanistik und Theaterwissenschaft. Seit 1995 arbeitet er als Literatur- und Theaterkritiker, Nachrichtenreporter und BR Klassik-Moderator für den Bayerischen Rundfunk in Nürnberg sowie als Rezitator und freier Moderator. Außerdem ist er Dozent für Literatur an der Hochschule Ansbach und Künstlerischer Leiter des Fränkischen Krimifestivals in Weißenburg. Bei *ars vivendi* veröffentlichte er 2008 mit *Tod im Augustinerhof* den ersten Fall von Frank Beaufort, auf den 2009 mit *Requiem* der zweite folgte. Im Herbst 2012 erschien mit *Tod im Botanischen Garten* der dritte Roman um den fränkischen Gentleman-Detektiv.
Nähere Infos auf www.dirkkruse.com

Hans Kurz ist Redakteur bei einer Tageszeitung in Bamberg. Er studierte Sinologie und Politische Wissenschaften in München, Taipei und Erlangen, jobbte als Taxi- und Kurierfahrer, als wissenschaftlicher Hilfsbibliothekar, im Buchhandel sowie als Übersetzer, Werbetexter, Kulturmanager und freier Journalist. Sein erster Kriminalroman heißt *Hühnertod* (2013). Ebenfalls bei *ars vivendi* veröffentlichte er gemeinsam mit Barbara Dicker 2011 *Das Bierkochbuch*, 2012 *Das Schnapskochbuch,* und im Herbst 2013 erscheint *Das Weinkochbuch*.

Killen McNeill stammt aus Nordirland und wurde 1953 in Kilrea geboren. Er studierte Germanistik, war in den Jahren 1973/74 Austauschstudent in Erlangen und zog 1975 nach Franken. Seit 1976 arbeitet er als Fachlehrer für Englisch an der Haupt- bzw. Mittelschule Schein-feld. Er ist verheiratet und lebt in Unterlaimbach. Für den fränkischen Dialekt interessiert er sich seit seiner Studentenzeit, tritt im fränkischen Kabaretttrio *McNeills & Winkler* sowie in der fünfköpfigen fränkischen Band *Nauswärts* auf. Seine Kriminalgeschichte *Pfarrers Kinder, Müllers Vieh* wurde als Siegergeschichte der Jury im Wettbewerb um den 1. Fränkischen Krimipreis ausgezeichnet. Sein Roman *Am Schattenufer* erscheint im April 2013 bei *ars vivendi*.

Stefanie Mohr, Jahrgang 1972, gelangte über ein Jurastudium in Erlangen und die Arbeit in einer Kanzlei schließlich zu den Sprachwissenschaften. Heute lebt sie als freiberufliche Fotografin und Autorin in Nürnberg. Bei *ars vivendi* erschien 2011 ihr Roman *Frühstück mit einer Fotografin*.
Nähere Infos auf www.stefanie-mohr.com

Petra Nacke stammt aus Norddeutschland. Sie studierte Theater- und Literaturwissenschaft in Erlangen. In München absolvierte sie eine Ausbildung in Schauspiel, Gesang und Tanz. Heute lebt sie als freie Autorin, Sprecherin und Sängerin in Nürnberg. Seit 1997 ist sie feste freie Mitarbeiterin des Bayerischen Rundfunks. Gemeinsam mit Elmar Tannert veröffentlichte sie bei *ars vivendi* 2008 *Rache, Engel!*, 2010 *Blaulicht* sowie 2012 *Der Mittagsmörder*. Im Herbst 2013 wird sie die Anthologie *Leiche sucht Autor* herausgeben.
Nähere Infos auf www.petra-nacke.de

Jeff Röckelein, Jahrgang 1945, wuchs im Frankenwald auf. Er arbeitete als Tankwart, Gerichtsreporter, Zeitsoldat, Lektor, war Lehrer für Deutsch für Ausländer an der VHS Nürnberg und Dozent für Economic Terminology und Regional Studies an einer privaten Hochschule in Stuttgart. Er lebt als freier Autor bei Sigmaringen auf der Schwäbischen Alb.

Blanka Stipetić, 1967 im ehemaligen Jugoslawien geboren, wuchs in der Nähe von Stuttgart auf. Sie studierte Slawistik und Politik in Würzburg und war lange Zeit in der Erwachsenenbildung tätig. Seit 2007 lebt sie mit ihrer Familie in Berlin und arbeitet als freie Autorin und Übersetzerin. Mit Roman Rausch schrieb sie *Der Bastard* (2007), unter Pseudoym erschien *Schandfleck* (2010).

Elmar Tannert, 1964 in München geboren, absolvierte ein Studium der Musikwissenschaft und Romanistik. Von 1991 bis 2003 war er in verschiedenen Berufen tätig, beispielsweise als Datentypist, Zeitungsverkäufer, Postbote und Tankwart. Ab 1994 erfolgten erste Veröffentlichungen seiner Kurzgeschichten. Seit 2003 arbeitet er als freier Schriftsteller sowie unter anderem beim Bayerischen Rundfunk und der Abendzeitung Nürnberg. 1999 erhielt er den Kulturförderpreis der Stadt Nürnberg wie auch des Freistaats Bayern und 2001 den Kulturförderpreis des Bezirks Mittelfranken. Bei *ars vivendi* erschienen von ihm *Der Stadtvermesser* (1998), *Keine Nacht, kein Ort* (2002), *Ausgeliefert* (2005) und die gemeinsam mit Petra Nacke verfassten Romane *Rache, Engel!* (2008), *Blaulicht* (2010) sowie *Der Mittagsmörder* (2012). Nähere Infos auf www.elmar-tannert.de

Dank

Der *ars vivendi verlag* bedankt sich sehr herzlich: bei den Teilnehmern am Wettbewerb um den Fränkischen Krimipreis 2013 für die vielen spannenden Beiträge, bei der Jury für ihren großen Einsatz und bei den *Nürnberger Nachrichten* für die gute Zusammenarbeit.

Leichen im Gemüsebeet

Thomas Kastura (Hrsg.)
Tatort Garten
Klappenbroschur, 217 Seiten
ISBN 978-3-86913-110-8

Der Garten: ein kleines Paradies und zugleich Schauplatz mysteriöser Verbrechen. Wer es sanft mag, mordet mit Hilfe von Tollkirsche, Eisenhut oder Wasserschierling. Brutaler geht es mit Spaten und Heckenschere zu. Zehn fränkische Krimiautoren und fünf Gastautorinnen aus ganz Deutschland und Österreich haben ihre Fantasie kräftig zum Blühen gebracht. Mit Beiträgen von Angela Eßer, Tommie Goerz, Dirk Kruse, Beate Maxian, Elmar Tannert, Helmut Vorndran u. a.

»In 14 Kurzkrimis zerlegen die Autoren ein grünes Idyll in seine absurden Einzelteile. Da wird die Tollkirsche zur Mordwaffe, und der Gartenzwerg ist der einzige Zeuge. Wer seine Freiluftoase liebt, sollte das Buch mit Vorsicht genießen.«

meine familie & ich

Mit Provinz und Tücke

Tessa Korber (Hrsg.)
Fiese Morde in der Provinz
Klappenbroschur, 238 Seiten
ISBN 978-3-86913-059-0

Ob in Hintertupfing oder hinterm Deich, die deutsche Provinz ist ein gefährliches Pflaster. Denn nicht nur die Metropolen haben ihre Last mit der Kriminalität. Das allzu menschliche Vergnügen, den verhassten Nächsten um die Ecke zu bringen, blüht auf dem Lande zwar verborgen hinter idyllischen Fassaden, aber darum nicht weniger üppig. Und das mit Hinterlist und Tücke. Was ist ein Mord im Rotlichtmilieu gegen die Leidenschaften, die hinter wohlgepflegten Geranienkästen lauern? Die gedemütigte Oma an der Supermarktkasse steht mit ihren Rachegelüsten einem in seiner Ehre gekränkten Mafioso in nichts nach. Und für Drogen ist ohnehin in der kleinsten Hütte Platz, so was regelt man auf dem Land ganz gelassen, hinterfotzig und unter sich. Ansichten aus der deutschen Provinz, von denen Großstädter nicht zu träumen wagen ...

Mit Beiträgen von Lena Blaudez, Nicola Förg, Nina George, Anja Jonuleit, Karr & Wehner, Carsten Klemann, Stefanie Koch, Sandra Lüpkes, Franziska Steinhauer, Jörg Steinleitner, Elmar Tannert, Birgit C. Wolgarten, Petra Würth